KB069338

무림에 떨어진 현대인 10

초판 1쇄 인쇄일 2021년 11월 10일 | **초판 1쇄 발행일** 2021년 11월 16일

지은이 청루연 | **펴낸이** 곽동현 | **담당편집 팀장** 이범수
편집부 정요한 최훈영 조혜진

펴낸곳 (주)조은세상 | 출판등록 제2002-23호
주소 서울특별시 동작구 동작대로1길 27 5층
TEL 02)587-2966 | FAX 02)587-2922
E-mail bukdu@comics21c.co.kr

청루연ⓒ2021
ISBN 979-11-391-0287-1 | ISBN 979-11-6591-687-9(set)
값 8,000원

무리 에 떨어진

청루연 신무협 장편소설

현대인

꿈
두
은세상

청루연 신무협 장편소설

NEO ORIENTAL FANTASY STORY

CONTENTS

69 章. … 7

70 章. … 51

71 章. … 95

72 章. … 139

73 章. … 181

74 章. … 225

75 章. … 271

69 章.

핵심을 짚는 조휘의 논리에는 한 치의 빈틈도 없었다.

신좌가 되어 자신의 신성을 강화하기 위한 목적이 아니라면 굳이 거대한 교단(敎團)을 유지할 필요가 없는 것이다.

게다가 통천교는 역사상 교주에 대한 우상화가 가장 심한 종교였다.

통천교의 교주는 그야말로 살아 있는 신이며 황제보다 더한 존경과 우러름을 받고 있었다.

통천존신의 인간 같지도 않는 얼굴에서 처음으로 감정 비슷한 것이 서렸다.

"허면 넌 본 신(神)과 적대하겠다는 뜻인가?"

이야.

엄연히 저놈도 강호의 절대자니 '본 좌'까지의 자존감은 이해할 수 있다.

한데 저렇게 낯 뜨겁게 본인을 신이라 말하는 인간이 존재할 수 있다고?

어떤 의미로는 참 대단할 지경이다.

조휘가 천천히 검을 들며 피식 거렸다.

"통수야 이 새끼야. 네놈들이 한 일 중에 가장 바보 같은 짓이 뭔 줄 알아?"

여전히 무감각한 표정으로 허공에 떠 있을 뿐 통천존신은 가타부타 말이 없었다.

"신 좌고 네놈 존신들이고 온 중원 대륙에 똥을 싸질러 놨다는 거야. 나 같은 놈이 정말 안 나타날 줄 알았어? 후환 같은 건 정말 안중에도 없는 건가? 검총이나 석판 같은 것들을 도대체 왜 남겨 놓은 거냐? 특히……."

조휘가 눈짓으로 천괴를 가리킨다.

"네놈들의 실험 대상이었던 저런 자들을 온통 중원에 싸질러 놓은 이유는 도대체 뭐냐? 뭐 나한테 주는 서비스 같은 건가?"

츠츠츠츠츠-

이내 가공할 거력이 조휘의 검극에 맺힌다.

그 위력이 얼마나 엄청난지 그저 검 끝에 어린 기운만으로 공간이 일그러질 정도로 왜곡되고 있었다.

"저자의 검을 보자마자 말이지. 그간 어렴풋이 심상으로만 떠돌던 삼신융합절기(三神融合絶技)가 이제는 머릿속에서 또렷해지더라고."

그것은 조휘의 손을 빌어 우연적으로 몇 번 발휘되었던 힘.

한때 귀암자가 신좌의 힘이라 착각했을 만큼의 절대적인, 그야말로 삼라만상의 법칙마저 왜곡하는 거력이었다.

비록 방심했다 하나 육존신이었던 휘영존신을 단숨에 참 살한 힘이기도 했다.

"진정 그게 네놈이었나."

통천존신이 처음으로 그 얼굴에 무심함을 지워 냈다.

"휘영(輝靈)을 죽인 자가 정녕 네놈이었구나. 눈으로 보고 도 도무지 믿을 수 없군. 본 신조차 천 년이 넘는 시간 동안 닦고 또 닦아 얻은 탈능의 경지라……."

탈능의 경지?

처음으로 저들의 입에서 신좌의 경지를 가늠할 수 있는 단 서가 튀어나왔다.

"허나 탈능(脫能)과 진량(眞量), 무법(無法)과 천익(天益) 을 지나온 본 신에게는 한없이 미약하구나. 본 신을 휘영처럼 생각한다면 그 판단은 한없이 틀린 것이다."

탈능, 진량, 무법, 천익.

분명 신좌에 이르는 길을 구분하는 경지로 추정되는 단어 들이었으나, 이를 모두 듣고 있던 귀암자로서도 금시초문인

11

단어들이었다.

함께 육존신이라 불렸지만 그중에서도 통천존신이 가장 유일무이한 존재라는 것을 방증하는 결과였다.

"그대의 말대로 본 신은 아직 좌(座)의 부름을 받지 못했다. 허나 본 신의 격(格)은 그들과 반드시 동일한 것. 본 신이 하늘에 이르지 못한 것은 그들의 정치적인 이유일 것이다."

조휘는 혀를 내두를 수밖에 없었다.

보통의 인간이라면 스스로를 향해 저렇게 낯 뜨겁게 칭찬할 수 없을 것이다.

정말 나르시시즘이 극에 달한, 그야말로 연구대상인 놈이었다.

"거 민망하지도 않나? 본인 자랑은 이쯤 했으면 됐잖아? 이제 나도 궁금해 미치겠으니까 빨리 그 대단한 신의 능력을 보여 달라고."

"……."

허나 조휘가 막강한 거력을 일으켜 검을 치켜세우고 있음에도, 통천존신에게서는 티끌만큼의 존재감도 일어나지 않고 있었다.

자신더러 무려 신(神)이라 칭하는 놈이다.

이 정도로 자신을 깎아내리는 발언을 일삼은 상대를 용납하지 않을 텐데…….

신중에 신중을 기하는 건지 아니면 다른 이유가 있는 건지 그의 심중을 판단하기가 힘들었다.

조휘는 좀 더 그를 자극해 보기로 했다.

"설마 그거 다 허세야? 니미럴, 말로는 나도 신좌하겠다. 뭐? 나는 진실로 하늘에 통달하였다? 하하하하!"

하지만 이미 오래전에 인간의 오욕칠정(五慾七情)에서 벗어난 통천존신에게는 그 어떤 자극도 무용한 듯했다.

"탈능의 인연이 닿은 자여. 이미 본 신에게 있어서 인간의 감정이란 모두 사라져 무의미하다. 본 신의 마음을 흩트리려는 의도라면 그 뜻을 거두어라."

조휘가 순간 익살스런 표정이 되어 예의 느금을 시전했다.

"웅 느금."

"느금……."

그 뜻을 반추해 보다 이내 고개를 갸웃하는 통천존신.

"인간 혈족(血族)의 어미를 뜻하는 단어로군. 이 상황에서 그건 무슨 의도인가?"

"웅, 느개비."

"느개……."

인간 혈족의 아비를 뜻하는 단어.

하지만 기이하게도 왠지 모르게 점점 울화의 감정 비슷한 무언가가 그의 내부에서 꿈틀거린다.

이런 인간의 감정이?

설마 아직도 이 통천(通天)에게 인간의 기질 같은 것이 남아 있단 말인가?

비로소 처음으로 통천존신의 얼굴이 꿈틀거린다.

그렇게 상대는 신(神)인 자신을 인간의 위치로 끌어내리고 있었다.

"분노라……."

오래전에 잊어버린 인간의 기질.

그렇게 서서히 데워지는 선연한 감정은, 통천존신에게는 실로 인정하기 싫은 기분을 선사하고 있었다.

"대단하구나. 감히 본 신을 이렇게까지……."

"응 느금."

"……."

쩌저저적-

대기를 진동하는 묵직한 공명음이 들려온다.

순간, 통천존신의 육신에 서서히 금이 가더니 그를 구속하고 있던 뭔가가 모조리 깨어지고 있었다.

-저것은 혹 영봉갑(靈封鉀)의 일종이 아닌지?

-확실하다. 화엄산(火巖山)의 영기를 구속하고 있던 영봉갑과 그 기질이 실로 비슷하다. 허나 그보다는 훨씬 강력하구나.

천우자와 귀암자의 대화를 듣고 있던 조휘가 의문을 드러냈다.

'영봉갑? 그게 뭡니까?'

-영력의 기질을 감추는 보패다.

영력의 기질을 감춘다고?

스스로 신이 되었다고 자부하는 존재가 왜 자신의 영력을 감춘단 말인가?

-영봉갑을 착용하는 이유는 자신보다 상위 존재의 이목을 피하기 위함이 아닙니까?

-이 중원 세상에 저놈보다 상위 존재라니 감히 상상할 수도 없다. 그런 존재는 결코 실존하지 않을 것이다. 허면?

-허어! 설마?

-놈은 하늘의 제약(制約)을 받고 있구나!

조휘가 참을 수 없는 궁금증을 토해 냈다.

'하늘의 제약이라니요?'

천우자가 친절히 설명을 이어 갔다.

-개미들의 전쟁에 인간이라는 거대한 존재력이 개입한다면 어찌 되겠느냐? 사람이 발로 밟는 즉시 전쟁은커녕 개미들의 세상 자체가 사라진다.

조휘가 이해한 듯 천천히 고개를 끄덕이고 있을 때 이번에는 귀암자가 설명을 이어 갔다.

-범인의 존재력을 개미에 비한다면 저놈은 사람 정도라 할 수 있게 되었구나. 때문에 하늘이 인과(因果)의 제약을 통해 세상을 향한 저놈의 개입을 막고 있는 것이다.

비로소 조휘의 얼굴이 딱딱하게 굳어졌다.

그야말로 인간의 격을 아득히 초월한 자!

과연 본인더러 신이라 칭할 만한 놈이었다.

한데 가만 보니 뭔가가 미묘한 생각이 들었다.

저 통천존신의 처지란 실로 애매하지 않은가?

진정한 신이라면 하늘이 정한 법칙에 의해 제약을 받을 것이 아니라, 모든 법칙을 초월하여 우주 만물 위에 군림하는 것이 정상.

그 존재력이 고작 사람보다 나을 뿐, 저런 영봉갑이나 입고 하늘의 눈을 피해 다니는, 사실상 귀암자와 별다를 바 없는 처지이지 않은가?

그제야 조휘는 왜 상대가 입만 털어 댔는지 모두 이해할 수 있었다.

"어휴, 순 사기꾼 새끼. 그런 사정이 있었단 말이지? 이제 보니 입 터는 것 외에는 아무것도 할 수 없는 놈이었네?"

이미 통천존신은 영계 속 존자들의 대화마저 들을 수 있는 신안통(神眼通)을 자랑한 마당이었기에 지금의 대화도 모두 들었을 것이다. 그럼에도 그는 그 어떤 반박도 하지 않고 있었다.

하나 영봉갑을 벗어 던져 드러난 그의 영력!

그저 바라보는 것만으로도 정신이 아득해져 미쳐 버릴 만큼, 그 존재력이란 가히 상상을 불허하는 것이었다.

만약 의천혈옥 속 존자들이 영계가 아니라 지금 이 자리에 있었다면 모두 엄청난 영압에 고통받으며 신음할 것이었다.

사실 조휘도 그런 가공할 영기의 압박을 가까스로 버텨 내고 있었다.

"그대는 오늘 본 신의 의지에 의해 소멸할 것이다."

아직은 혼세일계에 자신의 오롯한 힘을 드러내는 것은 지극히 위험한 행동이었으나 통천존신은 뜻을 굽힐 생각이 없었다.

법천뢰(法天雷)가 떨어져 수백 년 적공을 다시 쌓아야 하는 일이 발생하더라도, 감히 사람의 감정을 느끼게 만들어 다시 자신을 인간의 위치로 끌어내리게 만든 상대를 용납할 수가 없었던 것.

무엇보다 '그때'로부터 오백 년이 지난 마당이었기에 과연 다시 법천뢰가 떨어질지도 의문이었다.

비록 도박과 같은 일이었으나 이참에 하늘의 의중을 살피는 것도 필요한 일일 것이다.

법천뢰를 정통으로 맞는다는 것은 인간으로서는 아무리 고절한 경지에 이르렀다고 해도 감히 견딜 수 없는 고통.

그러나 자신은 틀림없는 신의 경지에 이르렀다.

법력으로 붙잡아 두지 않는다면 자꾸만 흐트러지는 자신의 영혼이 바로 확실한 증거다.

자신의 경지는 오백 년 전의 '그때'와는 차원이 달랐다.

우우우우우웅-

그것은 기(氣)의 파장도 의념도 법력도 아니었다.

존재, 그 자체에서 오는 순수한 존재력!

그 장엄한 광경이란 가히 상상할 수도 없는 것이어서 이 세

17

상에서 오직 그만이 오롯이 존재하는 듯한 착각마저 일어날
정도였다.

츠츠츠츠츠-

조휘는 발 언저리부터 사라져 가는 자신의 육체를 황당한
시선으로 응시하고 있었다.

육체가 미세입자 단위로 쪼개어지며 허물어져 가는 데도
그 흔한 고통조차 일지 않았다.

무공? 법력?

이런 현상을 만들어 내는 힘을 과연 뭐라고 불러야 하나?

이에 조휘는 서둘러 삼신융합절기를 발휘하려 했으나, 자신
의 가공할 의념으로도 단 한 치의 의지도 발휘할 수가 없었다.

마치 세상을 움직이는 어떤 체계가 무너진 것처럼, 자신이
빠져 있는 곳은 끝없는 무저갱에 다름이 아니었다.

그렇게 무기력하게 자신의 육체가 모두 사라져 시야마저
붕괴될 즈음.

그때.

오오오오-

천지(天地)가 가늘게 진동한다.

조휘에게 존재력을 투사하고 있던 통천존신이 소스라치게
놀라며 하늘을 응시했다.

빛이라면 빨라야 한다.

섬광(閃光)이란 그런 것이니까.

한데 그 오색찬란한 한 줄기 빛.

그 빛이란 마치 춤사위처럼 하늘거리다, 느릿하게 또 어지럽게 지상을 향해 낙하하고 있었다.

생각하기도 싫은 오백 년 전 악몽이 그의 뇌리에 선연히 떠올랐다.

"법천뢰……!"

저것은 하늘의 의지.

혹은 신의 의지다.

감히 신이 신을 징벌하려 드는 건가!

통천존신이 천익(天益)의 존재력을 모두 끌어올린다.

이 능력을 얻어 신에 이르기까지 그가 지나온 길이란, 인간의 시선으로는 결코 헤아릴 수 없는 도정.

그 억겁과 무량의 도정을 지나온 자신을 도대체 누가 징치할 수 있단 말인가!

"신좌-!"

그렇게 악착같은 단발마의 비명을 지르며, 오히려 상공으로 치솟아 법천뢰를 맞이하려던 통천존신의 두 눈이 점점 황망함으로 물든다.

저 느릿한 법천뢰의 빛이.

자신이 아니라 그대로 소검신을 향하고 있었기 때문이다.

화아아아아악!

일순 세상이 뒤집어지는 듯한 빛살이 일어났다.

미증유의 거력 법천뢰가, 사라져 가던 조휘의 육신을 그대로 휘감았다.

법천뢰의 잔광으로 뒤덮인 소검신의 육체가 순식간에 시야에서 사라졌다.

그의 육신이, 법칙이 닿지 않는 공간 즉 무법공계(無法空界)로 사라진 것이다.

그곳에서의 시간은 절대무량(絶對無量)으로 흘러간다.

지금 이곳의 시간으로는 찰나에 불과할 것이나, 무법공계에서는 억겁과 같은 시간.

오백 년 전, 그런 지독히도 고통스러운 억겁을 이미 거닐어 본 통천존신으로서는 법천뢰의 잔광을 바라보는 것만으로도 그야말로 아득해지는 심정이었다.

순간 통천존신은 자신의 그런 감정에 당황스러워했다.

불과 반각전만 해도 신의 경지를 자부하며 강렬한 고양감에 불타올랐으나, 막상 법천뢰의 잔광을 대하니 그 두려움에 몸서리가 쳐진 것이다.

이런 이율배반적인 감정이 교차되는 것은 그만큼 오백 년 전의 고통이 자신의 영혼에까지 아로새겨져 있다는 뜻.

그것은 마치 또다시 사람의 위치로 돌아온 기분이었다.

솟구치는 화.

허나 그 분노는 단순하게 법천뢰를 향한 것이 아니었다.

법천뢰는 인간사에 불균형을 초래하는 자가 나타날 때면

이를 징벌하려는 하늘의 뜻(天意).

한데 그 당사자가 신이 된 자신이 아니라 저 소검신이라?

무엇보다 더욱 분노를 치솟게 하는 것은 지금 이 순간에도 저 법천뢰를 두려워해 안도하는 자신의 마음 때문이었다.

법천뢰의 징벌 대상이 자신이 아니라는 것에 모멸감을 느끼면서도, 한편으로는 안도하는 마음이 일어나는 해괴한 감정.

오래전에 인간성을 초월하여 신성(神性)을 이룩했다 자부해 온 자신이었다.

한데 지금 자신은 인간성 중에서도 가장 구질구질한 속성인 번뇌(煩惱)에 휩싸여 있는 것이다.

그제야 비로소 통천존신은 절감했다.

자신은 인간의 도정에서 단 한 치도 벗어나지 못했다는 것을.

진정한 신좌를 이루었다면 이런 감정은 결코 느끼지 않을 것이며 애초부터 저 법천뢰가 두렵지도 않았을 것이다.

스스스스스-

순간, 다시금 오색찬란하게 영롱한 빛살이 천지간에 그윽해지며 소검신의 육체가 현신했다.

다시 나타난 그는 알몸이었으며 특이한 것은 그의 목에 걸려 있던 의천혈옥이 칙칙한 검은빛을 띠고 있다는 것이었다.

허나 혈옥을 감싸고 있던 그 어둠은 이내 점점 그 색을 잃고 다시 평범하게 변해 갔다.

소검신(小劍神).

내내 감고 있던 그의 두 눈이 점차 뜨여지더니 마치 세상의 모든 만사가 무료하다는 듯 무기력한 기운을 발했다.

"하……."

길게 이어진 소검신의 가는 한숨.

통천존신은 이해할 수 없었다.

오백 년 전 그때.

무법공계에서 돌아온 자신은 저렇게 한숨이나 내쉴 여유가 없었다.

그야말로 억겁과도 같은 시간 동안 무한한 고통에 신음해 온 것.

그때 정신이 붕괴되지 않고 정상적인 사고를 유지한 것만으로도 기적으로 여길 지경이었다.

한숨이나 내쉬는 소검신의 여유는 분명 말이 되지 않는 것이다.

"그대는 도대체……."

조휘가 있는 대로 인상을 쓰며 욕설을 내뱉기 시작했다.

"싯팔, 이건 또 뭔 상황이야? 어? 애들아!"

조휘가 아래를 내려다보자 저 멀리 진가희와 염상록, 강비우가 멍하니 허공을 올려다보고 있었다.

"와! 이건 도대체 뭐지? 분명 삼천 년이 넘게 흘렀을 텐데?"

통천존신의 두 눈이 찢어져라 부릅떠졌다.

삼천 년이라고?

그야말로 상상할 수도 없는 도정이다.

자신도 무법공계에 갇혀 보았지만 그 시간은 이백 년 남짓에 불과했다.

"와 나무! 나무다! 저거 분명 나무 맞지?"

조휘의 신형이 점멸하듯 사라졌다 이내 우거진 풀숲 속에서 잔광과 함께 나타났다.

한 아름 나무를 끌어안으며 그대로 대성통곡하는 조휘.

"으흑흑! 내가 이제 중과 도사들이 왜 그렇게 산에 집착하는지 그 심정을 알겠다고! 자연은 이토록 소중한 거였어! 더 푸르게 더 우거져 자라라 나무야!"

그렇게 조휘는 바닥에 누워 흙냄새를 킁킁거리며 뒹굴거렸고, 미친 사람처럼 개울가에 뛰어들어 헤엄쳤으며, 이내 벌거벗은 그대로 진가희에게 뛰어갔다.

"어맛!"

진가희가 날 선 비명을 지르며 고개를 돌렸지만 조휘는 아랑곳하지 않고 진가희를 와락 끌어안았다.

"악! 오빠 왜 이래!"

"흐흐, 내가 삼천 년을 굶어 보니 말이지, 별의별 게 다 생각나더라고!"

막상 이렇게 조휘가 저돌적으로 행동하니 진가희는 오히려 놀라 조휘를 밀어내고 말았다.

"뭐, 뭐래! 이거 안 놔?"

"그런 게 아니라고! 난 이제 모두를 미워하지도 싫어하지도 않아! 음…… 킁킁! 그렇지 이게 여자 냄새였군! 상록아!"

이번엔 염상록 차례.

"뭐, 뭐냐 네놈!"

이어진 조휘의 행동은 진가희에게 했던 것과 별반 다르지 않았다.

그를 끌어안고 얼굴로 비벼 대다가 이리저리 킁킁 냄새를 맡더니 신기하다는 듯 다시 염상록을 쳐다봤다.

"크으, 늠름한 사파인! 과연 내내 기억하던 그 모습 그대로야! 좋아! 이게 바로 사파의 당당한 사내지! 너도 사람! 사람이야!"

"미, 미친 거냐?"

"그럼 이게 정상으로 보이나?"

오, 이건 좀 새롭다.

미친놈이 미쳤다는 걸 스스로 인정하는 건 본 적이 없었으니까.

"와우! 당신은 천괴!"

멍하게 굳어 있는 천괴를 향해 전광석화처럼 뛰어간 조휘가 그를 번쩍 들어 올렸다.

"크, 역시! 역시 당신도 실존하는 사람이겠지? 좋아 좋아! 너무 좋아! 아무튼 당신의 검법은 확실히 예사 검법이 아니었어. 기억에 꽤 오래가더라고. 분명 자하검성님보다도 당신이 강해. 이건 확실히 자부해도 좋아. 아? 당신의 검이 끝자락에 다다르면 어떤 모습인지 보고 싶겠지?"

스스슥

의미 없이 허공에 휘갈긴 듯한 가벼운 손동작. 허나 이를 바라보던 천괴는 그대로 얼음처럼 굳어지고 말았다.

"봤어? 느꼈어? 대단하지? 당신의 검은 검신 어른의 공(空), 마신 어른의 멸(滅)에 비해서도 결코 아래가 아니야. 나는 이 검을 극(極)이라 이름 지었는데, 어때? 어울려? 제발 어울린다고 해 줘. 어? 와 씨!"

조휘가 계곡의 비탈면을 따라 웅장하게 자리 잡은 사천회의 총단을 바라보며 눈시울을 붉혔다.

"내 강호다⋯⋯."

인간이 홀로 삼천 년을 갇힌다면 어떤 심정이 들까?

그야말로 과거의 모든 것이 사무치도록 그리워진다.

한데 놀랍게도 자신이 그토록 그리워한 모든 추억들 중에서도 가장 가슴속 깊이 자리 잡고 있는 것은 현대인 시절이 아니라 오히려 이 무림이었다.

무림강호(武林江湖).

그토록 그리워한 이름.

자신은 이제 무림에 떨어진 현대인이 아니었다.

강호인.

조영훈이 아니라 조휘가 자신이 지향해 온 삶인 것이다.

그때, 허공에 떠 있던 통천존신이 미끄러지듯 조휘 일행이

서 있는 지상으로 날아왔다.

"……도대체 그대는 무법공계에서 무엇을 겪은 것인가?"

"겪어?"

조휘가 고개를 갸웃거리고 있었다.

그로서는 무법공계라는 말도 금시초문이었고, 무엇보다 뭔가를 '겪었다'라고 말할 만한 사건이 전무했기 때문이다.

"그곳은 단지……."

그렇게 말을 이어 가던 조휘가 순간 얼굴을 엄혹하게 굳혔다.

"가만? 너 이 새끼? 나 죽이려던 놈 아니야?"

비로소 기억해 냈다는 듯 두 눈을 있는 대로 치켜뜨는 조휘.

"맞아! 내 존재력 자체를 소멸시키던…… 뭐였더라? 아 육존신! 육존신 중의 대가리! 별호는 기억이……? 아 그래 통수! 통수존신!"

"……."

통천존신은 상대가 해괴한 별칭으로 자신을 칭하고 있는 것에 화가 나기보다 그가 겪은 법천뢰의 저주가 무엇인지가 더욱 궁금했다.

"진정 열해(熱海)의 주박과 팔한(八寒)의 경계를 겪지 않았단 말인가? 흑암(黑暗)의 허무는?"

조휘로서는 온통 처음 들어 보는 것으로서 도무지 통천존신의 말을 알아들을 수가 없었다.

"소검신이여, 부디 말해 다오. 무법공계가 아니었다면 법천뢰가 그대를 보낸 곳은 어디란 말인가?"

법천뢰?

그 오색의 빛살을 말하는 건가?

한데 그게 도대체 왜 궁금한 거지?

아! 그래! 이놈은 신이 되고 싶은 놈이었지?

"말해 주기 싫은데? 평생 그렇게 궁금해 뒈져 버리세요 낄낄!"

통천존신이 또다시 자신의 존재력을 일으켰다.

상상할 수도 없는 거력이 그의 전신에서 피어오른다.

"오? 이번에도 힘으로 하시게? 흐음."

조휘가 그 즉시 생각에 골몰했다.

제압을 하려니 그의 목숨을 거두지 않고서는 그를 구속할
방법이 마땅히 떠오르지 않았기 때문.

"그러다 정말 죽는 수가 있어. 잘 생각해 봐."

"뭐라?"

조휘가 피식 웃고 있었다.

"말했을 텐데? 삼천 년이라고."

조휘가 털썩하고 앉아 가부좌를 틀었다.

"존재력에 대해 나도 많은 고민을 했지. 사실 의념이나 법
력도 모두 존재력이라 할 수 있잖아? 존재 그 자체가 내뿜는
힘이니까."

분명, 존재력을 극한으로 강화하면 신성을 이룰 수 있었다.

한데 그런 존재력을 강화하는 방법을 의념, 법력 따위에서

나 찾고 있었다니.

"그 긴 시간 동안 그리 하찮은 도를 꿈꾼 건가."

"뭐? 하찮아? 그 말 후회할 텐데?"

존재력을 의념이나 법력에서 찾는다는 것은 완전한 헛발질이다.

통천존신은 내심 실소를 머금을 수밖에 없었다.

인간의 존재력을 진화하는 가장 확실하고 증명된 방법은 바로 영력의 강화.

영력을 깊이 이해하고 다루지 않고서는 발을 들이기도 힘든 것이 바로 존재력이었다.

신좌의 인간 시절, 그 달마조차도 영력을 강화하기 위해 스스로 달마옥을 만들었다. 물론 그의 세 제자들도 마찬가지.

그들의 유산인 영옥(靈玉)을 걸치고 있는 주제에 저런 궤변이라니!

"정말 못 믿는 눈치네? 그럼 뭐."

조휘가 가부좌를 그대로 유지한 채로 서서히 의념을 끌어 올렸다.

"자, 이게 의념이다."

의념은 영력과는 다르게 그 한계가 명확했는데, 인간 본연의 미약한 존재력 때문에 확장성이 좁았기 때문.

한데, 이건 도대체 뭐란 말인가.

소검신의 의념이.

그의 오롯한 자아가.

그야말로 천지(天地)를 뒤덮고 있었다.

그의 의지가 도대체 어디까지 미쳐 있는지 가늠조차 되지 않을 지경.

인간의 미약한 의념으로 어떻게 이런 것이 가능한 건지?

무공의 경지로 천지교태(天地交泰)라는 것이 있었다.

천지 만물 자연과 교감하는 경지.

그런 오롯한 무공의 경지를 무인들은 자연지경(自然之境)이라 불렀다.

허나 이건 자연경 따위가 아니었다.

자연경이 대자연의 속성과 기질을 자신의 몸을 매개로 발휘할 수 있는 경지라면.

지금 소검신은 자신의 의념으로 자연의 모든 것을 통제하고 있었다.

단순히 힘을 빌려 쓰는 것이 아닌, 본인의 순수한 의지로 자연을 통할하고 있는 것이다.

한데 그 수법이란 것이 고작 의념지도라는 것이 도무지 말이 되지 않았다.

그것은 수도 없는 실험으로 모두가 실패했던 시도였다.

"이런 경지가 고작 의념으로 가능하다니! 말도 안 된다!"

천 년에 이르는 자신들의 고난과 역경의 세월이 모두 수포로 돌아가는 더러운 기분!

조휘는 그가 무슨 생각을 하고 있는지 너무나도 잘 알고 있었다.

"통수존신 양반. 당신이 무엇을 간과하고 있는 건지 아직도 모르겠어?"

"도대체 그게 뭐란 말인가!"

조휘가 그 음울한 눈빛으로 스스로를 가리켰다.

"의념이란 말 그대로 '생각하는 힘'이야. 한데 인간이 골방 비슷한 곳에 갇힌 채로 삼천 년 동안이나 스스로의 사고(思考)만 확장했다면?"

"뭐, 뭐라?"

지극한 황당함으로 물든 통천존신에게로 조휘가 예의 무표정한 얼굴로 고개를 끄덕였다.

"그래. 당신들의 수많은 계획과 시도 중에서 단 하나 빠져 있었던 것. 그건 바로 상상할 수도 없는 '긴 시간'이야."

통천존신은 억울했다.

온갖 무공과 법술, 비약과 선단으로 인간의 수명을 수도 없이 거스르며 마침내 당도한 세월이 천 년이었다.

대체 그 누가 삼천 년이라는 긴 시간을 실험 속에 포함시킬 수 있단 말인가?

"억울하지? 하지만 현실이야. 신좌에 이르는 길? 애초부터 그딴 건 존재하지 않았어. 노력으로 되는 것이 아니라 신좌가 될 운명을 지닌 놈은 이미 정해져 있었던 거라고."

"그럼 누가……."

"아무튼 좌(座)에 그리 집착하지는 마. 우리가 일반 양민이라면……."

조휘가 슬며시 웃으며 하늘을 올려다보았다.

"저놈들은 강호인 정도에 불과하니까."

조휘가 삼천 년 동안 갇혀 있던 곳은 다름 아닌 지름 다섯 장(丈) 정도에 불과한 작은 구체였다.

그 어떤 자연적인 변화도 일어나지 않았던 무색의 구체 속.

빛과 어둠, 심지어 공기조차 없었던 곳.

자신의 육체는 모든 생체 활동이 정지되어 있었고 오직 의식과 사념만이 잔존하는 그야말로 '공허의 공간' 그 자체였다.

미쳐 버릴 것만 같은 그런 공허의 공간에서 그나마 자신의 인간성을 유지시켜 주는 장치가 하나 있었다.

그것은 톱니바퀴 모양을 하고 있는 일종의 시계.

무색의 구체의 바깥, 머나먼 공허 위에 두둥실 떠 있는 톱니바퀴.

그 톱니바퀴의 외각에는 그 어떤 인간의 언어 체계로도 읽히지 않는, 그저 바라보는 것만으로도 아득한 신적인 의지가 수도 없이 새겨져 있었다.

그 문자들은, 비록 읽을 순 없었지만 보는 순간 그 뜻이 그대로 뇌리에 각인되었다.

그렇게 인식된 톱니바퀴의 존재 이유.

톱니바퀴의 한 바퀴는 인간의 시간으로는 천 년이며, 총 세 번의 완전한 회전을 마치면 그 공허의 공간에서 해방되는 것이었다.

영문도 모른 채 영원히 의미 없는 시간을 보내는 것이 아니라 정해진 때가 차면 해금(解禁)이 된다는 것.

물론 무지막지하게 긴 시간 동안 갇혀 있어야만 하는 상황은 변함이 없었지만 그런 희망은 무너져 가던 의식과 절망을 막아 주었다.

허나 말이 삼천 년이다.

인간의 감각으로는 그야말로 영원(永遠)에 가까운 세월이었기에, 조휘의 정신은 미쳤다가 정상으로 돌아오기를 수도 없이 반복했다.

사람들은 말할 것이다.

영원에 가까운 시간을 겪은 인간이 존재한다면, 그는 인간의 감정에서 완전히 자유로운 초월자가 될 것이라고.

물론 조휘도 처음에는 그랬다.

삼라만상이 모두 무의미했고 인간의 욕념과 투쟁은 무가치해 보였다.

허나 찬찬히 기억을 더듬으면 더듬을수록 한 사람의 '인생(人生)'이란 것이 얼마나 가치 있는 것인지를 새삼스레 깨달을 수 있었다.

사람과 사람이 만나 인연을 이룬다.

서로 사랑하다 때론 시기하고 눈물지으며 마주 손을 잡는, 그런 모든 '인생의 활극'이란 이 참을 수 없는 권태와는 비교도 할 수 없는 가치 있는 삶이었다.

사람들은 본능적으로 필멸자의 한정된 생의 무서움을 알고 있다는 듯이, 그 짧은 시간을 가치 있게 보내려고 그야말로 눈물겨운 노력을 한다.

그러므로 인간의 욕망은 더러운 것이 아니라 오롯하다.

천하제일의 무공을 익혀 강호의 패자가 되고자 하는 무인의 갈망.

권모술수가 난무하는 치열한 정쟁의 소용돌이에서 끝내 모두를 물리치고 권좌에 오르려는 정치가.

봇짐 하나 등에 메고 천하제일상(天下第一商)을 꿈꾸며 천하를 주유하는 상인들.

자신도 그런 '열심(熱心)'의 본능을 지닌 인간들 중 하나였다.

인간의 기억이란 묘한 면이 있어서, 과거의 추억들은 모두 아름다워 보이는 법이다.

신좌라는 목표를 위해 천 년이란 엄청난 세월 동안 자신의 모든 것을 바쳐 온 저 통천존신.

쓰리고 아린 유년 시절을 보냈으나 끝내 그런 심마를 극복하고 사파의 풍운 속을 질주해 온 쾌활한 성정의 진가희.

검에 미친 부나방 강비우와 세속에 찌들어 얄팍한 처세만 일삼는 염상록까지…….

모두가 열심의 본능을 지닌, 그렇게 아름다운 '사람의 인생'들이었다.

자신은 그들 모두가 기꺼웠다.

시간은, 길고 짧음의 상대성으로는 결코 그 가치를 온전히 평가할 수 없다.

그들은 아등바등, 처절히도 살아가지만 그들의 시간은 분명한 가치가 있었다.

인간은 신의 영원불멸을 흠모하지만, 그런 신의 영원은 사람의 한정된 일생(一生)보다 결코 가치의 우위를 증명하지 못한다.

오히려 흠모를 받아야 하는 건 신이 아니라 사람.

그러니 좌(座)란 새끼들이, 그 신적인 존재라는 놈들이, 이토록 이 세계를 탐내는 거겠지.

물론 그게 정확히 어떤 이유 때문인지는 모르겠지만.

한데 저놈들을 흐뭇하게 바라보고 있는 자신의 이 시선이, 과연 인간의 눈높이일까?

생각이 거기까지 미치자 조휘는 온몸에 소름이 돋았다.

"아, 안 돼!"

쉴 새 없이 도리질하며 정신을 다잡는 조휘.

자신은 좌(座)에 이르러 영원히 무의미한 시간만 보낼 생각이 눈곱만큼도 없었다.

하지만 자꾸 자신의 의식 체계가 이런 식으로 흘러가면 절로 존재력이 상승하여 좌에 오를 것이 분명했다.

비록 종내에는 죽어 한낱 영격으로 남더라도, 차라리 필멸자로서 짧고 가치 있는 인생을 즐기련다.

그것이 조휘의 삼천 년이 내린 결론.

카르페디엠(carpe diem)!

그렇게 조휘는 인간사의 즐거움을 나타내는 가장 유명한 단어를 수도 없이 마음에 되새겼다.

한데 그때.

-으음……!

-도대체 우리에게 무슨 일이 일어난 것이오?

영계의 존자들이 다시 시끌시끌해지자 조휘는 눈시울이 붉어지며 가슴이 벅차올랐다.

'선조님들! 존자님들!'

지난 삼천 년이 그토록 허망하고 허망했던 것은 존자들과의 생이별 때문이었다.

무슨 연유 때문인지는 몰라도, 그 공허의 공간 속에 진입하자마자 존자들의 영계와 자신이 완전히 단절되었던 것.

-허어! 본 좌의 영력이……!

-이런 영력이!

한데 그들은 조휘에게 안부를 묻기도 전에 각자 엄청나게 상승한 영력을 느끼며 당혹해하고 있었다.

조휘는 그런 지금의 현상을 감동한 얼굴로 설명해 주었다.

"어르신들, 세월이 좀 많이 흘렀습니다."

조휘는 삼천 년이라는 시간을 지나오면서 자신의 영격이 자연히 상승하는 것을 수차례나 느껴야만 했다.

영력을 상승하는 방법에 무슨 거창한 수단이 있는 것이 아니었다.

오로지 시간!

지나온 시간의 길이만큼 정확히 비례하는 것이 영력이었다.

혈옥의 첫 계약자가 존자들 중에서 존경을 받는 것은, 가장 오랜 시간 동안 영혼으로 존재하여 그 영력이 유일무이했기 때문.

이미 자신은 인간의 수준을 아득히 능가하는 영력을 지니게 되었고, 그것은 존자들에게도 마찬가지일 터였다.

"어르신들은 어떻게 지내셨습니까? 그간 별 탈이 없으셨는지요?"

검신이 황당하다는 듯 되묻고 있었다.

-도대체 무슨 소리를 늘어놓는 것이냐! 네 녀석이 천겁(天 劫)에 휩싸이는 것을 본 것이 불과 바로 전이거늘!

"……예?"

아니 그게 무슨 말이지?

허면 존자들의 영계는 자신이 속해 있던 공허에 함께 당도하지 않았다는 뜻.

하지만 그것이 사실이라면 삼천 년이라는 시간만큼 정확

히 비례한 존자들의 영력을 설명할 길이 없었다.

"정말 저의 의식과 시간을 함께 공유하지 못했단 말입니까?"

-갑자기 무슨 해괴한 소리냐? 그나저나 천겁(天劫)은 어찌 되었느냐? 내 생애에 그런 무시무시한 힘은 본 적이…… 헉!

조휘는 검신이 느끼고 있는 두려운 감정을 고스란히 느껴 야만 했다.

-아, 아니 대관절 무슨 영력이……! 게다가 이런 거대한 의 념이라니……!

그저 존재하는 것만으로도 이 너른 세상, 이 천하(天下)가 좁아 보일 지경.

도대체가 이런 것이, 인간으로서 가능한 존재력이란 말인가?

마치 비명과 같은 천우자의 목소리도 함께 들려왔다.

-아아!

그저 존재력을 견뎌 내는 것만으로도 정신이 아득해지고 미쳐 버릴 것만 같은 이 느낌.

마치 삼도천(三途川) 앞에 서 있는 심정처럼, 그 마음이 온 통 절망으로 물들어 가고 있었다.

도대체 그에게 어떤 일이 벌어졌기에 이런 재앙과 같은 존 재력을 지니게 되었단 말인가?

-이미 이건 인간이 아니오! 이 정도면 신격(神格)이라 불러 야 하지 않소?

조휘가 그런 천우자의 음성을 듣고는 미친 듯이 소리쳤다.

"거 재수 없는 소리 좀 하지 마시죠!"

허나 조휘의 심기를 어지럽히는 존자는 한 명 더 있었다.

-아아, 오롯한 좌(座)이시여! 본 도의 긴긴 생애의 끝자락에서 이렇게 좌의 현신을 다시 마주할 수 있다니……!

조휘가 소름이 돋은 듯 창백한 얼굴로 얼굴을 굳혔다.

설마 그거 나 들으라고 하는 소리는 아니죠?

-좌, 좌라고?

-저놈이 진정 좌에 이르렀단 말인가?

영계의 존자들이 하나같이 경악하고 있었다.

그도 그럴 것이 귀암자는 신좌의 실체를 접한 유일무이한 존재였기 때문.

"칙칙한 양반, 그 입 찢어 버리기 전에 그 주둥이 닫으슈."

-히익!

조휘의 살벌한 엄포에 그야말로 식겁한 듯, 귀암자는 재빨리 법력을 일으켜 영계의 구석으로 사라져 갔다.

신안통(神眼通)을 통해 그런 영계의 동요를 묵묵히 지켜보고 있던 통천존신이 이내 처절한 음성을 토해 냈다.

"허허…… 좌(座)라니……."

그의 입가에 매달린 허망한 웃음.

조휘를 응시하는 그의 동공이란 심연처럼 가라앉아 있어서, 그 어떤 의지도 느껴지지 않은 무기력한 눈빛 그 자체였다.

이건 도대체가 말이 되지 않았다.

소검신의 말을 그대로 받아들인다면 좌에 오르기란 애초에 인간의 도정으로는 닿을 수 없는 곳이라는 뜻.

한데 너무도 기이하다.

법천뢰(法天雷)가 자신에게 선사한 것은 억겁과도 같은 고통이요 저주였다.

한데 왜 저 소검신에게는 영원의 축복으로 깃들었단 말인가?

좌라는 것이 오로지 영원에 가까운 시간으로만 당도할 수 있는 길이라면 도대체 달마는 어째서 신좌가 될 수 있었단 말인가?

"통수 양반, 포기하지 마."

마치 그의 그런 허탈한 심정을 위로라도 하는 듯 조휘는 푸근하게 웃고 있었다.

"때가 무르익으면 아마도 우리 모두가 힘을 합쳐야 할 시간이 올 거야. 자신이 인간이라는 것을 결코 잊지 마. 그때까지 죽을힘을 다하라고."

"힘을 합하다니……."

조휘가 머나먼 창공을 올려다보았다.

"난 느낄 수 있어. 감히 상상도 되지 않는 저 가공할 적의(敵意)를. 저 소름 돋으리만치 강렬한 야욕은 그 무엇도 가리지 않아. 그 대상은 아마 모든 인간이 되겠지."

조휘가 마치, 숭고한 선언이라도 하듯 장중하고 묵직한 음성을 이어 갔다.

"이 아름다운 세상을 먹어 치우려는 저 새끼들을 기필코

막는다. 통수 양반. 더 이상 좌의 환상에 얽매이지 말고 다가 올 환난에 대비해 전력을 다해. 좌 그거 별거 아니니까."

진가희가 의문을 드러냈다.

"오빠! 난 뭘 해야 되지?"

조휘가 예의 날카로운 눈빛을 빛냈다.

"하던 대로 남자를 꼬셔! 강비우 당신은 역시 검을 미친 듯 이 갈구하는 거다! 상록이 넌 나와 함께 이 세상의 은자를 모 두 먹어 치우자!"

또다시 황망한 표정이 되어 가는 통천존신.

그의 말대로라면 좌로 추정되는 신적인 존재가 이 너른 천 하의 인간들을 파멸시키기 위해 그 오롯한 의지를 드러내고 있다는 뜻.

한데 태평하게 남자나 꼬셔 대며 돈이나 벌자?

조휘가 피식 웃으며 시선으로 자신의 발치게를 가리켰다.

"통수 양반. 개미가 왜 무서운 줄 알아?"

"……."

줄지어 지나고 있는 개미 무리들.

"사람의 몸을 순식간에 갉아 먹어 치우는 전투개미만이 강 력한 게 아니라고. 지금 이 순간에도 여왕은 쉴 새 없이 알을 낳고 일개미는 저토록 열심히 짐을 나른다. 개미들의 보모들 은 병사들의 호위 아래 수많은 굴을 파고 방을 만들지. 그들 이 강력한 이유는 바로 군집(群集)이라는 거다."

조휘의 시야가 천하로 확장되었다.

"사람도 마찬가지. 이토록 강렬한 열망으로 군집하여 거대한 생태계를 이룬 힘은 그놈들의 비해서도 결코 모자란 것이 아니야. 내가 이곳에, 이렇게 너와 마주하여 대사(大事)를 주고받고 있는 것은 그런 인간의 군집의 인과(因果)다."

조휘의 일장연설은 일견 쉬워 보이면서도 그 속뜻을 살피기가 힘들었다.

단순한 인간의 군집 그 생태계가, 왜 좌(座)의 존재력과 비등한 힘인지를 그가 설명하지 않고 있었기 때문이다.

조휘는 그런 통천존신의 의구심을 읽은 듯했다.

"몰라. 나도 그냥 '인식'할 수만 있을 뿐 무슨 이유인지는 정말 몰라. 그걸 알아 버리면 틀림없이 좌가 되는 건데 그건 또 내가 싫거든."

그때 조휘는 쪼그려 앉아 개미들의 기다란 행렬을 방해하기 위해 작은 조약돌 하나를 옮겨 놓았다.

"힘의 우위가 확실하다면 놈이 지금까지 망설일 이유가 없는 거지. 예측하자면 놈은 분명 이 군집의 힘을 방해하려는 시도를 할 거다. 우리 사람들을 약화시키려는 거지."

다시 통천존신을 올려다보는 조휘.

"한데 조금 이상한 게…… 지금 그걸 통수 양반 당신이 다 하고 있거든? 암상들을 꼬드겨 상계에 혼란을 일으키고 황실과 관부를 조종하는 힘이라니."

조휘가 천천히 일어난다.

"당신, 그냥 순수하게 신좌에 미친 사람이 맞긴 한 거야?"

순간.

쿠쿠쿵-

세상을 울리는 나지막한 공명음과 함께 통천존신의 기질이 일변했다.

이어 형언할 수 없는 신력(神力)이 그의 온몸에서 발산되었다

〈흥미롭군. 감히 내 화신(化身)의 정신마저 붕괴시킬 줄이야.〉

신령스러운 기운이 그득한 음성.

조휘는 듣자마자 그것이, 톱니바퀴에 새겨진 문자와 같은 체계의 언령이라고 곧바로 확신할 수 있었다.

"너, 조종하고 있었구나?"

전신에 드리워진 찬란한 서기.

말로 형언하기가 불가능한 막대한 존재감.

영력이 미약한 조휘의 동료들조차도 그런 통천존신에게 깃든 신령(神靈)을 곧바로 느낄 수 있을 정도.

그는 누가 봐도 전혀 다른 존재로 변모한 것이 확실했다.

"화신이라……."

조휘는 그런 통천존신을 흥미롭다는 듯 응시하고 있었다.

좌(座)들의 세계에 대해 정확히 알고 있는 것은 아니지만 대충은 이해가 됐다.

격이 높아져 초월적인 존재가 되어 버리면 물질계에 강림하는 데 막대한 '뭔가'가 소요된다.

조휘는 그것을 '인과'라고 믿고 있었지만 아직 확실한 것은 아니었다.

그래서 좌의 격을 지닌 자는 어쩔 수 없이 자신의 의지를 심어 놓은 화신(化身)을 활용할 수밖에 없었다.

하지만 저 화신의 본체, 즉 신좌로 추정되는 놈은 좌(座)에 이른 존재 중에서도 격이 상당한 듯 느껴졌다.

좌의 신령이 깃들기 전 통천존신의 행동들을 미뤄 봤을 때, 그는 스스로를 신좌의 화신인지 자각조차 하지 못한 듯 보였기 때문.

통천존신은 긴 중원사에 그 유례를 찾기 힘들 정도로 강력한 영력을 이룩한 존재다.

그런 엄청난 인간의 자유 의지조차 조종하는 존재라면 대체 그 격이 얼마나 아득하단 말인가?

조휘로서는 감히 그런 신좌의 능력을 상상도 할 수 없었다.

〈한낱 미약한 인간에게 공허(空虛)의 주계(住界)를 거닐게 만들다니. 실로 대단한 의지로군.〉

조휘는 상대에게 공허의 주계라는 말을 듣자마자 자신이

겪었던 삼천 년과 무관하지 않다는 것을 그 즉시 깨달을 수 있었다.

"공허의 주계?"

〈미약하고 어리석은 ******여, 우둔하고 미련한 ******여, 허상에 기대어 발버둥 치는 그 모습들이 실로 가련하구나. 고작 저런 존재에게 그런 희망을 걸었단 말인가. 과연 이 ******를 막을 수 있으리라 보는가.〉

인간의 어떤 언어 체계에도 없는 고고하고 신령스러운 저 언령은, 언제나 그 뜻이 정확히 뇌리 속으로 파고들고 있었다.

허나 다른 좌들로 추정되는 존재들을 지칭할 때면, 어김없이 엄청난 두통과 함께 불확실하게 들려왔다.

인간의 미약한 격으로는, 그 존재의 신명(神名)을 듣는 것조차 우주의 법칙이 허용하지 않는 것이다.

"좀 알아듣게 말해. 확 네놈의 화신을 죽여 버리기 전에."

그 순간, 통천존신의 두 눈에서 급격히 생기(生氣)가 사라져 갔다.

〈머지않아 만나게 되리라.〉

털썩.

결국 생기를 잃고 쓰러져 버린 통천존신.

조휘가 전광석화처럼 다가가 그를 살폈으나 그는 이미 영과 육이 분리되어 사자(死者)가 되어 버린 상태였다.

저 강대한 영력을 지닌 인간이, 고작 좌의 신령을 받아들인 것만으로도 그 영혼이 견디지 못하여 저리도 허망하게 죽어 버린 것이다.

극도로 황망해진 조휘의 표정.

뭐 저런 새끼가?

실로 괴이한 말들만 늘어놓고 사라져 버린 신좌.

"와…… 방금 뭐였냐?"

아직도 후들거리는 다리를 가누기 힘든 듯, 염상록이 미친 듯이 고개를 도리질하고 있었다.

"마치 꿈을 꾸는 것만 같다. 도대체가 무슨…… 저게 신이라고?"

너무도 아득하고 아득하여 한없이 일어나는 절망.

감히 시선으로 그 격(格)을 마주 바라볼 수 없으며.

미치지 않고 겨우 자신의 자아를 유지하는 것, 오로지 그것이 자신이 할 수 있는 일의 전부였다.

그런 절망 속에서 붕괴되던 자아를 겨우 부여잡고 있던 것은 강비우도 마찬가지.

아직도 치가 떨리는 듯, 연신 사시나무 떨듯 몸을 떨던 강비우가 피가 나도록 입술을 깨물었다.

"소검신, 하나만 말해 주시오."

조휘가 여전히 시선을 허공에 고정한 채 입을 열었다.

"말씀하시죠."

그런 조휘의 시선을 좇아 그와 함께 하늘을 바라보는 강비우.

"과연 인간이 검(劒)의 길을 이어 감으로써 저런 존재와도 싸울 수 있는 것이오?"

조휘가 한 치의 망설임도 없이 고개를 끄덕인다.

"당연하죠. 진리에 이르는 길에는 마땅한 구별이 없습니다(大道無門). 인간의 그 어떤 도정으로도 가능합니다. 고작 저런 놈이 무서워요?"

염상록이 여전히 치 떨리는 목소리로 거친 노성을 발했다.

"그럼 저게 안 무섭냐! 그냥 놈의 앞에 서 있는 것만으로도 지려 버릴 지경인데!"

"난 안 무섭고?"

순간 조휘가 또다시 세상을 뒤엎어 버릴 기세의 엄청난 의념지도를 일으켰다.

"히익!"

존재감만큼은 방금 접했던 신의 화신과 대등, 아니 그 이상이었다. 물론 신령스러운 기질과는 궤가 달랐지만.

"야, 이런 건 단지 '긴 시간'만 있으면 누구나 가질 수 있는 힘이야. 오히려 저들이 인간을 부러워하는 건 다른 이유이지."

"시, 신이 고작 인간 따위를 부러워한다고? 도대체 뭐가 부러워?"

조휘가 염상록과 진가희를 번갈아 응시했다.

"진가희를 향한 네놈의 설명할 수 없는 호감, 소싯적의 절망을 딛고 일어나 끝내 꽃피운 가희의 의지, 저 검에 미친 검귀 강비우, 순식간에 중원 상계의 삼분지 일을 먹어 치운 이 소검신의 열정, 그러므로 우리 사람은 '불꽃'이다. 별들(星座)의 성광보다도 우리 사람들이 더 눈부시다. 그들이 질투를 느낄 만큼."

방금 전에 했던 말과 비슷한 말들을 또다시 늘어놓고 있는 조휘.

허나 조휘의 동료들로서는 아무리 곰곰이 생각해도 가슴으로 받아들여지지 않았다.

"그것들은 단지 사람의 열정이나 태도, 마음, 인생관과 같은 것들이 아니오? 대체 그런 것들에 왜 신이 질투를 느낀단 말이오?"

조휘가 짜증스런 표정을 짓다가 풀숲에 아무렇게나 몸을 뉘였다.

"그냥 어렴풋이 알 수 있을 뿐 정확한 건 나도 모른다니까요? 모든 비밀을 알아 버리면 나도 좌(座)가 된다고. 난 그런 무료한 영원을 사는 것이 죽기보다 싫습니다."

"아니 그럼 충분히 신적인 존재가 되어 영혼불멸의 삶을 누릴 수 있음에도 그걸 참고 있었단 말이오?"

"거참 싫다는데 무슨 이유가 필요합니까? 아무튼! 사람의 열심(熱心), 그 불꽃들은 저 머나먼 곳의 좌들조차 두려워하고 흠모하게 만드는 힘! 이유는 몰라! 그냥 알게 되었어! 더 이상의 질문과 반박은 사양한다!"

하지만 조휘의 동료들이 그치라고 그칠 위인들이 아니었다.

진가희가 예의 희멀건 얼굴을 누워 있는 조휘를 향해 드리웠다.

"그럼 방금 그놈의 목적은 뭐야?"

"아놔, 그러니까 사람의 불꽃, 그런 열정의 마음들을 혼돈과 절망으로 만드는 데 그 목적이 있겠지! 이것도 이유는 몰라! 뭐 본인한테 무슨 이득이라도 생기겠지!"

누워 있던 조휘가 용수철처럼 튀어 올랐다.

"그래! 이럴 때가 아니지! 우리들이 열심히 사는 게 저놈들을 한 방 먹이는 거야! 가자!"

"어디로?"

앞서 걸어가던 조휘가 뒤를 동료들을 향해 두 눈을 번뜩인다.

"어디긴 어디야? 우리 조가대상회지! 흑천대살이야 사천회 놈들이 어련히 알아서 잘 처리할 거고! 우린 수급한 비단을 정리하고 그놈과 담판을 짓는다!"

염상록이 묘한 얼굴로 고개를 갸웃거렸다.

"아하! 그 잘생긴 대물?"

두 손으로 감싸 쥔 진가희의 얼굴이 홍시처럼 붉어져 있었다.

"아니 그놈 말고! 함께 우리 조가대상회를 찾아온 놈이 하나 더 있잖아."

"아? 그 천화상단?"

무너져 가는 만금상단의 세력권을 수습하기 위해 조가대상회의 협조를 구하러 왔다가 곧바로 소검신에게 호구 잡혀 버린 소천화(小天華) 담희(譚熙)!

역으로 조가대상회의 신문물에 흠뻑 취해 버린 그는, 지금도 눈을 번뜩이며 조가대상회의 이곳저곳을 기웃거리고 있을 것이다.

"가자고! 모든 거래는 확실히 인장을 찍기 전까지 아무도 모르는 법이니까!"

그렇게 조휘가 철검 위로 올라타자 진가희가 휘파람을 불며 소매에서 혈강편을 꺼내 자신을 먼저 묶었다.

"앗흥."

"그건 또 뭐 하는 짓이오?"

진가희가 새침한 얼굴로 강비우를 쳐다보며 피식 웃었다.

"혼자 경공으로 뛰어오시든지."

곧바로 혈강편의 쓰임을 알아차린 염상록이 서둘러 진가희에게 후다닥 다가갔다.

하지만 그는 좋지 않은 옛 기억(?) 때문인지 혈강편에 묶인다는 것이 그리 탐탁치 않았다.

"그냥 널 안고 있으면 안 될까?"

"지랄 마. 냄새나니까."

"모진 년. 창백한 년."

곧 줄줄이 엮어진 염상록과 진가희가 그대로 머나먼 상공

위로 치솟아 올랐다.

-까하하하핫!
-으아아아아악!

기다랗게 메아리치는 각양각색의 탄성과 함께, 그렇게 그
들은 소검신의 어검비행을 만끽하고 있었다.

"……."

강비우가 하늘을 바라보며 어색하게 굳어져 있다 곧 궁신
탄영의 자세를 잡았다.

그 머나먼 포양호까지 경공으로 달려갈 생각을 하니 벌써
부터 그는 단전이 아려 왔다.

"하……."

70 章.

70 章.

"오오! 이것이!"

조가복합천상루(曹家複合天上樓)의 완성된 모형을 손에 든 채로, 마치 눈물을 흘릴 기세로 감동하고 있는 제갈운.

제갈운에게 모형을 가져다준 장인들 중에서도 제갈운과 함께 눈물짓는 자들이 있었다.

아직 제대로 된 역학(力學)조차 존재하지 않는 이 중원 세계에서, 십 층의 고층 전각을 만든다는 것은 지극히 어려운 일이었다.

수도 없이 정교하게 계측하고 실험했지만 잘못된 설계 때문에 비바람을 견디지 못하고 부서지거나 하중의 장력을 견디지 못하고 무너져 내리기를 수차례.

처음의 몇 번은 곧바로 원인을 파악할 수 있어 순조로웠으나, 문제는 원인을 알 수 없는 모형의 붕괴였다.

그간 겪어 온 시행착오는 장인들을 수도 없이 절망하게 만들었다.

오늘의 저 모형은 그런 지옥과 같았던 모든 세월의 보상!

그 감동이란 겪어 보지 않은 사람은 모를 것이다.

이것이 바로 직업인의 성과.

그런 열정의 결과물은 때론 인생의 그 어떤 가치보다 우선했다.

제갈운이 모형을 끌어안은 채로 연신 떨리는 목소리를 이어 갔다.

"정말 이번에는 모든 실험을 견뎠나요?"

장인들의 수석, 남천일이 한 치의 망설임도 없이 단호한 표정으로 고개를 끄덕였다.

"확실합니다! 모형의 무게에 열 배에 달하는 하중을 장장 두 달이 넘게 견뎌 냈습니다!"

"원인은 역시 지반(地盤) 그 자체였군요."

모형을 완성하기까지 이토록 오랜 시간을 돌아온 것은, 제갈운과 장인들이 모형의 설계에만 집착해 왔기 때문.

현대의 모든 건물들은 건물을 짓기 전에 기초부터 다진다.

허나 터를 닦는 수준에 그치는 중원의 건축법으로 십 층 이

상의 고층 전각, 그것도 철골 구조의 건물을 올리려니 지반이
무너져 내리는 것은 명약관화한 일.

어쩌면 이것은 단 한 번도 십 층 이상의 철골 구조물을 세
워 본 적이 없는 중원의 장인들로서는 당연한 시행착오였다.

"맞습니다! 저희가 이번에 새롭게 개발한 점웅토(粘雄土)
로 지반을 다지니 버틸 수 있었습니다! 원래 계획했던 무게의
수왕고를 모형의 꼭대기에 올려도 충분하더이다!"

수왕고(水王庫)는 조가복합천상루의 맨 꼭대기에 올라갈
거대한 수조를 칭하는 이름.

수왕고는 중원의 주거 문명을 혁신적으로 변모시킬 핵심
장치였다.

"열왕로(熱王爐)는요?"

열왕로는 현대 보일러의 중원식 이름.

"하하핫! 걱정 마십시오! 원 무게의 열 배를 견뎌 낸다 하
지 않았습니까! 굳이 실험해 보지 않아도 충분합니다!"

순간 제갈운의 눈빛이 일변한다.

그렇게 그의 얼굴에 서늘한 기운이 감돌자.

수석 남천일이 극도로 긴장하며 웃음기를 지워 냈다.

"제가 가장 싫어하는 것이 뭐라고 했죠?"

"그게…… 굳이 또다시 오랜 실험으로 헛된 재원을 낭비할
필요는 없다고 판단이……."

"제가 내린 임무를 그대로 수행하면 되는 것이지 왜 그 판

단을 수석공님이 합니까? 제가 분명 뭐라고 말했습니까?"

"모든 구조물의 하중을 견뎌 내는……."

"그래요. 저는 분명 '모든 하중'을 주문했습니다. 열왕로를 빼면 안 되죠. 수석공님의 확신하는 근거가 고작 소모형을 실험하고 나온 거라면 저에게 찾아오지 말았어야죠."

제갈운은 실물 모형까지 완벽한 실험을 요구하고 있었다.

그렇게 남천일이 호되게 꾸짖음을 당하고 있을 때 마침내 조휘가 당도했다.

"오오! 드디어 완성된 겁니까!"

제갈운이 단호하게 고개를 가로저었다.

"아직. 아직입니다."

◆ ◈ ◆

"쩝쩝."

공허에서 삼천 년을 보낼 때만 해도 물 한 모금, 바람 한 점만 느껴 볼 수만 있다면 죽어도 여한이 없겠다 싶었는데, 막상 이렇게 많이 먹고도 여전히 배가 고파 젓가락질을 쉬지 않는 것을 보면 인간이란 참으로 얄팍하고 가련한 존재 같다.

그래, 이렇게 인간은 먹어야 살 수 있는 거다.

이 간단한 자연의 섭리를 무려 삼천 년 동안이나 느끼지 못했다니.

자신이 미치지 않고 이렇게 제정신을 유지하고 있다는 것에 조휘는 새삼 스스로에게 감탄했다.

"대체……."

정신없이 만찬을 즐기고 있는 조휘를 지켜보고 있던 제갈운은 두 눈으로 직접 보고도 믿을 수 없었다.

이렇게나 많은 양의 음식을, 인간이 어찌 이토록 순식간에 섭취할 수 있단 말인가?

포만두 열두 접시, 오향장육 다섯 그릇, 심지어 저 커다란 그릇의 육계열탕은 몇 그릇째인지 셈하는 것조차 잊어버렸다.

제갈운이 아는 조휘는 결코 대식가가 아니었다.

오히려 장일룡이나 남궁장호 쪽이 훨씬 대식가에 가까운 사내들.

조휘는 늘 소식(小食)에 가까운 식습관을 유지해 왔고, 무공이 경지에 이른 후로는 그런 작은 양의 끼니도 잘 챙겨 먹지 않는 인사였다.

때문에 허겁지겁 저토록 많은 양의 음식을 먹어 치우고 있는 조휘의 모습이 더더욱 적응이 되지 않는 것이다.

"무슨 아귀(餓鬼)라도 썬 거예요?"

조휘가 한참이나 오물거리더니 겨우 삼키고는 여전히 밥풀과 기름기로 그득한 입가를 닦으며 제갈운을 매섭게 노려보았다.

"당신도 삼천 년쯤 굶어 봐. 이렇게 되나 안 되나. 그러니 그런 눈으로 보지 말라고. 밥 먹는 데 불편하잖아."

제갈운이 눈을 흘깃거렸다.

"그런데 왜 어제부터 반말이죠?"

"섭섭할까 봐. 서로 예예거리는 건 이제 부회장과 나밖에 없다고."

문득 그러고 보니 이제 소검신은 자신을 제외한 모든 동료들에게 격의 없이 친우처럼 지내고 있었다.

"그래도 내가 한 살 더 많은데……."

"와, 그래도 명색이 소제갈(小諸葛)인데 이렇게 쪼잔했었나? 난 종주잖아! 세력의 종주! 게다가 배분도 엄청나다고!"

"……."

조휘가 숟가락을 놓으며 더욱 너스레를 떨었다.

"게다가 아까 전에 못 들었어? 내 나이는 지금 무려 삼천 살이 넘었다고. 아직도 못 믿는 거야? 응?"

"말이 되는 소리를 해야 믿죠. 그런 곳이 세상에 존재할 리가 없잖아요. 내가 볼 때 지금 당신은 확실히 정상이 아니에요."

"와! 증인이 있다니까?"

"그 공허라는 곳을 그들과 함께 보냈나요?"

"그, 그건 아니지만."

"됐어요. 관두죠."

"와 진짜! 내가 이렇게 믿음을 주지 못했나? 게다가 당신 그 말투! 언제나 너무 여성스럽잖아? 오호, 혹시 남장인가?

확실히 당신 얼굴 너무 곱상해."

게슴츠레 뜬 눈, 그런 의심의 눈초리로 자신을 아래위를 훑고 있는 조휘를 마주 바라보다 제갈운은 피식 웃음이 터져 나오고 말았다.

"풉! 소싯적 누님이랑 함께 동문수학해서 그런 건데요? 사내대장부를 함부로 여인 취급하면 곤란하죠. 뭐 확인해 보시든가."

"됐어. 밥맛 다 떨어졌군."

조휘가 심통 맞은 표정으로 엉덩이를 털고 일어나자 제갈운의 얼굴이 진지해졌다.

"조 소협, 괜찮은 거지?"

소검신도, 회장님도 아닌 조 소협이라…….

문득 조휘는 합비의 객잔에서 제갈운과 처음 만났던 그때가 떠올랐다.

$5 \times 0 = 0$도 몰랐던 주제에.

참 많이도 컸다.

"당신 말대로 이제 소검신은 강호의 절대자 중 하나야. 일만 명에 달하는 사람들이 당신 하나만 바라보고 있어. 당신의 안위는 이제 당신 하나만의 것이 아니라는 거지."

"그런 거 말고."

조휘가 제갈운의 가슴을 시선으로 가리키고 있었다.

"거기 있는 '마음'을 말해 봐."

제갈운이 가는 한숨을 내쉬다 자리에 털썩 앉았다.

"친구를 걱정시키지 말라고. 회장 나리."

역시 당신도 사람의 '불꽃'을 지녔구나.

조휘가 흡족한 듯 슬며시 마주 웃으며 창밖을 바라봤다.

"실물 모형의 실험은 언제 다 끝날 것 같냐?"

"두 달."

조휘가 단호히 고개를 가로젓는다.

"길어. 달포로 줄여."

"아니 그건 그리 간단한 문제가⋯⋯."

"명령이야. 회장의."

"젠장! 빌어먹을!"

제갈운이 어울리지 않게 욕설을 내뱉자 조휘가 더욱 사악하게 웃었다.

"원래 직장 생활이라는 게 까라면 까는 거야. 월봉을 받는다는 게 다 그런 거라고."

"하⋯⋯."

조휘가 뒷짐을 지며 처소 밖으로 나서다 문득 다시 뒤를 돌아보았다.

"그놈은 지금 어디에 있지?"

"그놈?"

조휘의 두 눈이 초승달과 같은 만곡을 그렸다.

"소천화(小天華) 담희. 어? 그리고 보니 당신도 소제갈, 남궁 형도 소검주…… 요즘 후기지수들 사이에 소(小)를 붙이는 건 유행인 건가? 어? 젠장! 가만 보니 나도 소검신이잖아?"

제갈운의 얼굴이 와락 구겨진다.

소천화는 몰라도 남궁장호과 동급으로 묶인다는 것에 무척 기분이 상한 그였다.

◆ ◈ ◆

"음!"

조가피혁공방(曹家皮革工房)을 둘러보며 연신 답답한 신음성만 토해 내는 사내는 바로 소천화 담희.

조가철방을 둘러봤을 때와 마찬가지로 이곳 역시 그의 정신을 붕괴시킬 만큼 충격적인 장면의 연속이었다.

이곳에도 재봉장인(裁縫匠人)따위는 없었다.

커다란 가죽 원단을 펼쳐 원형(原形)의 틀에 맞추어 정교하게 재단하는 자들.

재단된 가죽들을 서로 꿰어 옷감의 기본 형태를 잡는 자들.

뜨겁게 달군 쇠붙이로 문양을 내는 자들과 각종 장식을 세공하는 자들, 가죽옷의 완성도를 높이기 위해 각자의 도구로 정교하게 마감하는 자들까지.

마치 톱니바퀴처럼 한 치의 시간차도 없이 정교하게 맞물리는 그런 모든 공정을 바라보고 있자니, 마치 무슨 예술 공

61

연을 접하는 것만 같은 착각마저 일어날 정도였다.

자신의 머릿속에 존재하는 장인(匠人)이라는 개념을 완전히 파괴하는 문화 충격!

이름 높은 재봉 장인이, 하나의 완성된 옷을 짓기까지는 아무리 서두른다 해도 사흘은 걸리는 법.

한데 저건 도대체 뭐란 말인가?

일각(一刻)마다 하나씩 완성되어 출하되고 있는 가죽옷, 그런 충격적인 장면을 두 눈으로 지켜보고 있음에도 도저히 믿기지가 않았다.

대관절 하루에 몇 벌이나 생산이 가능한 건지?

게다가 가죽의 질감, 화려한 장식 처리, 정교한 마감 등 오히려 일각마다 완성되는 조가피혁점의 가죽옷이 모든 면에서 훨씬 완성도가 높은 듯 보인다.

저런 생산성이라면 상품의 질과 단가에서 경쟁이 불가능하다.

기존 시장의 질서를 모조리 파괴하고 오로지 저 조가피혁점의 가죽옷만 정상에 설 것이다.

지금까지 담희는, 애써 조가대상회를 무시해 왔다.

안휘와 강서 일대에서 이름깨나 날린다고 해 봤자 어쩔 수 없는 신생 상단이었다.

신생 상단은 그 한계가 명확하다.

중원의 상계를 지배하고 있는 절대자인 천화(天華)의 이름

앞에서는, 그야말로 달빛 앞의 반딧불에 불과한 것이다.

허나 지금에 이르러서는 그런 조가대상회의 평가를 자신의 머릿속에서 완전히 지워 냈다.

오히려 그 마음이 극도의 두려움으로 물들어 갔다.

누구보다도 자신은 상인의 눈을 지녔다고 자부하기에, 이 조가대상회의 무서움이 더더욱 뼈저리게 다가오는 것이다.

이미 조가대상회의 종주로 하여금 협력을 약속받은 마당.

이제 돌아가서 만금상단의 세력권을 흡수하기만 하면 되는 상황임에도 쉽게 발걸음이 떨어지지 않는 것은 모두 그 때문이었다.

최대한 이 모든 것을 눈에 담아 가야 했다.

그리고 이런 선진적인 체계를 천화상단에 적용해야만 앞으로 조가대상회와 경쟁할 수 있을 것이다.

보수적인 아버지를 설득해야만 하는 가장 커다란 난관이 남아 있겠으나, 무슨 수를 쓰더라도 반드시 아버지를 설득해야만 했다.

"지낼 만해?"

"아이고 깜짝이야!"

담희가 화들짝 놀라며 뒤쪽을 살피자 그곳에는 빙그레 웃고 있는 조휘가 있었다.

"기척이라도 좀 내 주심이 어떻소이까!"

짜증스런 기색으로 가슴을 쓸어내리고 있는 담희에게로

예의 조휘의 익살스런 음성이 이어졌다.

"하루라도 빨리 상단으로 돌아가 조가대상회의 생산 체계를 적용시키고 싶어서 미치겠지? 꼬장꼬장한 아버지와 상단의 원로들을 어떻게 설득할까 벌써부터 막 가슴이 답답하지?"

"……헉!"

마치 자신의 마음을 들여다본 듯한 조휘의 질문에 죄를 지은 것마냥 담희의 얼굴이 새하얗게 변했다.

"도대체 무슨 소리요? 그런 터무니없는 생각은 일절 하지 않았소! 그저 호기심이 동해 둘러만 보고 있었을 뿐이외다!"

"그렇다고 보기에는…… 지금 거기에 너무 깨알같이 새까맣게 적혀 있는데?"

"앗!"

그제야 정신없이 기록해 둔 장부가 자신의 손에 들려 있다는 것을 깨닫고는 재빨리 뒤로 숨기며 너스레를 떠는 담희.

"하핫! 소검신께서는 본인이 유가(儒家)에도 몸을 담고 있다는 소식을 듣지 못했소이까? 그저 간간이 시나 한 편씩 끄적거렸을 뿐이오."

하지만 이미 때는 늦은 터.

"이 사람이 누굴 개호구로 보나. 만약 시(詩)가 아니면 당신의 그 손목 잘라도 되지?"

낯빛이 붉으락푸르락하다 이내 담희가 거친 노성으로 일

같했다.

"뭐! 그래서 어쩔 참이요! 나는 단지 범의 소굴에 들어와 정신만 바짝 차렸을 뿐이외다!"

조휘가 다시 예의 묘한 표정으로 웃었다.

"누가 얄팍한 상인 아니랄까 봐 실로 뻔뻔하기 짝이 없구만."

"……."

이어 공방의 구석에 있는 가죽 더미 위로 올라가 철퍼덕 자리를 깔고 앉는 조휘.

"나와 내기 하나 할까?"

"무, 무슨 내기를 말이오?"

조휘의 얼굴이 더욱 의미심장한 빛을 발했다.

"과연 당신이 그 일을 할 수 있냐는 거지. 내가 보기에는 절대로 불가능할 것 같거든."

자존심이 상해 점점 구겨지는 담희의 얼굴.

자신이 누군가?

그 이름도 유명한 천화상단의 소천화.

아무리 아버지께서 고지식하다지만 작은 계열상 하나를 맡아 성과를 내기 시작한다면 반드시 아버지를 설득할 자신이 있었다.

"단순한 반복 작업 같지? 돌아가서 그저 본 대로만 따라 하면 다 될 것 같지?"

조휘가 다시 공방을 훑어보며 장중하게 말을 이어 갔다.

"저들이 그냥 일개 작업자들 같아? 여기저기서 아무나 모아 온다고 저런 질의 가죽옷이 탄생될 수 있을 것 같아? 절대 아니지. 저들은 모두 이름만 들어도 알 만한, 각지의 유명한 재봉 장인이다. 그런 재봉 장인들에게 단순한 반복 작업을 시킨다는 것은 인생이 부정당하는 심정일 거야. 평생을 자부심으로 지켜 온 자신의 방식을 버리는 거라고."

"……"

"당신은 저런 장인의 혼들을 어떻게 설득할 거지? 자부심으로 지켜 온 각자의 방식을 어떻게 포기시킬 거지? 이런 간단한 것들도 해결되지 않고서 그 공방이 유지될 것 같아?"

"……"

"게다가 저들은 각자 공정의 작업 난이도에 따라 월봉이 틀려. 단순한 육체노동의 양, 반복 작업에서 오는 피로도, 위험 부담의 정도 등 그 모두가 정교하게 월봉에 계산되어 있지. 저런 톱니바퀴와도 같은 생산 체계에서 서로의 불만이 나오지 않도록 각각 작업자들의 월봉, 그 공정한 수준은 어느 정도일까? 사람이란 원래 그래. 객관적이지 못하고 주관적이지. 내가 제대로 대우받지 못하고 있다고 생각된다면 공정 여기저기서 온갖 고름이 흘러나올 수밖에 없다고. 당연히 그런 체계는 반드시 무너진다."

조휘가 다시 예의 사악하게 웃으며 담희를 쳐다봤다.

"단순히 나는 사람들을 통솔하는 문제와 월봉의 체계만 짚었을 뿐이야. 첫 시작부터가 이래. 한데 당신이 보기에도 엄청난 저런 체계에 과연 이 한두 가지 문제만 있을까?"

"······."

"작업에 소요되는 경비의 지출 권한은 누구에게 일임하지? 그 순간 작업자들 사이에서도 권력과 알력이 생긴다. 그에 합당한 사람은? 과연 이걸 작업자들한테 권한을 줄 것인가, 아니면 다른 부서를 두어 관리할 것인가? 여기는 또 충성도와 애사심의 문제가 결부되어 있지. 자리가 사람을 만든다고, 권력의 속성이란 것이 그래. 사용자 입장에서는 잘 쓰면 돈이고 못 쓰면 독인 거지. 더 말해 줄까?"

담희가 굳은 얼굴로 고개를 가로저었다.

"그만, 그만 됐소이다."

담희가 덜덜 떨리는 자신의 손을 피가 나도록 입술을 깨물며 바라보고 있었다.

이건 마치, 아버지와 대화하는 것 같다.

소검신 조휘.

이자는 단순히 무인이나 상인으로는 결코 설명할 수 없는 존재.

세상이 아는 소검신은 그저 빙산의 일각에 불과한 것이다.

"세상일이란 게 듣기 싫다고 피해지는 건 또 아니잖아?"

"아니, 이보시오······."

폐부를 파고드는 듯한 조휘의 날카로운 언변은 도무지 끝날 기미가 보이지 않았다.

"인력 관리란 게 다 그런 거야. 공수 관리는 또 얼마나 피곤한 줄 알아? 몸이 갑자기 아프다, 처갓집 가야 한다, 집안의 기일(忌日)은 또 얼마나 잘 챙기시는지 아주 그냥 천하의 효자, 효녀들이 따로 없어요. 그렇게 빠지는 인원들이 평균적으로 하루에 열이 넘어. 저런 톱니바퀴와 같은 협업 체계에서 열 명이나 빠져 버린다면? 나머지 장인들은 나오나 마나야. 이가 빠진 톱니바퀴가 돌아갈 리가 없잖아? 그렇다고 그자들을 멀뚱멀뚱 놀게 할 거야? 아니면 모두 퇴근시켜?"

조회가 두 눈에 불같은 쌍심지를 켰다.

"퇴근시켜 버리면 당장 그다음 날부터 그만두겠다고 아우성일걸? 허면 숙련도가 낮은 시답잖은 자들로 구멍을 메울 수밖에 없는데…… 이건 또 생산성에 문제가 생겨요. 자, 이제 당신이 말해 봐. 이 문제를 어떻게 해결할 거야?"

담희가 황당하다는 듯한 얼굴로 되물었다.

"아니 고작 그게 고민할 문제요? 애초에 상단에서 결원(缺員)을 허락하지 않으면 될 것 아니오? 한낱 일꾼들로 하여금 근무 일정을 마음대로 택할 수 있게 만든 체계부터가 문제이지 않소?"

어휴, 누가 미개한 토종 중원인 아니랄까 봐.

저 머릿속에 인권이나 노동 환경과 같은 것들이 들어 있을 리가 없지.

조휘가 나직이 한숨을 내쉬다 말했다.

"당신은 조가대상회가 단순히 빼어난 물건을 많이 찍어 낸다고 잘나가고 있는 것 같아?"

"갑자기 또 그건 무슨 소리요?"

조휘가 조가피혁공방의 외각 쪽에서 줄지어 짐을 옮기고 있는 쟁자수들을 시선으로 가리켰다.

"천화상단은 달포마다 충원되는 쟁자수들이 얼마나 되지?"

"으음……."

짐을 나르는 쟁자수들은 일이 무척이나 고되고 처우도 박해 모든 상단의 일꾼들이 서로 꺼리는 보직이다.

때문에 쟁자수들은 틈틈이 무관을 다니면서 무공을 배워 표사로 전직하거나 그도 여의치 않으면 불혹(不惑:40세) 전에 그만두기가 대부분.

그나마 성실한 쟁자수들도 근육통과 고열에 시달리며 몸이 축나니 매일매일 나오기도 힘들었다.

하여 쟁자수들을 관리하는 것은 모든 상단들이 가장 골치 아파하는 문제였다.

숙련된 쟁자수들이 빠지고 그 자리에 들어차는 건, 늘 두 눈만 뻐끔거리고 있는 새까만 신참.

허구한 날 결원되고 충원하기를 반복하니, 관리하는 입장에서 여간 성가신 일이 아닌 것이다.

"아마 달포에 칠백 명은 가뿐히 넘을 것 같은데…… 아닌가?"

담희는 오금이 저렸다.

그 수까지 정확하게 알고 있는 것으로 미뤄 보아, 분명 이 사내는 천화상단을 제집처럼 훤히 들여다보고 있는 것이 틀림없었다.

"반면 우리 조가대상회는 달포에 열 명을 넘지 않아."

뭐라고?

담희는 자신의 두 귀를 의심했다.

상단을 조금이라도 경영해 본 자라면 결코 믿을 수 없는 말.

"아침부터 농이 지나치시구려."

"우리 이 총관에게 확인해 봐도 돼. 친절히 근태 장부를 보여 주지."

조휘가 싱긋 웃으며 다시 시선으로 조가피혁공방의 일꾼들을 훑는다.

"저 단단함을 보고도 조가대상회의 각별함을 느끼지 못한다면 당신의 소천화라는 별호를 그만 내려놔야 하지 않겠어?"

조휘의 시선을 좇아 함께 조가피혁공방 내부를 바라보던 담희가 이내 가득 입술을 깨물며 발악하듯 조휘에게 되묻는다.

"그래서 이 소천화에게 하고 싶은 말이 도대체 뭐요? 고작 내게 찾아온 목적이란 것이 소검신의 위세로 잘난 척이나 늘어놓는 것이 다란 말이오?"

조휘가 더욱 싱그럽게 미소 지었다.

"조가대상회의 분업(分業)식 경영 기법을 천화(天華)에 전수해 줄게."

"뭐, 뭐라고!"

순간, 조휘가 엄정하게 얼굴을 굳혔다.

"어차피 우리 조가대상회도 생산 거점을 다변화할 때가 됐어. 물류비용이 너무 많이 들거든."

가만, 듣고 보니 뭔가 이상하다.

조가대상회의 생산 거점?

설마 이자가……!

"사실, 경영 기법이라는 건 상단의 전부라고 해도 과언이 아니잖아? 그걸 전수해 준다는 건 솔직히 너무 터무니없는 거라고."

담희가 솟구치는 화를 참을 수 없어 불같은 노성을 발했다.

"닥치시오! 그 말은 천화가 생산하는 물건에 조가대상회의 표식을 찍자는 뜻이지 않소!"

담희의 말대로 조휘의 음흉한 속내는 바로 OEM, 즉 주문자 생산 방식이다.

조가대상회의 상품을 제조하도록 천화상단에 위탁하고, 그렇게 완성된 상품을 조가대상회의 브랜드로 판매하는 방식.

이는 현대의 초일류 기업이 생산성의 효율성을 높이기 위해 하청 업체를 두는 전형적인 경영 기법이었다.

기실 조휘는, 천하에 이름 높은 천화상단을 고작 자신의 하청 업체로 부리려는 것이었다.

"사람 말은 끝까지 듣는 거야. 정중히 제의를 드리지. 상품 가치의 일 할에 달하는 이익을 반드시 보장하겠어. 물론 원가는 제외. 그 정도만 먹어도 당신들에게는 엄청난 이익이라고. 더구나 본 회의 경영 기법을 배울 수 있는 절호의 기회가 아닌가?"

"이 할!"

거칠게 외치면서도 속으로는 '아차!' 싶은 담휘.

어떤 상인이라도 이익금부터 제시하면 몸이 달아오를 수밖에 없다.

협상이 주는 긴장감, 원하는 가격을 쟁취했을 때의 그 성취감.

담휘 역시 그런 칼날 위를 걷는 듯한 곡예를 누구보다도 좋아하는 상인이었다.

하지만 사실은, 애초에 이런 말도 안 되는 협상에 응하는 것 자체부터가 바보 같은 짓.

이는 상인의 본능을 누구보다도 잘 알고 있는 조휘의 노림수였다.

"일 할 오 푼!"

"일 할 팔 푼!"

"일 할 육 푼!"

이미 상대의 의도에 말려들었다면 되도록 최대한의 이득을 보아야만 했다.

담회와 시선을 마주하며 맹렬히 기 싸움을 벌이던 조휘가 이내 먼저 손을 내밀었다.

"내가 졌다 졌어. 일 할 칠 푼으로 하지."

"좋소!"

호기롭게 대답하며 슬며시 미소 짓고 있는 담회.

본인이 승리한 것처럼 느끼겠으나 실상 조휘는 연신 웃음이 터지려는 것을 겨우 참아 내고 있었다.

고작 일 할 칠 푼을 먹고 조가대상회의 생산 거점이 되겠다니!

이는 단순히 이익에만 결부된 일이 아니었다.

이 사실이 천하에 퍼진다면 조가대상회의 위상이 어찌 되겠는가?

그 무형의 가치까지 셈을 가늠해 보니 조휘는 마치 하늘을 나는 마음이었다.

아아, 소천화!

그는 매우 좋은 호구였다.

"그리고 그 문제도 매듭짓자고."

"또 무엇을 말이오?"

조휘가 또다시 예의 사악하게 웃었다.

"만금상단의 세력권을 흡수하는 문제 말이야. 내 전폭적인 지원을 약속하지! 그리고 그 떡고물을 같이 먹을 생각도 버리겠다!"

순간 담회가 지극히 놀랐다.

"뭐, 뭐라고!"

비록 지금은 무너졌으나 만금상단은 천화상단과 함께 중원의 상계를 양분하고 있던 거대한 상단이다.

담회 역시 그런 거대한 만금상단의 상권을 적당히 나눠 먹자는 심정으로 소검신을 찾아온 것.

그렇지 않고서는 조가대상회의 협력을 기대할 수 없을 것이 자명했기 때문이다.

한데 놀랍게도 소검신은, 그 거대한 상권을 모두 포기하면서까지 천화를 돕겠다고 한다.

이건 또 무슨 소검신의 황당한 심계인지 담회는 도저히 알 길이 없었다.

조휘는 항상 떡밥을 먼저 뿌린다.

그렇게 상대의 마음에 혼란을 일으킨 후, 교묘한 언변으로 점점 이득을 취하는 전형적인 그의 심계.

"대신에 이거 먼저 찍자."

조휘가 품에서 꺼낸 것은 일종의 약정서였다.

소천화의 이름으로, 반드시 천화상단의 비단길을 내어 줄 것을 약속받는 약정서.

물론 이 문제는 일전에 이미 소검신과 구두로 합의한 내용이었다.

하지만 그때 역시, 소검신의 격장지계에 휘말려 자신도 모르게 호기를 부렸던 마당.

상대가 실권(實權)도 하나 없는 애송이 운운하는데 거기서 발끈하지 않을 사내가 누가 있겠는가?

그러나 담희는 몇 번이나 그 일을 후회했다.

비단길 문제는 결코 간단한 사안이 아니었다.

자신의 말 한마디로 인해 아버지께 닥칠 일이란, 황제에게 찾아가 조가대상회를 편들고 홍보하는 일일 것이리라.

"아니 그건……."

그렇게 담희가 우물쭈물하자 조휘가 예의 비웃음을 머금었다.

"와, 이제 와서 다른 소릴 하겠다고? 막상 돌아가서 아버지와 원로를 설득하려니 쫄리시나 보네? 내가 이래서 실권 없는 애송이 소주(小主)들하고는 놀고 싶지가 않아. 여전히 이불에 오줌이나 지리는 애새끼들과 무슨 협상을 하냐고."

"……."

그때, 각 사업장을 시찰하던 장일룡이 조휘를 발견했다.

"어? 여기서 뭐 하시우 형님?"

조휘가 뒷머리를 긁적이며 나타난 꾀죄죄한 몰골의 장일룡을 바라보며 자리를 털고 일어났다.

"에휴…… 일룡아. 그냥 밥이나 먹으러 가자."

"소천화 담희 공자와 서로 대사를 논하던 중이 아니었수?"

조휘가 와락 얼굴을 구기며 다시 담희를 매섭게 노려보았다.

"대사(大事)는 무슨 얼어 죽을 대사. 상단의 일로 말 섞을 가치도 없다. 그냥 오줌싸개 애송이야."

장일룡이 황당하다는 듯 되묻는다.

"아니 그럼 실권도 없이 여길 왜 왔단 말이우? 유람이나 하러 온 거요? 형님. 나도 저렇게 살뜰한 부모님 품에 안겨 애송이 풍류공자로 살고 싶수."

피식 웃는 조휘.

"꼭 월봉 올려 달란 소리로 들린다?"

"흐흐, 형님 사실 요즘 씀씀이가 커져서 큰일이우."

"안 돼. 올려 준 지 얼마나 됐다고."

부들부들부들.

연신 몸을 떨며 멀어져 가는 조휘 일행을 죽일 듯이 바라보고 있는 담희.

저 빌어먹을 소검신의 격장지계에 결코 말리고 싶지 않았지만, 사내의 무너지는 자존심, 그 솟구치는 화를 도저히 참을 수 없었다.

"거기 서! 기다리란 말이오!"

"응? 왜?"

서역(西域)의 왕국들은 결코 만만하지 않다.

중원 상단의 지배자인 천화상단조차 그들의 신뢰를 얻기까지 엄청난 시간이 필요했다.

꼴에 상인이랍시고 비단길을 탐내고 있다만, 제깟 놈이 거

10

래해 봤자 얼마나 할 수 있겠는가?

생각해 보니 그리 나쁘지만은 않았다.

무슨 심보인지 몰라도 무려 만금상단의 영역을 나누지 않겠다고?

소검신다운 패기였으나 반드시 후회할 것이리라.

"그 거래 약정하겠소!"

"오호? 진짜? 정말 아버지와 상단의 원로들을 설득할 수 있겠어?"

화를 내면 지는 거다.

담희가 그 얼굴에 득의의 미소를 그렸다.

"물론이외다. 만금의 영역을 탐하지 않겠다는 당신의 약속을 약정서에 명기해 주시오. 그렇게만 해 준다면 내 반드시 비단길을 그대에게 내어 주리다."

"하하! 당연한 거 아니겠어? 이 소검신이 말이야 한 입으로 두말하는 사내는 아니라고! 봤냐? 과연 소천화라는 별호는 도박으로 딴 게 아니었어!"

장일룡이 호쾌하게 웃었다.

"핫핫핫! 단순한 애송이 풍류공자가 아니셨구려! 이 장 모! 방금 전의 발언을 사과하겠수다!"

담희는 서로 눈짓을 주고받으며 음흉한 얼굴을 하고 있는 조휘와 장일룡을 살피더니 점점 불길한 생각에 휩싸였다.

하지만 조휘가 내민 약정서에는 별다른 내용이 없었다.

천화상단의 비단길 사용을 허가받는 것.

더구나 만금상단의 영역을 넘보지 않겠다는 문장 역시 조가대상회의 선명한 인장으로 공증되어 있었다.

실수를 하지 않기 위해 눈을 씻고 살폈으나, 그렇게 아무리 살펴봐도 별다른 문제가 없는 약정서.

결국 소천화 담희는 그런 약정서에 소천화의 인장을 굳게 찍고 말았다.

조휘가 약정서를 받아 확인하더니 장일룡을 번쩍 안아 들며 뛸 듯이 기뻐했다.

"하하하하! 우린 이제 천하제일상단을 넘볼 수 있게 되었다!"

"허헛헛! 대단하시우 형님! 그 많은 비단을 서역의 귀족들에게 팔면 도대체 이문이 얼마나 될지 정말 상상도 되지 않수!"

"마, 많은 양?"

조휘가 굳은 얼굴의 담희를 향해 씨익 웃었다. 물론 그 전에 약정서부터 보물 다루듯 소중히 품에 갈무리했다.

"어, 사천회 알지?"

"사, 사천회?"

점점 그 얼굴빛이 잿빛으로 변하는 담희.

그의 뇌리에 이내 불길한 생각이 스쳐 지나갔다.

"설마……!"

조휘가 품에서 또 다른 약정서 하나를 더 꺼냈다.

"보이지? 이게 바로 사천회가 유통하는 비단의 전매권이야."

씨익.

조휘의 비릿한 미소를 바라보며 담희는 그야말로 선 채로 장승처럼 굳어 버렸다.

사천회.

강남(江南)이 생산하는 비단 물량을 팔 할 이상 거머쥔 집단.

시야를 넓혀 중원 대륙으로 확장했을 때도 그들이 차지하고 있는 비단 물량은 삼 할 이상이었다.

'그런 사천회의 전매권이라고?'

털썩.

힘없이 주저앉아 버리는 담희.

그는 알게 되었다.

이제 그 비단길은, 천화(天華)의 비단길이 아니라, 조가대상회(曹家大商會)의 비단길이라 불리게 되리란 것을.

그렇게 소천화 담희는 조휘에게 속곳까지 탈탈 털린 채로 천화상단을 향해 돌아갔다.

당연히 조휘는 당장 보름 후부터 물밀듯이 들어올 사천회의 비단을 떠올리니 하늘을 나는 심정이었다.

더구나 비단길 무역을 통해 당대의 서구권, 즉 책으로만 배워 왔던 중세 유럽 문명을 살필 절호의 기회였다.

어쩌면 역사 속의 위대한 인물을 만날지도 모르는 일. 생각이 거기까지 미치자 조휘는 묘한 흥분과 기대감으로 휩싸였다.

그런 조휘의 상념을 깨운 것은 이 총관이었다.

"회장님."

"오호! 이 총관님!"

조가대상회의 창업 공신이며 자신이 가장 믿는 사내 이여송.

언제나 꼼꼼한 일 처리로 조가대상회의 살림을 철두철미하게 관리하고 있는 이 총관은 이제 대체가 불가능한 인사로 변모해 있었다.

그러나 그가 가져온 소식은 그리 좋은 소식이 아니었다.

이 총관도 기분 좋아 보이는 회장의 심기를 어지럽히는 것이 난처했던지 소식을 전하기를 망설이는 눈치.

조휘 역시 이 총관과 지내 온 세월이 얼만가.

그가 저렇게 우물쭈물하는 모습만 봐도, 그가 가져온 소식이 그다지 좋은 소식이 아니라는 것을 곧바로 알아차리는 조휘였다.

"괜찮습니다. 말씀하세요. 뭐, 한두 번도 아니고 하하! 이번에는 어느 계열상에서 문제가 터진 거죠?"

"계열상이 아닙니다. 회장님."

"음? 사업에 관한 문제가 아니고서야 총관님께서 그리 인상을 쓰실 만한 일이 또 있습니까?"

조휘의 넉살을 받아 줄 법한데도 이 총관은 여전히 얼굴이 좋지 못했다.

"상단이 아니라 강호의 일입니다."

"강호의 일?"

이 총관이 무겁게 고개를 끄덕인다.

"강호의 노고수들이 저희 조가대상회를 찾아왔습니다."

"노고수들이요?"

노(老)라는 낱말을 듣자마자 미간을 찌푸리는 조휘.

강호의 노고수들과 마주했을 때, 경험상 그다지 좋은 기억이 많지 않은 그였다.

"누가 찾아온 거죠?"

"총 세 사람입니다. 각자 별호를 밝혔으나 저의 안목으로는 살필 수 없었습니다. 모두 강호인명록에 등재되지 않은 인물입니다."

조휘가 황당하는 눈으로 되물었다.

"아니 별호도 없는 자들이라면 그냥 어중이떠중이 아닙니까?"

"그렇게 판단했다면 제가 이렇게 회장님을 찾아오진 않았겠지요."

"그럼?"

날카로운 빛을 발하고 있는 이 총관의 두 눈.

"무공을 익히지 않은 제가 보기에도 그 기도가 남다르게 느껴졌습니다. 게다가 차려 입은 복식(服飾)이며 고고한 어투로 미뤄 봤을 때 소림과 무당, 화산으로 추정됩니다."

"아니 그럼?"

81

강호인명록에도 존재하지 않는 소림, 무당, 화산의 그것도 '노고수'라?

이는 필시 오래전에 은거한 무림의 원로들이라는 뜻.

"일단 가 보죠."

"예 회장님."

반각 후, 조휘가 이 총관과 함께 접객전으로 당도했을 때, 이미 그들은 등에 이고 온 봇짐을 풀어 헤친 채 너절하게 퍼질러 앉아 각자의 술병을 들이켜고 있었다.

"크으, 젠장맞을! 술맛이 무슨 독(毒) 같냐."

"뭐? 지금 뭐라 했느냐? 본 승(僧)더러 좆같다고?"

거나하게 술을 쭉 들이켜던 도사가 태극 문양의 낡은 도관(道冠)을 고쳐 쓰며 가는 한숨을 내쉬었다.

"이보게, 화산 도우(道友). 저 중놈의 귀가 드디어 맛이 갔어."

매화 문양의 도관을 머리에 쓴 도인 역시 혀를 끌끌 찼다.

"십 년 전부터 제 구실을 하지 못하던 청력이니 어련하겠소. 하기야 제승 선배는 이미 극락왕생을 해도 이상할 것이 없는 연배이지 않소."

둘의 대화를 멀뚱멀뚱 지켜보고 있던 제승(制僧)이 그제야 흡족한 듯 흐뭇하게 웃음을 지었다.

"아미타불, 그래도 역시 화산 말코가 훨씬 됨됨이가 되었구나. 극락왕생을 빌어 줘서 고마우이. 본 승 역시 자네의 우화등선을 기원하겠네. 자 내 곡차도 한 잔 받게나!"

이를 지켜보던 조휘가 혀를 찼다.

극락왕생밖에 들리지 않았단 말인가?

분명 본 뜻과는 전혀 다른 해석이었다.

"아이고, 제승의 청죽주(靑竹酒)라면 사양하겠소이다."

아주 오래전 강호의 사가들 사이에서는 이런 말이 떠돌았다.

제승이 빚어내는 청죽주를 결코 석 잔 이상 마시지 말라!

소림의 웅혼한 내공으로 증류, 그렇게 빚어낸 제승의 술은 그야말로 마비산(痲痹酸)에 가까운 독주였다.

아무리 이름 높은 고수라 할지라도 내공으로 그 취기를 해소할 수 없을 정도.

그렇게 독하기로는 천하의 둘도 없는 독주를 즐기고 있으니, 무당의 노도사는 도무지 이해가 되지 않았다.

"쯧쯧, 중놈의 행실이 저러니 고매한 불존께서 손수 찾아오실 리가 있나? 중놈아, 네놈이 성불하지 못하는 것은 다 그 청죽주 때문이다."

"닥쳐라! 무당말코야! 세상을 둘로 나누는 것 외에는 아무런 재주도 부리지 못하는 놈이 요설만 잔뜩 늘었구나!"

"어이쿠? 그놈의 귀는 제멋대로 들렸다 안 들렸다 하는 것이냐?"

"이노옴!"

"홍! 음양태극(陰陽太極)이야말로 만물을 상징하는 일원

(一元)이거늘, 비우고 비워 내기만 하는 중들의 공(空)과는 감히 비교할 수 없는 빼어난 도리다."

"그래서? 그 대단한 태극의 양의(兩意)가 언제 본 사의 제석비공에 한 번이라도 우위를 점한 적이 있더냐?"

또다시 제승이 양 문파 간의 경쟁적인 역사를 운운하자 무당의 노도사가 술병을 거칠게 내던지며 노성을 내질렀다.

"이 썩어 문드러질 중놈이!"

"아이고 장 진인(張眞人)! 후대의 제자들이 모두 저 모양 저 꼴이니 이 일을 어찌한단 말이오! 그 머나먼 선계에서도 이를 지켜보다 천불이 날 것이 분명한데 과연 도력이나 쌓을 수 있겠소이까! 아미타불!"

그런 광경을 멍하니 쳐다보고 있는 조휘.

이건 또 무슨 버전의 노인정이지?

"무량수불…… 거 노형들께서는 체통을 좀 지켜 주시오. 후배가 지켜보고 있지 않소이까."

"음?"

조휘를 발견한 제승이 술병을 내려놓고는 그 자글자글한 주름으로 가득한 얼굴에 한껏 호기심을 그렸다.

"어허, 실로 기이한 노릇이구나! 채우고 또 채우기만 한 놈이 어찌 저런 무량한 의념을 지니게 되었을꼬?"

이내 가는 한숨과 함께 나직이 패드립(?)을 시전하는 제승.

"불존께서도 무심하시지. 당신의 가르침대로 평생을 비워

10

내고 비워 낸 제자에게는 그렇게 한 자락 깨달음조차 허락지 아니하시더니, 저런 욕심 많은 어린놈에게는 저리도 쉬이 경지를 내주신단 말인가. 대자대비(大慈大悲)는 개뿔이! 이제 안 믿어 그딴 거!"

이내 그가 자신이 걸치고 있던 낡은 황색 승포 자락을 내던지더니 냅다 대자로 누워 버렸다.

조휘가 황망해하며 두 눈을 동그랗게 떴다.

"아, 아니 소림승들은 자신의 가사(袈裟)를 제 몸처럼 소중히 여긴다고 들었는데……."

"이딴 천 쪼가리가 무슨 내 몸씩이나 된다고! 흐잉!"

토라진 제승을 뒤로하고 무당의 노도사가 나섰다.

"흐음……."

곧 그가 조휘에게 다가가 주위를 어슬렁거리며 위아래를 훑더니 뜬금없이 조휘의 얼굴 이곳저곳을 만지기 시작했다.

"지금 뭐 하시는 겁니까?"

"청운(靑雲) 그놈이 말한 새로운 무림맹주가 바로 네놈이렸다?"

잠깐만.

청운 '그놈'이라고?

지금 설마 전 무림맹주인 무황의 도호 '청운'을 말하는 건 아니겠지?

만약 그가 말하는 청운이 무황이라면 도대체 이 노도사의 배분이 어느 정도란 말인가?

무황은 무림맹주이기 이전에 무당파에서도 진인에 이른 도사.

진인(眞人)이란 우화등선하여 선계에 이르러 선인이 되지 않는 이상, 사실상 도사로서 이룰 수 있는 마지막 영예였다.

그런 위치에 있는 제자에게 이놈 저놈 할 수 있다는 것.

이는 눈앞의 노도사가 무황보다 단순히 한두 배분 높은 것이 아니라는 뜻을 의미했다.

조휘가 조심스럽게 이 총관이 건네준 객첩의 명단을 확인했다.

'제승(制僧)과 우검(憂劒)…… 협제(俠帝)?'

조휘의 머릿속에는 이백 년 내 거의 모든 고수들의 별호가 담겨 있었다.

하지만 아무리 머릿속을 뒤져 봐도 도무지 찾아볼 수 없는 별호들.

가볍게 치부할 수도 없는 것이, 하나같이 절대경 이상의 기도를 흘리고 있는 노인들이라 결코 평범한 인물들이 아니었기 때문이다.

결국 조휘가 진중한 얼굴로 포권지례를 올렸다.

"노 선배님께서는 무황님의 기별을 받고 찾아오신 겁니까?"

무당의 도포자락을 젖히며 고개를 끄덕였다.

"그래. 청운 그 고얀 놈은 지금 어디에 있느냐?"

"여기 있습니다. 조사님."

조사(祖師)라면 보통은 개파조사를 떠올리겠으나 간혹은 그 쓰임이 다르다.

사부의 사부를 뜻하는 태사조(太師祖), 그 윗대를 칭하는 태태사조(太太師祖), 그 이상의 선대는 보통은 칭할 일이 없기에 모든 선대들을 통칭하는 데 쓰이기도 하는 것이다.

이는 항렬 차이가 최소 다섯 배분 많게는 그 이상이라는 뜻.

허면 눈앞의 이 노도사가 무슨 무당의 허(虛) 자배 정도 된단 말인가?

말도 안 돼!

허 자배는 새외대전 당시에 활동하던 무당의 제자들이다.

바로 사마세가가 봉문하던 그 시기!

허면 무신 어른과 동년배라는 뜻인데, 삼신(三神)의 경지를 이룬 무신 정도의 인물이 아니라면 결코 그 정도로 수명을 초월할 수는 없는 것이다.

'분명 절대경인데?'

절대경으로는 아무리 의념으로 버티고 버틴다 해도 백 년 남짓한 인간의 수명을 초월할 수 없다.

조휘가 의구심 가득한 눈빛으로 무황을 쳐다보았다.

"조사님이라니 농담이시죠?"

아니 무슨!

제갈세가의 강호풍운록이 작성되기 이전의 강호인이 지금

까지 살아 있을 수 있다고?

"소검신께서는 무당일우검의 전설을 듣지 못했는가?"

무당의 깊은 심산유곡에 남아, 평생토록 태극검공의 완성을 위해 홀로 정진해 온 자.

무당의 근심하는 한 자루의 검(武當一憂劍).

비록 무신의 신위에 가려져 있었으나, 새외대전에 나타난 그가 일검을 휘둘렀을 때 새외의 마인들은 추풍낙엽처럼 떨어져 나갔다.

"에이…… 아니죠?"

무황의 꾹 닫힌 입.

그는 침묵으로 긍정을 말하고 있었다.

"아니 그럼? 설마 저분도 화산대협제?"

화산대협제(華山大俠帝).

중원의 역사에서 그보다 더 활인검(活人劍)을 대표하는 무인은 존재하지 않았다.

그 혼란스러운 전란의 시기, 새외대전에서 그는 단 한 명의 적도 죽이지 않았다.

오히려 아군 몰래 적에게 자비를 베풀어 풀어 주거나 중원의 사상으로 교화시키기도 했고 혹은 정착하는 데 도움을 주기도 했다.

당시 정파 측에서도 복수에 미쳐 도의와 협을 저버린 자들이 수도 없이 속출했던 마당.

후일 밝혀진 그의 미담은 그래서 더욱 가치를 발했던 것이다.

"법천대제승(法天大制僧)……."

반대로 법천대제승은 지독히 엄격한 규율로 정파 진영을 다스렸던 승려였다.

어지러운 전란을 틈타 도리를 어기고 악행을 일삼은 자나 의리를 저버린 배신자가 나타나면 어김없이 법천제승의 철선장(鐵禪杖)이 날아들었다.

그의 철선장 앞에서는 구파일방이나 삼류 방파나 모두가 평등.

후세의 사가들 중에서는 그의 그런 무차별적인 징치로 강력한 통제를 하지 않았더라면 정파 측이 새외대전을 승리하지 못했을 것이라 보는 자들도 상당했다.

지금 조휘는 그런 새외대전의 전설적인 영웅들, 그 역사를 두 눈으로 확인하고 있는 것이다.

-허허허…… 어쩐지 낯이 익다 싶었더니 과연 그들이었구나. 어찌하여 저들이 지금까지 살아 있단 말인고. 선재로다. 선재야.

무당일우검(武當一憂劍).

화산대협제(華山大俠帝).

법천대제승(法天大制僧).

수백 년 전, 무좌(武座)가 정립되기도 이전의 시기.

무신과 함께 새외대전의 혈겁으로부터 강호를 지킨 대영

웅들, 우내삼협(宇內三俠)이 거짓말처럼 조가대상회에 현신한 것이다.

우내삼협의 주위로 아른거리고 있는 정기와 그윽한 잔향.

이는 그들의 경지가 천지의 기운과 교감하는 경지, 즉 천지교태라는 뜻이었다.

비록 완전하다 할 수는 없겠으나, 신좌의 유산을 접하지 않고서 자연경의 진입을 바라보고 있는 저들의 경지란 진정 대단한 것이었다.

여기서 조휘의 속마음을 잠시 말해 보자면, 그에게 큰 가르침을 베풀어 준 검신을 제외한다면 그런 삼신(三神)보다도 오히려 당대의 자하검성이나 이런 중원의 초극고수들에게 더욱 진한 존경의 마음이 일고 있었다.

삼신에게 닿은 신좌의 유산은 솔직히 너무 반칙 같은 느낌.

더욱이 달마의 제자들이 만든 세 영옥(靈玉) 역시 보패나 법보라 할 수 있는 기물이었기에, 이를 통해 얻은 능력이란 온전한 한 사람의 실력이라 할 수 없는 것이었다.

허나 이들은 다르다.

신좌나 그의 인연들로 말미암아 이룩한 힘이 아닌, 진실된 그들 본연의 노력과 재능으로 피어 낸 꽃!

처음에는 이런 점을 그다지 신경 쓰지 않았다.

허나 무공의 경지가 높아지고 의념의 세계가 단단해지면 해질수록, 마음 한구석에서 내내 알 수 없는 공허함이 치솟았다.

검신 어른께서도 이런 사실을 누구보다도 뼈저리게 느껴 왔기에 때때로 자괴감을 표시하셨고, 경지에 오른 후배를 만날 때면 그토록 기꺼워하셨던 것.

과연, 이번에도 검신 어른은 크게 감동하신 듯 탄성을 지르고 계셨다.

-허허! 속풍(俗風)으로 허술하게 본인을 낮추고 있으나 그야말로 감출 수 없는 소림혼이구나!

-그윽한 선도(仙道)의 내음만으로 내 마화가 반응하는 건 실로 오랜만이다.

이들의 기나긴 인생, 그런 열정으로 피워 낸 경지도 좌들이 두려워하는 '사람의 꽃'.

그것이 조휘가 저들의 저력을 단순히 무공으로만 평가하지 못하는 이유다.

무황이 가히 천군만마를 불러온 셈.

더불어 이제 조휘도 반쯤은 중원인이라 할 수 있었기에, 마치 역사책 속의 인물을 직접 보는 듯한 감동을 느끼고 있었다.

무려 새외대전의 영웅들!

그런 전설 속의 우내삼협이 등장했다는 소식을 들은 조휘의 동료들이 쏜살같이 달려왔다.

일행 중 가장 먼저 달려와 감동한 얼굴로 굳어 있는 이는 남궁장호.

코흘리개 시절부터 저들의 영웅담을 들으며 자라 왔다.

저들은 단순한 무인 이상이 아닌 영웅들!

사내라면, 그 마음에 열혈을 품고 있는 정파의 후기지수라면 이 세 영웅을 존경하지 않을 수가 없다.

"말학 후배…… 이 남궁 모……."

떨려서 제대로 말도 잇지 못하는 남궁장호의 모습이 마치 숫기 없는 아이 같아 보일 지경.

"좋은 검수가 될 아이로고."

그런 무당일우검의 나지막한 목소리에 남궁장호는 더욱 감읍한 얼굴을 했다.

"가, 감사합니다!"

지극한 예로 화답하는 남궁장호를 흐뭇한 얼굴로 바라보던 무당일우검이 다시 무황을 향해 시선을 옮겼다.

"청운아. 먼저 우리 할 일부터 하자꾸나."

"그리하겠습니다……."

일순 우내삼협과 무황 사이에 이유 모를 무거운 분위기가 감돌았다.

잠시 머뭇거리던 무황이 조휘를 쳐다보며 무거운 음성을 토해 냈다.

"소검신."

무황은 의도에 따라 상대 칭호를 달리 부르는 버릇을 갖고 있었다.

사담을 청할 때는 조 소협.

상단의 일을 논할 때면 조 회장.

지금처럼 그가 자신을 소검신이라 불렀을 때는 어김없이
중대한 '강호의 일'을 상의해 왔다.

"기탄없이 말씀하시지요."

"자네의 약혼녀와 그의 오라비를 불러 주게."

71 章.

상단의 일로 분주한 한설현은 그렇다 치고 그의 오라비인 한설백까지?

이는 단순히 강호의 대원로에게 후배를 소개시켜 주는 일로 부르는 것이 아니라는 뜻이다.

조휘로서는 그 이유를 듣고 싶었으나 강호의 대원로들이 저토록 진중한 얼굴을 하고 있으니 감히 입을 열기가 어려웠다.

과거였다면, 정파의 대원로와 무황이 북해의 후예들을 핍박하려 든다고 생각했겠지만 지금은 저들에게서 뭔가 다른 의도가 느껴진다.

"알겠습니다."

철검 위에 올라탄 조휘가 머나먼 창공으로 멀어지자 무당일우검이 두 눈을 커다랗게 떴다.

"허허허……!"

그로서는 상식이 붕괴되는 장면이 아닐 수 없었다.

그것은 천지교태를 이룬 자의 검령(劍靈)이 아니었다.

"이 우검조차도 최근에 이르러서야 가능했던 것을 저 어린 후기지수가…… 게다가 저것은 순수한 의념지도가 아닌가?"

검수라면 저런 무모한 생각을 도저히 하지 못할 것이다.

절대경을 이룩한 검수라면 누구나 잠시 동안은 어검비행술을 흉내 낼 수 있다.

하지만 막대한 의념의 소모를 막을 길이 없다.

의념의 다른 말은 사념(思念).

인간인 이상 그 사고력은 한계가 명확해서, 지닌 의념의 총량이 재빠르게 소진될 수밖에 없는 것이다.

그러므로 저런 방식의 어검비행을 유지한다는 것은, 의념의 소모가 막대한 절대검초를 쉬지 않고 펼치는 것이나 마찬가지인 셈.

항시 만일의 상황을 대비하는 것이 무인의 마음가짐일진대, 그런 강호의 검수가 어찌 저런 무모한 어검비행을 구사할 수 있단 말인가?

강호무림인으로서는 할 수 있는 행동이 아닌 것이다.

그런 무당일우검의 생각을 읽은 듯, 무황이 약간은 허탈해진 심정으로 웃고 있었다.

"저놈은 저런 어검비행술을 구사하면서도 무한한 의념검공을 쏟아 낼 수 있습니다."

"……뭐라?"

나직이 한숨을 내쉬는 무황.

"의념의 총량이 일반적인 절대경과 다릅니다. 의념을 구사하는 방식도 뭔가가 다릅니다. 소검신은 강호사의 불가해(不可解)입니다."

이를 듣고 있던 법천대제승이 침중히 고개를 끄덕인다.

"아미타불, 놈이 지닌 의념의 기질이 확실히 일반적인 범주는 아니구먼."

"그건 또 무슨 소리냐?"

무당일우검의 반문에 법천대제승이 대답 없이 철선장을 흔들었다.

그러자.

우우우우웅—

웅혼한 금빛 광휘와 함께 광대무변한 능력이 그의 몸에 현신한다.

그 모습이 너무나도 눈부시고 장엄하여 남궁장호는 감히 그를 마주 바라볼 수 없었다.

마치 불존의 현신!

"저놈이 의념을 일으켰을 때 본 승의 반야(般若)가 태풍을 만난 듯 격랑을 일으켰지."

"뭣이라?"

제석천(帝釋天)의 반야가 동요하는 현상은 오로지 지극한
마(魔)를 만났을 때만 일어난다.

하지만 무당일우검은 그런 소검신에게서 한 점의 사특함
도 느끼지 못했다.

이내 무당일우검의 황망한 시선이 무황에게로 향했다.

"저놈이 검신의 진전을 이었다 하지 않았느냐?"

"예, 그는 틀림없는 검신의 후예입니다."

"한데?"

이는 단순한 문제가 아니었다.

소검신이 정파의 적통이 아니라면, 이렇게 자신들이 다시
노구를 끌고 세상에 나올 이유가 사라진다.

"강호사에 그 유례를 찾을 수 없는 기연을 한 몸에 지닌 놈
입니다. 저 역시 아직 다 알지는 못합니다. 으음…… 친우들
이라면 다르겠군."

무당일우검이 무황의 시선을 좇더니, 이내 남궁장호를 함
께 바라보고 있었다.

"아이야. 그 아이의 내력을 모두 우리에게 말해 다오."

"예, 예? 저, 저는……!"

식겁한 얼굴로 주춤 뒤로 물러나기까지 하는 남궁장호의
순진한 반응에서, 노련한 강호의 대원로들이 남다른 낌새를

알아차리지 못한다는 것은 오히려 더 이상한 일일 것이다.

화산대협제의 얼굴이 금방 호기심으로 물든다.

"무량수불, 검신의 진전을 이은 것 외에도 분명 대단한 뭔가가 더 있는 게로군."

"저, 절대! 아, 아닙니다!"

이제 와서 고개를 거칠게 도리질해 본다고 해서 눈덩이처럼 불어난 의구심이 잦아들 리가 있겠는가.

무당일우검이 한숨을 푹 내쉬더니 무황에게 입을 열었다.

"저 아이는 검 외에는 아무런 쓸모가 없네. 천생 무인인 아이야. 전장에서 돌격하는 것 외에는 다른 일에 그를 중히 쓰는 일은 없도록 하게. 쯧쯧, 남궁(南宮)은 왜 늘 저 모양인가? 아무리 세월이 흘러도 달라지는 게 없군."

"저는 이미 물러난 몸입니다. 새로운 맹주가 알아서 할 일이지요."

화산대협제가 어이가 없다는 듯한 얼굴로 너털웃음을 터뜨리고 있었다.

"껄껄! 일평생 검밖에 몰라서 우검(愚劒)이라 불린 자네가 그런 소리를 하다니! 지금 우리 모두를 웃겨 죽일 셈인가?"

그렇다.

사람이란, 때론 자신과 닮은 이를 가장 싫어하는 법.

도플갱어가 서로를 증오하는 것은 그런 본능 때문이리라.

"장수의 용맹은 수많은 수하들의 목숨을 살리지. 노인의

한스런 잡설에 불과하니 마음에 담지 말고 그대로 일로정진
하라."

화산대협제의 그 한마디는 남궁장호를 거센 감동에 휩싸
이게 만들었다.

"정문일침의 그 말씀! 이 말학 후배의 마음에 평생의 길로
새기겠습니다!"

"좋다(好)!"

그런 덕담이 오고 가기를 반나절쯤 지났을 때, 조휘가 철검
을 타고 한설백과 함께 나타났다.

불과 반나절 만에 그 먼 합비까지 다녀왔다는 사실에 우내
삼협과 무황은 하나같이 혀를 내둘렀다.

한설백은 엄청난 풍압 때문이었는지 설풍한가 특유의 백색
미발이 모조리 산발해 있어 조금은 우스꽝스러운 모습이었다.

하나 우내삼협을 응시하고 있는 그의 눈빛은 결코 호의적
이지 않았다.

"오라버니!"

이어 진가희와 함께 도착한 한설현이 그를 향해 서둘러 뛰
어갔으나 한설백은 그런 여동생에게 눈길조차 주지 않으며
여전히 두 눈에 불같은 광망만을 토해 내고 있었다.

"본 공자를 보자고 한 이유가 무엇이오."

그에게 있어서 우내삼협은 무림의 대선배가 아니라 그저
원수다.

단지 힘이 없어 이렇게 두 주먹만 불끈 움켜쥐고 있을 뿐.

절대빙인의 경지를 이룩했다면 벌써부터 빙백신장을 일으켜 저들에게 짓쳐 갔을 것이다.

우내삼협은 그런 설풍한가의 남매를 보자마자 하나같이 복잡한 얼굴이 되어 표정을 굳히고 있었다.

찬란하게 물결치며 흩날리는 백색의 미발(美髮).

인세에 나타날 수 없는 절대적인 미(美).

그때로부터 무수한 세월이 흘러, 이토록 몸과 마음은 늙었으나, 당시에 느꼈던 경이(驚異)란 이렇게까지 생생하단 말인가.

그때.

카앙─

법천대제승의 철선장이 날카로운 쇳소리를 내며 바닥에 떨어졌다.

그대로 무릎을 꿇고 마는 소림의 노승.

"설풍한가의 후인이여, 제발 노납의 지난 악행을 용서해 주시게."

화산대협제도 그와 함께 무릎을 꿇는다.

"북해여. 우리가 빙백여제(氷白女帝)를 그렇게 만들고……우린…… 단 한 치도 나아가지 못했소. 지금까지 그 모진 세월, 그 일을 후회하지 않은 날이 없었소."

함께 무릎을 꿇은 채로 자신의 검을 한설백의 앞으로 던져 버리는 무당일우검.

"그 검은 우검(憂劍)이 아니라 사검(邪劍)이었소. 그 후로 부터 한 번도 검초를 펼친 적이 없소이다. 이제 그 사특한 검으로 내 목숨을 취해 한백하의 넋을 기리시오."

협(俠)으로 절대적인 명성을 구가했던 영웅들, 우내삼협.

조휘는 저들의 오랜 은거의 이유를 이제야 깨달을 수 있었다.

복수에 미친 시대, 그 광기의 역사를 살아온 영웅들.

후세의 사람들은 그들을 칭송하기를 주저하지 않았으나 정작 그들의 마음은 저토록 지옥이었던 것이다.

허나 한설백은 오히려 미치도록 화가 났다.

고작 저런 양심의 지옥을 설풍한가가 겪어 온 지옥에 비할 수 있단 말인가?

저들의 꿇어앉은 모습은 그 고매한 양심의 가책을 덜기 위한 위장이요 기만에 불과하다.

고작 이런 사과로 모든 것을 끝내자고?

수많은 북해인들의 처절한 죽음은 어떡할 것이며, 비웃으며 유린당한 한백하 사존의 비참함은 이제 무엇으로 기린단 말인가!

열기를 잃어 불그스레 노을 지는 석양 아래에서, 세상을 모두 얼려 버릴 듯한 설풍한가의 빙백지기가 현신했다.

츠츠츠츠츠-

과연 만년빙정과 함께한 그간의 수련이 헛되지 않았던 듯, 한설백이 일으킨 한기란 그야말로 가공함 그 자체였다.

"형님, 그만요."

조휘가 한설백의 오른손에 실린 막강한 한기를 의념으로 부드럽게 어루만지고 있었다.

"뭐 하는 짓이냐!"

"설풍한가가 죽인 중원인들도 만만치 않잖아요."

조휘가 싱긋 웃었다.

"복수란 서로 그렇게 아픔으로 잊는 겁니다."

조휘의 말은 분명 그의 가슴에 울림을 주었다.

그러나 한설백은, 빙궁의 후계자이기 이전에 북해인(北海人).

중원을 향한 북해의 한(恨)은, 끝도 없이 펼쳐진 설원보다 너르고, 살을 에는 눈보라보다도 날카로웠다.

"우리가 많은 것을 원했더냐?"

다시금 그가 우내삼협을 향해 처절한 분노의 광망을 토해 냈다.

"빙궁의 제자들이 그리도 두렵다면! 힘없는 북해인들, 아니 아녀자와 아이들만이라도 중원으로 받아 달라고 하였다! 북해가 기름진 너희의 남녘을 원하였느냐! 그저 원한 것은 한 줌의 척박한 초지(草地)였다! 북해 아이들의 손을 본 적이 있느냐! 그 작은 고사리손들! 얼음과 눈으로 뒤덮여 굳어 버린 땅을 헤집다 멍과 피, 동상이 마를 날이 없다! 너희 중원은! 당신들의 강호는……!"

북해의 하늘을 닮은 한설백의 시푸른 두 눈에서 처절하고도 뜨거운 눈물이 흘러내린다.

"그토록 유가(儒家)의 도(道)를 배우면서…… 왜 그리도 측은지심이…… 왜 그렇게 자비도 없었단 말이냐……."

한설백의 음울한 목소리.

그 처절한 음성이 이내 비수가 되어 우내삼협의 가슴을 날카롭게 헤집었다.

북해가 원한 것은 중원 북부의 초지.

하지만 그 땅은 정파 세력의 강역.

당시 정파 세력의 종주(宗主)가 이를 허락할 리 없었다.

강역을 내어 주는 문제는 개인의 양심으로 정할 수 없다.

한설백은 그 너른 초지를 한 줌의 척박한 땅이라 격하(格下)하고 있으나, 그 비루한 땅에서도 말과 양을 키우며 생계를 이어 나가고 있는 수많은 중원인들이 존재한다.

말(馬)이 있는 곳에는 은자와 창칼이 모이는 법.

그처럼 이해관계가 거미줄처럼 얽혀 있어 수많은 중원인들의 생사 여탈권이 걸려 있음이니, 아무리 종주의 마음이 바다와 같이 넓다 해도 어찌 외세에게 초지를 허락할 수 있겠는가.

한설백이 저토록 북해를 사랑하는 만큼, 당시의 정파 맹주(盟主) 역시 중원인들을 향한 맹목적인 사랑은 마찬가지.

서로 지켜야 할 사람이 다르고 각자 추구하는 이상에 차이가 있을 뿐, 누가 그르고 누가 나쁘다며 함부로 말할 수 있단 말인가.

그래서 인간사의 쟁투(爭鬪)란 필수 불가결.

땅 위에 서 있는 사람의 수만큼이나 각자의 다양한 정의(正義)를.

서로 창칼로 겨루어 이를 증명하고 끝내 한 집단만 남아 독식하는 것.

이렇듯 하나의 정의만 살아남는 것이 이 땅 위의 역사(歷史)요, 인류사의 비애(悲哀)다.

그렇게 태초부터 행해 온 사람들의 패도(覇道)를, 서로 저열하다 손가락질해 버린다면 이 땅 위에 부끄럽지 않을 이가 누가 있겠는가.

그래서 힘은 곧 정의의 다른 말이며 승자만이 세상 위에 군림한다.

비록 손가락질을 받는다고 해도 그것이 바로 비정한 강호(江湖).

정파라고 해서 그 승자 독식의 논리에서 비껴 나갈 수는 없다.

"아미타불…… 서면 앉고 싶고 앉으면 눕고 싶으며 누우면 자고 싶은 것. 이는 물이 흐르는 것만큼이나 자연스러운 사람의 욕망이니……."

법천대제승은 그렇게 꿇어앉은 채 더없이 공허한 눈빛으로 한설백을 응시하고 있었다.

"그때 만약 우리가 북해인들에게 한 자락 초지를 내어 줬다면…… 세월이 흘러 그대들은 계절에 따라 초지를 헤매는 삶에 또다시 지칠 것이고, 결국은 정착하여 농사를 짓고 싶었을 것이오."

"……."

법천대제승이 남녘의 하늘을 바라본다.

"당신들은 오랜 세월 그 초지에서 말을 키우고 살찌워, 수도 없는 전마(戰馬)들을 확보했겠지. 그 전마를 타고 기름진 남쪽의 농토를 향해 남하(南下)하지 않으리라고 누가 감히 장담할 수 있겠소이까."

이내 화산대협제의 힘없는 목소리가 함께 들려왔다.

"우리더러 공맹의 도를 모른다며 손가락질하기에는, 우리 사람들, 이 강호가 걸어온 역사가, 너무도 피로 물들어 있소이다."

지금까지 묵묵히 듣고만 있던 조휘가 크게 감동한 얼굴로 모든 사람들을 훑어보았다.

"전 지금까지 정파(正派)를…… 단 한 번도 마음속 깊이…… 위대하다 고매하다 여긴 적이 없습니다."

정도의 자긍심 없이 살아온 '검신의 후예'라.

정파 세력의 후기지수를 자처하는 소검신의 입에서 나온 말이라고는 실로 믿기 힘든 말이었다.

한데 이를 듣고 있던 무당일우검은 마치 당연하다는 듯한 표정으로 고개를 끄덕이고 있었다.

"이해하네."

허나 조휘는 더욱 엄정한 얼굴이 되어 예의 농도 짙은 감정을 토해 내고 있었다.

"허나 이미 오래전에 절대경을 넘어 이제 천인합일의 도를 넘보는 우내삼협께서는!"

조휘의 강렬한 눈빛이 한설백을 향했다.

"이 빙궁 후예의 목을 움켜쥐고, 후환을 없앴다며 앙천광소를 터뜨리기보단⋯⋯!"

늘 당당함을 잃지 않던 소검신의 허리가 여전히 꿇어앉아 있는 우내삼협에게로 서서히 굽혀진다.

"세력과 가문을 모두 잃어, 오직 독기와 한밖에 안 남은 이 북해의 남매를, 이 약자들을 향해⋯⋯."

보고 있느냐 신좌야.

"이렇게 꿇어앉아, 저토록 용서를 청하며, 사람의 역사가 걸어온 패도를 포기하시네요."

이제야 네놈이 무엇 때문에 사람을 그토록 두려워하는지 알겠다.

좌(座)에 이른 그 고고한 존재들에게 이런 더럽혀지지 않는 영혼들이 있단 말이냐.

이러니 네놈들에게는 사람의 영혼이 그토록 맑고 눈부신 것이구나.

조휘가 우내삼협을 향해 전에 없는 예를 다해 정중히 포권한다.

"처음으로 제가, 정파의 후기지수란 것이 자랑스럽습니다. 제 인생관에 커다란 울림을 주신 세 분들께 진심으로 감사드립니다."

때때로 사람이란, 욕망과 이기심을 포기하고 올바름을 선택한다.

그것이 어지러운 세상, 이 패도 속에 피어나는 사람의 순수한 불꽃.

이 힘, 이 순수하고도 맑은 영력이 신좌들에게는 없었다.

유일무이한 존재.

그렇게 스스로 오롯함을 부르짖으나, 욕망와 자존감, 자아도취와 우월감으로 더럽혀진 영혼이란 '진정한 우주의 법칙'의 경멸을 부르는 법.

강대한 힘을 지녔으나 진정한 우주의 법칙 밖을 떠도는 너희들에게 이미 희망이란 없다.

이미 '사람의 가능성'보다 하찮게 된 너희들이니 그토록 발악할 수밖에.

"조휘 오빠!"

불길함을 느낀 진가희가 혼신의 힘을 다한 경공으로 조휘에게 뛰어갔다.

온통 신령스러운 빛으로 휩싸인 조휘의 전신.

그 빛살이란 너무도 눈부셔서 감히 누구도 뜬 눈으로 바라볼 수 없었다.

"허억!"

그 순간 조휘가 벼락에 관통당한 듯이 몸을 떨며 무아의 세계에서 뛰쳐나왔다.

또다.

삼천 년이란 장구한 세월 속에서 몇 번이나 겪었던 무아(無我).

이유 모를 지식이 끝도 없이 머릿속에 충만해지며 전혀 다른 존재가 되어 가는 듯한 이 기묘한 느낌.

세계의 법칙, 그 은밀한 비밀을 하나씩 알아 버리는 순간, 자신은 점점 인간과 멀어져 갔다.

싫다.

그것이 너무나도 싫었다.

이내 조휘가 가늘게 한숨을 내쉬며 한설백을 쳐다본다.

"형님, 졌어. 북해는."

한설백의 그 얼굴에 일순 허탈함이 스쳤으나, 그는 이를 인정하기가 너무나 힘들었다.

"졌다는 표현도 조금은 우습지. 애초에 복수할 대상이 사라져 버렸는데. 승자와 패자가 지금에 와서 뭔 의미가 있겠어."

한설백도 잘 알고 있었다.

설사 이 자리에 서 있는 자신이 절대빙인(絕對氷人)이었다고 해도.

저 새외대전의 영웅들을 단숨에 죽여, 그 핏물과 살을 모두

111

씹어 삼킨다고 해도.

자신을 기다리고 있는 것은 또 다른 지옥.

저들이 그렇게 한스럽게 살아온 '후회'라는 지옥이었다.

은원(恩怨)이란 본디 바보 같은 쳇바퀴와 같아서.

청백한 사가(史家)들은 그런 강호를 어리석다 광소했다.

그래서 이를 일찍이 깨달은 선인들께서는 그렇게 하나같이 심산유곡에 틀어박혀 칼춤이나 춘 것인가.

그렇게라도 마음을 달래지 않는다면 도저히 견딜 수 없었단 말인가.

그 순간.

쏴아아아아아아아아─

한설백의 세상이 변했다.

그의 백색 미발은, 더욱 청명한 빛을 발하며 은발로.

그의 주위로 깃든 빙기가, 더욱 신령스러운 눈부신 포말로.

그의 두 동공이, 시푸르다 못해 더욱 투명해진 유리알로.

그렇게 그의 빙기가, 오롯한 의념의 세상을 맞이하였다.

손만 뻗으면 세상이 얼어붙는다.

숨결조차 의지를 담으면 북해의 절대한풍이 된다.

내부로 충만해지는 거력을 견디다 못해, 그의 입으로 터져 나오기 시작한 광대무변한 공명음.

<u>오 오 오 오 오─</u>

저 아름다운 은발.

저 절대적인 빙기.

단 한 수의 손짓으로 수백 장의 대지를 설원으로 만들어 버리던 한백하의 모습, 흡사 그대로다.

그렇게 복잡한 심경으로 북해의 전설, 절대빙인(絶對氷人)의 탄생을 지켜보고 있는 우내삼협.

북해의 절대빙인은 감히 중원의 절대경과 비교할 수가 없다.

무신이 나타나기 전, 중원의 절대경들은 한백하에게 모조리 목숨을 잃었으니까.

이렇게 또다시 절대빙인이 출현하였으니, 이번에도 북해는 세상을 향해 비상하려 들 것이다.

허나 그런 우내삼협의 예측은 완전히 틀린 것.

당금의 강호에는, 어쩌면 삼신(三神)의 신위를 능가할지도 모르는 대영웅, 소검신(小劒神)이 있었다.

"와 씨! 이 와중에? 도대체 어떻게 된 겁니까 형님?"

스스로도 얼떨떨한 듯 멍하니 달라진 세상을 살피고 있는 한설백.

"오라버니! 으흑흑!"

한설현은 한설백의 주위로 서려 있는 상상할 수도 없는 강력한 빙기를 느끼며 오열하고 있었다.

"설현아."

달라진 기도로 누이의 등을 어루만지고 있는 한설백을 향해 조휘가 침을 튀기면서 연신 그를 칭송했다.

"와! 절대빙인이라니! 이런 개꿀이!"

저 정도 막강한 빙기의 기운이라면 포양호의 절반 정도는 단숨에 얼려 버릴 기세다.

쪼르르 다가오는 제갈운.

"이제 우리 조가대상회는 얼음 걱정에서 완전히 해방되는 군요!"

"암! 그렇고말고!"

바로 이것이 조휘가 날듯이 기뻐하는 이유!

본디 근묵자흑(近墨者黑)이라 했다.

조휘와 오랫동안 함께 지내다 보니 그 고고했던 제갈운도 이제 정상은 아닌 듯 보였다.

한설백이 눈물을 글썽이며 허공을 올려다보았다.

이제는 완전한 어둠으로 물들어 온통 별빛으로 반짝이고 있는 밤하늘.

한백하 사존.

초상화도 남아 있지 않아 그 빼어난 용모도 보지 못했으나, 왠지 그녀의 얼굴이 밤하늘에 그려진다.

떠오른 한백하 사존의 미소는 어머니의 그것과 닮아 있었다.

'사존이시여……'

그 옛날, 벌거벗겨진 채로 그토록 치욕을 당하셨음에도, 그렇게 웃음지어 이들을 용서하시나이까.

이 후손에게도 북해의 설원 같은 너른 포용을 강요하시는 겁니까.

한설백이 아직도 꿇어앉아 처분을 기다리고 있는 우내삼협을 향해 장탄식을 토해 냈다.

"후우…… 북해는……."

일제히 잦아드는 소란.

장내의 모두가, 한설백의 입만 쳐다보고 있었다.

"더 이상 중원과의 은원(恩怨)을…… 문제 삼지 않겠습니다."

조휘가 더없이 밝은 표정이 되어 그런 한설백을 와락 끌어안았다.

"잘했어! 잘했습니다 형님!"

그렇게, 한설백도 '사람의 꽃'을 피워 냈다.

저 머나먼 좌들이 두려워하는, 티 없이 맑은 영혼이 된 것이다.

무황이 너털웃음을 터뜨렸다.

"허허! 드디어 새외대전의 종식(終熄)이로군!"

그렇다.

오늘 이 자리가 새외대전의 진정한 종전.

조휘가 두 눈을 번쩍이며 이 총관을 향해 즐거운 명령을 토해 냈다.

"이 총관님! 창고의 설화신주 다 털어 오세요! 조가대상회! 오늘부터 사흘간 잔치다!"

장일룡이 함지박만 하게 웃으며 기꺼워했다.

"잘하셨수! 참으로 잘하셨수! 빙신…… 아니 절대빙신(絶對氷神) 대협!"

조휘가 눈앞에 펼쳐진 살가운 광경을 묵묵히 바라보고 있었다.

진득이 서로를 노려보며 연신 자신의 방식이 맞다고 우기며 검을 논하는 남궁장호와 강비우.

자신의 모습으로 화한 천변혈후 백화린을 도저히 믿을 수 없다는 듯 두 눈만 껌뻑이고 있는 한설현.

공기 중의 수증기를 응결시켜 만든 얼음 결정으로 새롭게 맞이한 의념의 세계를 만끽하고 있는 한설백.

그 눈부신 얼음 결정들이 너무도 아름다워 연신 손뼉을 치며 감탄하고 있는 진가희.

장사처럼 웃통을 모두 깐 채 술독째로 벌컥벌컥 술을 들이켜고 있는 장일룡과 그의 주위에서 환호하고 있는 염상록과 제갈운까지.

지금 이곳에는 정(正)도 사(邪)도 없다. 강호에서의 서열도 배분도 희미하다.

저렇게 왁자지껄 술잔을 주고받으며 즐거워하고 있는 지금의 동료들처럼, 과연 강호도 모든 은원과 이권을 내려놓고 서로 화합할 수 있을까.

조휘의 곁에서, 함께 그런 광경을 지켜보고 있던 무황도 그 마음에 동요가 일어난 듯 보였다.

"소검신의 강호(江湖)라······."

저 모든 청춘들의 구심점은 소검신.

일반적인 강호인의 시점으로는 상상도 할 수 없는 광경이다.

허나 무황은 그런 풍경으로부터 굳이 눈을 돌리고 싶진 않았다.

"그래. 이제야 확고하게 결심이 섰는가?"

"맹주 말입니까?"

"그렇네."

피식 웃고 마는 조휘.

"처음부터 무황님께서 판을 다 짜고 오셨는데, 제가 뭐 거부할 뾰족한 수라도 있겠습니까. 이미 개정된 강호풍운록도 찍기 시작했다면서요?"

무황이 묵묵히 고개를 끄덕였다.

"흑천대살이 처형되는 때와 맞춰, 개정된 강호풍운록이 천하에 퍼져 나갈 걸세. 자네의 명성은 이제 천하제일이 되겠지. 가히 살아 있는 신(神) 취급을 받을 걸세."

강호풍운록의 영웅편, 첫 장을 장식할 소검신의 신위란 찬란하다 못해 마치 위인의 신화처럼 느껴질 지경.

강호에서 절대적인 권위를 지닌 강호풍운록이기에, 앞으로 조휘는 그 명성만으로도 한 문파의 흥망성쇠를 좌지우지할 수 있을 만큼 절대적인 위세를 구가할 것이다.

문득 조휘가 의문을 드러냈다.

"과연 그들이 어떤 식으로 대응해 올까요? 무림맹 말입니다."

"총군사의 성향상 반드시 음해 공작을 펼쳐 대응하려 들겠지. 자네의 정통성을 문제 삼을 수도 있고, 북해에서 온 저 미청년을 이용해 판 자체를 흔들려 들 수도 있네."

조휘의 얼굴이 찌푸려졌다.

"은거를 깨고 나타난 역사 속의 영웅들이 이미 북해를 향해 사죄의 뜻을 표명했습니다. 우내삼협의 명성을 생각한다면 지극히 깔끔하게 정리될 것 같은데…… 아니란 말입니까?"

씁쓸하게 웃고 마는 무황.

"자네는 총군사를 너무 무시하고 있구먼. 그가 가장 먼저 할 행동은 정파인들에게 의심의 씨앗을 뿌리는 걸세. 대관절 우내삼협이라니 말이 된단 말인가? 이미 백 년 전에 백골(白骨)이 되었다고 해도 아무도 반박하지 않을 걸세."

"아니 저 어르신들께서 신위를 드러낸다면 곧바로 증명될 일이 아닙니까?"

무황이 답답하다는 듯 한숨을 내쉬었다.

"우내삼협의 용모파기와 신위를 아는 자들이 과연 남아 있단 말인가? 게다가 당대의 대원로들 모두가 저들에게 포섭되어 있지 않은가."

"아……."

잠시 허탈한 표정을 짓던 조휘가 설마 하는 심정으로 되묻는다.

"우리 편은 정말 아무도 없단 말입니까? 그래도 명색이 무황님이 아니십니까? 그 끗발이 여전히 두루 미치고 있을 텐데요."

"없네. 만박자 늙은이를 포함한 몇 명이 전부야."

"그게 말이 돼요?"

무황의 권위란 정파 세력 내에서 절대적인 것이었다.

그런 엄청난 권위와 명성이 어찌 하루아침에 사라질 수 있단 말인가?

"그러니 나도 미치고 환장할 노릇이 아닌가? 답을 알고 있었다면 이렇게 자네를 찾아와 새로운 무림맹을 발족하자고 청하지도 않았을 걸세."

"아니……."

조휘는 뭐라 항변하려다 금방 입을 꾹 닫고 말았다.

"오히려 조가대상회가 새외(塞外)와 결탁한 배신자가 되겠지. 총군사는 분명 소검신이 그런 의도를 감추려고 살아 있지도 않은 우내삼협의 명성을 이용했다며 정파인들을 선동할 것이야."

"미친!"

무황의 눈빛이 더없이 진지해졌다.

"그래서 반드시 자네는 성역(聖域)이 되어야 하네. 그 누구도 쉬이 깎아내릴 수 없는 절대적인 명성! 그래서 강호풍운록이 그토록 중요한 걸세."

잠시 생각에 골몰하던 조휘의 눈빛이 점점 묘해진다.

자신이라면 어떻게 행동했을까?

무림맹의 총군사가 그토록 심계 깊은 자라면, 소검신을 무너뜨리기 전에 반드시 먼저 할 행동이 있었다.

"신임 맹주의 맹령이 권위를 지니려면, 저를 깎아내리기 전에 무황님이 먼저가 아닙니까?"

"……."

정파인이란 명예를 목숨보다 소중이 여기는 자들.

특히나 무황처럼 고매한 인품으로 명성 높았던 무림의 대원로라면, 총군사가 벌이는 음해 공작을 도저히 참기 힘들 것이다.

"내게는 딸이 하나 있네."

"무화부용 낭자 말씀이십니까."

그가 딸 얘기를 꺼내자마자 조휘는 곧바로 머릿속에 하나의 가정이 스쳐 지나갔다.

"아니 설마…… 그렇게까지……?"

무황의 딸 무화부용(武花婦容).

안타깝게도 그녀는 백치가 된 상태였다.

그녀의 전 남편이었던 옥기린(玉麒麟)은 완벽한 이중인격자.

오랫동안 세상을 속여 왔던 그의 패륜적 행동들은 당시에 너무나도 큰 충격을 주었다.

결국 무화부용은 자괴감을 견디지 못하고 자진하려 했으나, 음독에 죽기를 실패한 후 끝내 백치가 되어 버린 것.

모든 패륜의 전모가 드러난 옥기린의 가문 황산장가(黃山

張家)는 멸문에 가까운 타격을 입었으나, 지금에 이르러서는 과거의 성세를 제법 회복했다고 들었다.

영민한 심계의 총군사가 백치가 된 그녀를 이용할 방법이라면 뻔하다.

"개새끼가……!"

무황의 무심한 시선이 야공을 가른다.

"우리 려아(麗兒)는 백치가 되어 입을 열지 못하나, 그놈은 멀쩡히 스스로를 해명할 수 있지. 총군사는 분명 옥기린의 패륜적이었던 행동들의 원인을 모두 려아에게 뒤집어씌울 걸세. 사생활 중의 사생활이라 할 수 있는 무황의 가정사란 수군거리기에 가장 좋은 소재일 터."

조휘는 마치 의념을 일으켜 검을 탈 기세였다.

"지금 당장 가시죠. 제아무리 무림맹이라고 해도 지금의 저는 모두 쓸어버릴 수 있습니다."

"물론 자네라면 심대한 타격을 줄 수 있겠지. 허나 그 즉시 소검신은 소검마(小劍魔)가 될 게야. 명성이 땅에 추락하는 걸세. 강호공적은 덤이고."

"……."

무황의 표정에 허탈한 기색이 스쳐 지나간다.

"정파는 단순히 힘의 논리로만 돌아가는 곳이 아닐세. 게다가 자네는 저 우내삼협 선배들처럼 각 파의 심처에 은거하고 있는 절대적인 고수들이 얼마나 더 있는지를 모두 파악하

고 있는가? 아니 가장 먼저 자하검성(紫霞劍聖)을 상대할 수

있단 말인가?"

팔무좌의 제일좌(第一座).

자연경의 경지에 오른 당대의 천하제일인.

과거라면 몰라도 삼천 년이라는 무량의 시간 동안 의념을

닦아 온 조휘는 물론 그를 쉽게 제압할 자신이 있었다.

허나 그 고매한 인품의 화신과 적(敵)이 된다는 것은 마음

에 들지 않았다.

"구파일방의 오랜 역사와 저력을 가볍게 보지 말게. 명분

을 내어 주는 순간 자네는 천하 그 자체와 싸워야 할 걸세. 그

대단한 마교가 절대적인 마(魔)를 앞세우고도, 단 한 번도 제

대로 중원을 정벌하지 못한 것을 반드시 기억해야만 하네."

정파가 오로지 힘의 논리로만 작동했다면 진즉부터 소림

(少林)이 강호의 패자로 군림했을 것이다.

소림이 가장 강성했던 시절, 그들은 나머지 모든 문파를 합

한 것보다 강했다.

그러나 그들은 결코 패도로 군림하지 않았다. 오히려 강호

의 안녕을 위해 희생하고 인내하며 또 베풀었다.

아무리 약해져 비웃음당할지언정, 북숭소림과 남존무당은

영원하다.

그런 영원불멸의 명성을 이룩하기까지 그들이 치러 온 희

생과 인내란 감히 상상도 할 수 없을 것이다.

당대에서도 제일가는 성세를 구가하고 있는 화산파가 아니라 무당에서 무림맹주가 배출된 것을 생각하면, 정파란 단순히 힘의 논리로만 설명할 수 없는 곳이었다.

"허면 어찌 대응해야 합니까?"

입술을 짓씹으며 의문을 표시하는 조휘와는 달리 무황은 푸근하게 웃고 있었다.

"나는 자네에게 다른 기대를 걸고 왔지."

"다른 기대라뇨?"

"자네는 지금까지 정파 무림이 단 한 번도 상대해 보지 못한 방식으로 압박해 오지 않았는가."

"……예?"

조휘가 무황의 시선을 좇았다.

그는 어둠이 드리워진 조가대상회의 드넓은 전경을 바라보고 있었다.

"지금까지 중원의 역사란 말이네. 문(文)이 융성하여 대접받는 태평성대도 있었고 무(武)가 득세하는 난세도 있었네. 하지만 상(商)은 말일세. 우리 사람들에게 가장 필요하고 익숙하면서도 이상하리만큼 천대를 받아 왔네."

"음…….."

"지금까지 중원에 존재해 온 상인들이란 말이지. 그야말로 쉴 새 없이 허리를 굽히는 자들이었네. 관인들에게 머리를 조아리고 무인들에게 엎드려 살아남는 가장 낮은 자들. 그들은 오랜 세월 그렇게 굴종하여 살아남을 수밖에 없었네."

이 점은 조휘도 느끼는 바였다.

지금까지 수많은 상인들을 만나 왔으나 그들은 그렇게나 많은 은자를 손에 쥐고 세상을 움직이고 있음에도, 이상하리만치 강자에게 비굴하게 굴고 있었다.

반면 약자에게는 염라대왕보다 모질게 구는 그들.

조휘 역시 그런 중원 상인의 행태들을 평소에 달갑지 않게 생각해 왔다.

"한데 자네는 무인이라기보다 상인을 표방하면서도 결코 굴종하지 않네. 자네의 그런 삶의 태도는 단순히 무력이 강하다고 나오는 것이 아니라고 생각되네. 뭔가 생각하는 것…… 그래 그건 우리와 다른 가치관이야."

조휘의 전생은 현대인.

문(文)도 아니고 무(武)도 아닌, 상(商)이 지배하는 글로벌 시대를 살아온 것.

1, 2차 세계대전을 치른 현대 문명은 인간의 전쟁이 어느 정도까지 파괴적일 수 있는지, 그 지옥을 뼈저리게 실감해야만 했다.

천만 단위의 인간이 죽어 나자빠진, 그야말로 인류 역사상 가장 처참했던 대전쟁.

더욱이 인류를 몇 번이고 멸절시키고도 남을 핵무기가 탄생함으로써, 무(武)의 시대는 그렇게 종언을 고했다.

글로벌 경제는 그 토대 위에 태동했다.

인류는 모두 함께 공멸할 수밖에 없는 핵전쟁 대신, 최첨단 자본주의가 각축하는 대리전(代理戰)을 선택했다.

조휘는 기라성 같은 초일류 기업들이 각축하는, 그런 글로벌 경제를 온몸으로 경험하고 온 현대인.

당연히 그 사고(思考)가, 중원인들과는 판이하게 다를 수밖에 없었다.

"그 위험한 지하상계조차도 암중으로만 힘을 투사할 뿐 결코 전면에 나서지 않지 않는가? 우리는 한낱 상인이 그렇게 금력(金力)을 함부로 휘두르는 모습을 본 적이 없네."

현대인의 경제관념과 사고가 중원인들에게는 그렇게 위험해 보였단 말인가?

쉽게 받아들이기가 어려웠지만 일단 무황의 말이니 조휘는 경청할 수밖에 없었다.

"합비와 강서의 상계를 먹어 치운 조가대상회의 성장 과정을 살핀 총군사가 그러더군. 이건 중원 상인의 방식이 아니라고. 자네가 금력을 투사하는 방식은 맹수(猛獸)와 같다고."

조휘가 인재를 등용해 온 방식은 헤드 헌팅(head hunting).

뛰어난 상인들은 웃돈을 주어 영입했고, 돈으로도 포섭되지 않은 자들은 조가대상회의 창창한 비전과 남다른 권한을 부여함으로써 유혹했다.

또한 상단을 합병해 온 방식은 바로 적대적 인수합병 (M&A).

자신의 엄청난 자금력을 바탕으로 상대의 영업 능력과 이익을 송두리째 압살하여 굴복할 수밖에 없도록 만든 것이다.

이는 유가의 도리와 체면을 중요시하는 중원에서는 전례 없는 방식이었다.

중원의 상인들은 각자의 영역을 서로 존중한다.

체면과 도리, 명성을 중요시하기에 다른 상단에서 이름이 난 상인들을 빼내 온다는 생각 자체를 하지 못했다.

그랬다간 사람들의 손가락질을 받을 것이 불 보듯 뻔한 일이었기 때문.

처음부터 모든 상단을 순회하며 허락을 구하고 상납금을 바친 뒤에야 겨우 한 자락 자리를 얻어 시작하는 것이 바로 신생 상단.

조휘는 그런 일체의 '강호의 도리'를 생략하고 무수히 많은 헤드 헌팅과 M&A를 일삼으며 지금의 조가대상회를 일궈 낸 것이다.

무한 경쟁의 현대 시대를 살아온 조휘.

그가 전혀 다른 세상의 인간처럼 보이는 것은 중원인들에게 당연한 것이었다.

무황이 확신에 찬 어조로 다시 말했다.

"소검신의 금력(金力). 그것이 신의 경지에 이른 무공보다도 저 총군사를 더 당혹케 할 자네의 진정한 힘일 것이네."

◆ ◈ ◆

달포 후.

조가대상회의 천라지망을 뚫고 천신만고 끝에 달아났지만
끝내 사천회에 붙잡히고만 비운의 주인공, 흑천대살은 수많
은 군중들이 보는 앞에서 처형을 당했다.

자신들의 포로라 주장하며 흑천대살을 돌려 달라고 요구
할 법도 하건만, 흑천련과 사천회 사이의 오랜 은원 관계를
감안하여 조가대상회는 오히려 묵인해 주는 관용을 강호에
보여 주었다.

이에 감읍했는지 사천회주 사황 독고장천은 소검신(少劒
神)의 이름으로 처형을 주관하는, 그야말로 믿을 수 없는 행
동을 했다.

지금까지 사파인이 어떤 행사를 주관하며 정파인의 명예
와 체면을 세워 준 예는 전무.

사파인들은 잔학하고 사악하지만 강자를 향한 대우, 그런
힘의 논리는 철저하게 존중하는 집단이었다.

그러므로 사천회주의 이름보다 소검신의 명예를 더 앞줄
에 세웠다는 것은, 조가대상회의 영향력을 존중하거나 혹은
어쩌면 항복의 의미라 여길 수밖에 없는 것이다.

당연하게도 이제 강호인들은 조가대상회를 완전히 다른 시각으로 볼 수밖에 없었다.

지금까지 조가대상회는 그 이름처럼 상회(商會)로서의 정체성이 더 짙었으나 이번 일을 계기로 장강 이남의 신흥 패자로서 확고하게 자리를 잡게 된 것.

본디 강남(江南) 지방은 철저한 사파 세력의 영향권이었다.

한데 그런 살벌한 사파인들의 땅에서 흑천련을 도모한 것으로 모자라 그와 버금가는 패자 집단인 사천회의 경원(敬遠)까지 받고 있으니 소검신의 명성은 날로 높아질 수밖에 없는 것이다.

당연하게도 정파인들의 시선이 일제히 무림맹으로 향했다.

직접적으로 목소리를 내는 자는 없었으나 새로운 무황이 제갈(諸葛) 성씨라는 것이 반란을 의미한다는 것을 모르는 이가 없었던 것.

신(新) 무림맹이 소검신을 어떻게 평가하는지에 따라 강호의 권력 지형이 바뀌는 것이기에 모두가 촉각을 곤두세우고 있는 것이었다.

한데 그런 무림맹의 목소리가 채 들려오기도 전에 더욱 당황스러운 사건이 발생했다.

수년간 별다른 개정이 없었던 만박자의 강호풍운록이 개정본을 공표하고 이를 인쇄하기 시작한 것.

한데, 그 내용이란 것이 지금까지 만박자의 논조와 완벽히 대비되는 내용이라 강호인들의 혼란은 이만저만이 아니었다.

만박자는 새외(塞外)와의 새로운 시대, 즉 평화를 역설하고 있었다.

그간 새외를 향해 혹독한 비난조를 유지해 왔던 만박자의 태도라고는 도무지 믿을 수 없을 정도.

그는 놀랍게도 우내삼협의 실존을 주장했으며, 조가대상회에서 있었던 그들과 빙궁 후예들의 화해 장면을 상세히 묘사하고 있었다.

그런 평화의 중재를 맡은 것은 다름 아닌 소검신과 구(舊)무황 청운진인.

이들의 명예로 공증된 사안은 다름 아닌 새외와의 불가침이었다.

지금까지의 모든 은원을 불문에 부치며 양자 간의 평화를 확약한 것이다.

아직까지도 많은 정파인들의 기억 속에는 새외대전의 핏기가 선연했다.

당연히 그렇게 울분을 삼키고 있는 정파인들로서는, 아무리 만박자의 강호풍운록이라고 해도 도저히 받아들일 수 없는 일.

하지만 그 화해의 당사자가 다름 아닌 우내삼협이었다.

그야말로 새외대전의 대영웅들!

아장아장 걷기 시작할 때부터 그들의 영웅담을 듣고 자라

온 정파인들로서는 당황스러우면서도 한시라도 빨리 강호풍
운록에 공표된 내용의 진위 여부를 확인하고 싶어 했다.

사람이 삼백 년 이상 살 수 있다는 것은 모두가 서책과 구
전으로나 전해 듣던 전설 속 이야기.

허나 지금까지 강호풍운록이 보여 준 신뢰성을 미뤄 볼 때
십중팔구 사실일 가능성이 더 컸다.

만약 만박자의 공표가 사실이라면 이는 당대의 강호가 전
설적인 영웅들의 귀환, 그런 신화적인 역사를 맞이했다는 뜻
이었다.

평생을 동경해 온 대영웅들이 서책 속에서 걸어 나온 격이니
정파인들로서는 기대감으로 흥분되지 않는 것이 더 이상한 일.

물론 무림맹의 대응 방식은 정확히 무황의 예측대로였다.

새로운 무황 제갈명현은 만박자 제갈유운의 강호풍운록을
인정하지 않겠다고 강호에 공표했다.

허황된 이야기로 정파인들을 현혹하여 강호를 어지럽힌다
는 명분으로, 강호풍운록을 정파의 금서(禁書)로 지정한 것
이다.

이는 제갈(諸葛)이 스스로 제갈(諸葛)의 명성과 권위를 부정
하는 행위였기에 정파인들의 놀람은 이만저만이 아니었다.

허나 신 무황의 공표도 영 틀린 말은 아니었다.

그만큼 수백 년 전 대영웅들의 귀환은 도저히 믿기 힘든 소식.

그렇게 강호인들의 시선이 모두 조가대상회를 향해 쏠려

있을 때.

결국 '그 사건'이 발생하고 말았다.

◆ ◆ ◆

소검신이 일단의 무리들과 포양호 인근의 호연평(湖然平)
에 나타났을 때, 사람들은 당연히 그가 강호풍운록의 진위 여
부를 밝혀 줄 것이라 생각했다.

그는 동료들과 함께 말없이 장장 사흘 동안 우두커니 서 있
었고, 포양호 사람들은 물론 인근의 강호인들까지 떼로 몰려
와 그야말로 호연평 일대는 인산인해(人山人海)를 이루었다.

한데 소검신은 갑자기 모인 사람들을 삼백 장 바깥으로 물
리더니.

곧바로 검을 타고 하늘을 날기 시작했다.

말로만 듣던 소검신의 어검비행을 직접 목도했으니 여기
저기서 짙은 탄성과 신음성이 흘러나왔다.

"허, 세상에나……."

"검을 타고 하늘을 누비는 사람을 직접 보게 될 줄이야……."

한편 사람들과 함께 삼백 장 바깥으로 물러나 있던 조휘의
동료들은 하나같이 설마 하는 표정을 짓고 있었다.

"아니 저 미친놈이 '그걸' 진짜로 할 생각인가 본데?"

혀를 내두르는 염상록을 장일룡이 의미심장한 얼굴로 쳐

다본다.

"멀리서 이기어검(以氣馭劍)으로만 흑천련을 아작 내던 형님을 겪고도 그런 소리시우? 우리 형님께 아직도 일반적인 상식의 잣대를 들이밀다니 쯧쯧."

제갈운이 고개를 가로저었다.

"이건 다르죠. 이렇게 강호가 시끄러운 마당에 굳이 사흘을 기다려 사람들을 모이게 한 이유가 뭐란 말이죠? 저건 단순히 무공을 시연하거나 경지를 과시하는 것이 아니잖아요."

"내 말이. 굳이 '그런 걸' 보여 줄 필요가 있나? 아니 솔직히 이건……."

꽤나 열려 있다고 자부하는 염상록이었지만 지금 조휘의 행동은 도무지 이해를 할 수 없었다.

도대체가 팔무좌(八武座)에 소검신(小劍神), 세력의 종주씩이나 되는 자가…….

"아니 그러니까 도대체 소검신께서는 지금 뭘 하려는 것이오?"

"혹 소검신께서는 검초를 시연하려는 것이오?"

궁금증을 참을 수 없었던 군중들이 여기저기서 조휘의 동료들에게 질문을 던지고 있을 때.

쿠쿠쿠쿠쿠쿠

사람들의 발밑에서 가느다란 진동이 일어나기 시작했다.

처음에 사람들은, 그것이 한 검수가 의념을 끌어올림으로

써 일어나는 현상임을 인지할 수 없었으나.

머나먼 상공.

소검신의 전신이 형언하기 힘든 찬란한 서기로 물들기 시작하자, 이런 재해(災害) 같은 일이 그로 인해 일어난 것이라는 것을 곧바로 깨달을 수 있었다.

순간.

소검신의 철검이 느릿하게 움직인다.

지극히 단순한 일격.

사람들은 그런 그의 가벼운 출수에서 별다른 특별함을 느끼지 못했으나, 곧이어 귀청이 찢어지는 듯한 엄청난 파공음이 들려오자 그 한 수에 얼마나 고절한 위력이 담겨 있는지를 뼈저리게 느낄 수 있었다.

그런 소검신의 일격이 너른 호연평을 그대로 강타하자.

콰아아앙-

마치 지진이라도 일어난 양 지축이 거칠게 요동치며 거대한 쇠고랑으로 긁은 듯한 기다란 상처가 호연평에 나타났다.

"우와……!"

"명불허전 소검신!"

그런 초절한 검초의 시연에 감동한 듯 일단의 강호인들이 연신 소검신을 칭송하고 있었으나.

설마 하는 심정으로 초초해하고 있던 조휘의 동료들은 일제히 고개를 푹 숙이며 부끄러워하고 있었다.

"미친놈…… 저걸 진짜로 해 버리다니……."

"진짜 미쳤어!"

허나 이는 시작에 불과했다.

소검신의 검이 또다시 곡선을 그리자.

콰아아아아앙―

꾸르르르르릉―

"우왓!"

"으아아아……!"

한데, 그런 소검신의 일격이 도무지 멈출 기미를 보이지 않는다.

콰아아아아앙―

"으아아아아악!"

"아, 아니 이게 무슨!"

그제야 사람들은 뭔가 일이 잘못 흘러가고 있다고 인지하기 시작했다.

몸을 지탱하기 위해 각자 기를 쓰고 힘을 주고 있던 수많은 사람들이 일제히 조휘의 동료들을 바라보았다.

"저, 저기 조가대상회의 영웅님들! 대관절 소검신께서는 지금 뭘 하고 계시는 거요?"

모든 동료들이 그런 사람들의 시선을 외면하고 있었으나, 오로지 장일룡만이 자랑스러운 듯 근엄한 어조로 턱을 치켜 올렸다.

"우리 형님께서는 지금 중원 최초의 십 층 전각(十層殿閣)을 세우기 위해 터를 다지고 계시우!"

그것은, 모두의 귀를 의심하는 말이었다.

"십 층 전각?"

"마, 말도 안 돼!"

당대 중원인들로서는 상상조차 해 본 적 없는 기상천외한 건축물.

"그게 말이 되는 소리요? 고금의 역사 이래 가장 높다는 항주의 천상황홀루조차 고작 육 층이거늘!"

"옳소! 그 무슨 터무니없는 소리요!"

자랑스러운 듯 가슴 근육을 연신 꿈틀거리는 장일룡!

"후후, 조가대상회를 물로 보시는 구려. 그래서 자그마치 강철로 지어진단 말씀!"

일제히 두 눈을 휘둥그레 뜨는 사람들.

"가, 강철?"

"처, 철로 집을 짓는다고?"

"그렇수! 그러니 얼마나 전각이 무겁겠수? 그래서 혹시라도 지하에 커다란 돌이나 공동(空洞) 같은 것이 있다면 이를 모두 없애고 그 자리를 우리 조가대상회가 개발한 점웅토(粘雄土)로 메워 지반을 공고히 하려는 것이우!"

"……."

"……."

저게 고작 커다란 돌이나 지하 공동을 없애는 '작업'이라고?

여기 모인 사람들도 전각을 짓기 전에 인부들이 집터를 다지는 것을 본 적은 있었다.

하지만 저리도 무저갱까지 팔 기세로 땅을 고른다?

이런 광경은 본 적, 아니 들은 바도 없었다.

무엇보다 가장 천한 잡일꾼들이나 할 일을, 그 고매하신 검수 나리께서 하는 걸 본 적이 없다.

게다가 팔무좌에 이른 절대자의 '무공'으로?

이는 당대의 사람들에게는 상식이 붕괴되는 장면이요, 가치관의 붕괴였다.

무당의 태극검수, 화산의 매화검수가 그 위대하고 현묘한 검술로 밭고랑을 갈고 있다고 하면 어느 정도 적절한 비유일까.

콰아아아아앙―

소검신이 또 한 번 내려처지자 땅 밑에 숨어 있던 커다란 돌이 마치 분쇄되듯 부서져 사방으로 비산, 이내 골재(骨材)로 화했다.

이어 곳곳에 준비하고 있던 일꾼(?)들이 저마다 수레를 이끌고 전광석화와 같은 몸놀림으로 골재가 쌓인 곳을 향해 모여들고 있었다.

"아, 아니 저건 그냥 인부가 아닌데?"

중인들 중 한 사내가 당황스러운 표정으로 장일룡의 눈치를 살피고 있었다.

"그렇소! 저 짐꾼들은 모두 강호인들이지! 바로 우리 형님을 통해 새 삶을 얻게 된 흑천련의 잔당들이오!"

너무나도 놀라 새하얗게 질려 버린 사내!

저 처참한 몰골의 일꾼들이 그 잔인하고 무시무시했던 흑천련의 무인들이라니?

과연 전광석화와 같은 몸놀림으로 골재를 쓸어 담는 그들의 속도란, 두 눈으로 직접 보고 있음에도 도무지 믿을 수 없는 정도였다.

골재가 담긴 수레가 일제히 물러나자 소검신의 위대한(?) 검공이 또다시 작열한다.

콰아아아아아앙-

땅속의 동공(洞空)이 충격을 받자 그대로 움푹 꺼지며 사막의 유사 구멍처럼 주변의 흙들이 빨려 들어가기 시작했다.

저런 부드러운 흙으로 동공이 메워진다면 지하수에 의해 곧바로 지하 공동화가 다시 일어나는 법.

상공 위의 소검신이 느릿하게 손짓하자 미리 대기하고 있던 커다란 봇짐꾼(?)들이 일제히 바쁘게 걸음을 옮기기 시작한다.

자세히 보니 봇짐꾼들이 메고 있는 것은 점웅토가 들어 있는 커다란 포대.

과연 인간이 등에 메고 서 있을 수 있나 싶은 커다란 포대였으나 그들은 다름 아닌 흑천련의 천살과 귀살들.

그들로서는 자신들의 막강한 내공력을 고작 포대를 메고 서 있는 데 쓰게 되리라고는 꿈에도 생각지 못했을 것이다.

포대꾼(?)들이 마치 일개미처럼 질서정연하게 행진을 시작하자, 이번에도 미리 대기하고 있던 일단의 일꾼들이 눈부신 경공을 일으키며 푹 꺼진 동공 주위로 나타났다.

그들은 하나같이 커다란 삽을 무기 대신 등에 차고 있었는데, 그 모습이 실로 늠름하기 짝이 없었다.

그런 삽꾼(?)들이 등에 메고 있는 삽의 날은 그야말로 입이 쩍 벌어질 만큼 넓디넓었다.

저런 삽으로 한 삽을 뜨면 과연 제대로 떠질까 의구심이 생길 정도.

하지만 그들은 흑천련 잔당.

그렇게, 장차 중원 토목계의 상식을 부숴 버릴 인재들이 쉴 틈 없이 몸을 움직이기 시작하자.

머나먼 상공 위에서 이를 바라보는 소검신의 두 눈은 이미 노가다 십장의 그것으로 화해 있었다.

72章.

　사실 전각을 축조하는 광경은 그리 좋은 구경거리가 아니었다.

　사람들에게 흔한 풍경이기도 했고 무엇보다도 꽤나 지루하기 때문이다.

　하지만 조가대상회가 주장하고 있는 십 층 전각, 즉 조가복합천상루(曹家複合天上樓)의 축조 광경이란 그야말로 일각일각이 달랐다.

　집채만 한 구덩이가 메워지는 것도 반각이면 충분하다.

　수십 장 장방형 터를 커다란 나무망치로 두드려 굳게 다듬질하는 것도 일각이 넘게 걸리지 않는다.

엄청난 수레의 행렬은 분명 사람이 끌고 있음에도 웬만한 마차보다 빨랐고, 그렇게 엄청난 종류와 규모를 자랑하는 원자재들이 현장을 향해 물밀듯이 밀려들고 있었다.

이른 아침부터 시작된 축조는 서산으로 해가 기울어 갈 때까지 휴식 한 번 없이 진행되고 있었다.

사람들은 두 눈으로 보고 있음에도 도저히 현실감이 느껴지지 않았다.

굽이치던 구릉과 소하천, 야산과 들녘의 초지까지······.

다양한 형태의 지형지물이 그야말로 평등하게 '평지'가 되어 가고 있었다.

소검신이 가볍게 휘두르는 검초 한 방에 야산이 쪼개어지고 들판이 뒤집어졌으며 하천이 그대로 매몰되고 있는 것.

불과 한 나절 만에 그렇게 다채로웠던 지형의 땅이 결국 네모반듯하게 다져져 단단한 평지가 되어 가는 것.

그런 기상천외한 장면은 차라리 어떤 경외감을 불러일으킬 정도였다.

사람들은 결국 '무인(武人)'을 보는 시각이 달라졌다.

일반 양민들에게 무인, 즉 강호인들이란 관인보다 더 엄청난 존재들이었다.

그들은 지닌 무위만큼이나 고고했고 때론 오만했으며 또 무자비했다.

사람들은 그런 강호인들을 정면으로 떳떳하게 바라보는

것조차 두려워, 칼 찬 자들을 만날 때면 항상 시선을 내리깔아야만 했다.

단순한 모욕으로 끝나지 않는, 신체의 일부가 절단당하거나 목숨을 잃을 수도 있는, 강호인들의 시비를 감당한다는 것은 바로 그런 것이었다.

한데 그런 엄청난 자들이 자신들과 같은 종류의 '험한 일'을 하고 있다는 것.

그 하나만으로도 문화 충격이거늘, 하물며 사람의 무공이 저토록 엄청난 효율을 낼 수 있다는 것을 직접 목도하게 되었으니 새삼 무인의 위력을 뼈저리게 실감할 수밖에.

또한 소검신(小劍神)을 향한 경외감.

지금까지 강서를 지배하고 있던 흑천련 무인들은 그야말로 안하무인이요 오만방자 그 자체인 놈들이었다.

한데 그런 천하의 마인들이 천신처럼 상공에 현신해 있는 소검신의 가벼운 손짓에 의해 일개미처럼 일사분란하게 명령을 수행하고 있었다.

세력의 종주가 지닌 위엄과 권위란 것이 저토록 엄청난 것이었음을 사람들은 더욱 피부로 실감하게 된 것이다.

하지만 소검신은 단순히 수하를 부리기만 하는 종주가 아니었다.

그는 갑자기 상공 위에서 자취를 감추더니 이내 한눈에 봐도 엄청난 두께의 무언가를 두 손으로 떠받치고 나타났다.

이내 그가 그것을 평지 위에 내던지자.

콰쾅!

우레와 같은 굉음과 함께 지축이 흔들거린다.

그제야 사람들은 그것이 엄청난 무게의 강철 다발이었다는 것을 깨닫고는 기겁을 했다.

고작 한 사람이 저런 거대한 강철 다발을 더욱이 저리도 쉽게 운반할 수 있다고?

한데, 그것으로도 끝이 아니었다.

일꾼들이 서둘러 몰려들어 강철 기둥 다발을 해체하자.

다시 소검신이 강철 기둥 하나를 한 아름 끌어안더니 그대로 허리를 일으킨다.

엄청난 의념과 내공이 발휘된 듯, 소검신의 양손에 닿은 기둥의 밑 부분이 시뻘겋게 달아오른 모습이었다.

기기기긱-

기괴한 소음과 함께 천천히 강철 기둥이 허공으로 치솟기 시작한다.

장정 세 사람이 함께 손을 잡고 안아야 겨우 닿을 수 있을까 싶은 엄청난 굵기의 강철 기둥을, 그것도 가장 밑 부분을 잡고서 순수한 힘만으로 들어 올리고 있는 것.

사람들은 그야말로 탄성조차 지르지 못했다.

너무나도 놀라 떡 하고 벌어진 입으로 그대로 석상처럼 굳어져 버린 것.

허나 소검신의 위용은 그것으로 끝이 아니었다.

콰아아아아앙-

지축 전체가 흔들거리는 듯한 충격과 함께, 거대한 강철 기둥이 그대로 다져진 땅에 박혀 버린다.

엄청난 길이를 자랑하던 강철 기둥은 반 이상이나 땅 아래로 자취를 감추었다.

이어 소검신이 정확히 직각으로 박혀 있는 강철 기둥을 한 차례 주먹으로 퉁 치더니.

쿠우우웅-

땅만 흔들거릴 뿐 꿈쩍도 하지 않는 강철 기둥에 흡족한 듯 그제야 만족의 미소를 지어 보였다.

그것이 시작이었다.

콰아아앙-!

콰아아아앙-!

잘 다져진 기초 위에 수십 개의 강철 기둥이 차례차례 꽂히고 있는 기상천외한 광경.

반각도 지나지 않아 결국 모든 강철 기둥이 설계대로 완성되자.

나무판자를 손에 든 일꾼들이 전광석화처럼 달려와 정사각형 터의 경계를 확인하고서 네모반듯한 거푸집을 형성한다.

그렇게 거푸집이 완성되자 점웅토를 등에 인 일꾼들이 질서정연하게 포대를 풀고 들이붓기 시작한다.

그것은 일명 '공구리'.

그토록 엄청난 터다지기를 마쳐 놓고도 불안했는지, 그 위에 수 장(丈) 두께의 점웅토 층을 더해 기둥을 더욱 단단하게 고정시킨 것이다.

그야말로 현대 노가다 공법의 결정판!

저런 견고한 강철 기둥에 저토록 무식한 마감이라니!

분명 땅속의 지룡(地龍)이 미친 듯이 활개를 친다고 해도 끄덕도 하지 않을 것이 분명하다.

설계된 두께의 점웅토 층이 완성되자 그제야 소검신이 손을 번쩍 들며 현장 지휘를 멈추었다.

"좋아! 오늘은 여기까지! 다들 수고했다! 돌아가자!"

내공력이 바닥날 때까지 새하얗게 불태운 흑천련 일꾼들은 그제야 일제히 털썩 바닥에 주저앉았다.

돌아가기는 개뿔, 서 있을 힘도 없는 것이다.

"뭐야? 밥 먹기 싫어? 유시(酉時)가 지나면 총단의 객잔이 모두 문 닫는 거 알아 몰라?"

쓰러진 채 헥헥거리고 있던 흑천련 일꾼들의 얼굴이 일제히 창백해졌다.

그런 사실은 금시초문!

해시가 되도 영업을 하던 총단의 객잔이 왜 갑자기 유시에?

"조금이라도 더 쉬어야 내일도 일할 거 아니냐! 빨리 안 일어나?"

아 그럼 그게 강제로 빨리 취침시키려고?

"조가복합천상루가 완성되기 전까진 모두 금주(禁酒)다! 모든 체력을 축조에 쏟아부어! 대신 완공되면 월봉의 세 배에 달하는 성과봉록을 일괄 지급할 것이다! 알겠냐!"

일꾼들은 월봉의 세 배에 달하는 성과봉록 따위는 귀에 들어오지도 않았다.

뭐?

완공될 때까지 술을 먹지 말라고?

하루라도 술 없이 지내본 적이 없는 흑천련 무사들로서는 그야말로 청천벽력과 같은 명령이었다.

부들부들부들.

하지만 소검신에게 이미 몇 번 반기를 들었던 동료들이 어떤 꼴을 당했는지를 떠올리자 일꾼들은 조용히 분루를 삼킬 수밖에 없었다.

"자, 출발!"

그렇게 소검신이 일꾼들을 인솔하여 축조 현장에서 멀어져 가자.

"지, 지금 우리가 뭘 본 거요?"

"이 강 모! 오늘 진정한 개안(開眼)을 경험했소!"

"강호인들의 무공이란 것이 원래 이토록 엄청났단 말이오?"

"저런 엄청난 자들을 부릴 수만 있다면 그 엄청난 황궁도 달포면 완성할 수 있겠구려!"

상인들을 시작으로, 점점 사람들의 눈빛이 탐욕으로 변해 간다.

무려 강호인을 '일꾼'으로 인식하기 시작한 것이다.

"저들의 하루 품삯이 얼마나 하겠소?"

"한…… 은자 열 냥?"

"하나하나가 능히 오십 인(人) 이상과 맞먹는 듯 보였소! 은자 열 냥이라면 완전 남는 장사가 아니오?"

"오호라! 이곳의 축조가 끝나면 저들은 쓸모가 없어지는 것이 아니오? 소검신의 입장에서도 상회의 일꾼들이 하릴없 이 밥만 축내고 있는 것보다야 우리 같은 상인들에게……."

"예끼 이 사람아! 무서운 것도 없는가 보군! 소검신이 자신 의 휘하를 그렇게 쉽게 내주겠소?"

"밑져야 본전이 아니겠소?"

"저 무시무시한 흑천련 잔당들을 다룰 수는 있고?"

"아……."

그렇게 시작된 호연평의 축조 현장은, 이내 강서 포양호의 유명한 명소가 되어 수많은 사람들의 발길을 불러들였다.

조휘의 집무실 안.

참을 수 없는 궁금증을 토로한 제갈운에게 조휘는 실로 간단하게 대답했다.

"소문은 소문으로 덮어야지."

이슈를 이슈로 덮는 것은 정석적이지만 강력한 현대 언론 기법이었다.

제갈운이 또다시 강렬한 의문을 드러냈다.

"주머니 속의 송곳이란 언젠가 다시 튀어나오는 법. 우내삼협 문제는 명확한 해명 없이 결코 그냥 지나갈 수 있는 문제가 아니야."

"각 문파에서 위패(位牌)로 모셔지고 있는 사람들을 무슨 수로? 이미 자파(自派)에서조차 죽은 사람 취급당하고 있는 어른들이다. 오래 전에 은거한 기인들을 다시 강호로 끌어내지 않는 이상 우내삼협의 실존을 증언해 줄 사람은 전무해."

"어른들의 실존을 확인해 줄 기인을 찾아야지! 이 일을 매듭짓지 못한다면 무림맹은 끝까지 조가대상회를 사기꾼 취급할 거라고!"

"아니 심산유곡에 숨어 버린 늙은이들을 무슨 수로? 괜히 시간만 낭비하다간 맹의 의도대로 되는 거야. 불리한 수 싸움에는 얽히지 말아야지. 전장을 이곳으로 옮겨 와야 한다!"

조휘의 주장대로, 조가대상회의 기상천외한 방식의 축조 소식에 온 강호가 진동하고 있는 것은 사실이었다.

하지만 강호인들의 뇌리 속에서 우내삼협 문제란 결코 사라질 수 없는 종류였다.

그 소식의 출처가 바로 강호풍운록이기 때문.

개정된 강호풍운록이 절판되거나, 저자인 만박자 본인이 주장을 철회하지 않는 이상 이 문제는 내내 조가대상회를 괴롭힐 것이었다.

물론 조휘도 조가천상복합루의 축조 현장 공개가 임시방편에 불과하다는 것을 모르지 않았다.

그러나 달리 뾰족한 방법이 없었다.

"그 공공대사(空空大師)를 우리 쪽으로 끌어들일 수는 없는 건가?"

그는 살아 있는 생불, 부처의 화신이라 불리는 정파의 가장 오래된 원로다.

이백 년에 가까운 그의 세수를 생각하면, 당장 머릿속에 우내삼협의 생존을 증명해 줄 사람은 그가 유일했다.

"총군사의 발의(發議)에 가장 먼저 인장을 찍은 사람이 공공대사야. 그 기대는 접는 편이 좋아. 이미 그는 완벽한 총군사의 사람으로 봐야 해."

"아니 그럼 없는데?"

우내삼협의 생존을 공언해 줄 자라면 최소 공공대사와 동시대를 살아온 원로가 아니라면 불가능하다.

새삼 조휘는 우내삼협의 엄청난 연식(?)에 기가 질릴 수밖에 없었다.

"아니 무슨 새외대전의 대영웅이라면서? 왜 그 흔한 신위도(身位圖) 같은 것도 하나 남아 있지 않은 거지? 무엇보다 새외 쪽에서 용모파기라도 하나 남아 있어야 하는 게 정상 아닌가? 정파에서나 대영웅이지 새외 쪽에서는 찢어 죽일 악적일 텐데?"

"그건 워낙 신출귀몰했던 분들이라 그래. 음지에서 선행과 협행을 행하셨던 분들이지."

"아니 음지는 원래 뒤가 구린 사람들의 전유물이 아닌가?"

고개를 갸웃하고 있는 조휘에게로 제갈운이 푹 한숨을 내쉬었다.

"세상을 꼭 그렇게 본인의 시야로만 바라보면 안 돼."

"뭐?"

괜히 불똥이 자신에게 튈 것 같으니 제갈운이 재빨리 자리를 털고 일어났다.

"어쨌든 꼭 마무리가 되어야 하는 문제니 그대가 알아서 하세요. 그대가 조가대상회의 종주(宗主)니까."

"실컷 골칫덩이만 안겨 줘 놓고 이렇게 간다고? 총군사 안 할 거야?"

"차라리 부회장을 계속하지."

제갈운이 몸서리치며 황급히 자리를 벗어나자 조휘의 머릿속에서 존자들의 음성이 들려왔다.

-삼천 년이라는 장구한 세월 동안 명상만 했다는 놈이 어찌 이리도 영민함이 사라졌단 말인가?

-쯧쯧. 겉모습만 팔팔하지 사실 우리 존자들보다 더 노화한 놈이 아니오? 당연히 그 영특함이 누그러들 수밖에.

조휘가 거칠게 인상을 구겼다.

"저 지금 스트레스 장난 아닙니다. 진짜 열 받게 하지 마세요. 확 그냥 영계로 가서 어! 다 뒤집어 놓는 수가 있어!"

이어진 검신의 답답하다는 듯한 음성.

-이놈아. 가장 강력한 공신력을 지닌 새외대전의 영웅이 과연 누구란 말이더냐?

"아니 그거야 당연히 무(武)…… 음?"

무신(武神).

새외대전을 종식시킨 그야말로 역사 속의 대영웅이자 삼신(三神)의 전설 그 자체인 이름.

그 드높은 명성이란 아직도 사마세가를 통해 온 천하를 아우르고 있었다.

하지만 이내 고개를 갸웃하는 조휘.

"그런데 무신 어른께서 어떻게 영계 밖으로?"

검신 어른의 가는 한숨이 이어진다.

-야 이 녀석아. 네놈이 익힌 그 괴이한 역체변용술을 진정 잊어버렸단 말이냐?

"아?"

조휘가 얼굴을 붉히며 뒷머리를 긁적였다.

거 그럴 수도 있지!

어르신들도 어디 한번 삼천 년 동안 갇혀 보쇼!

강호의 역사에서 삼신(三神)의 이름이란 신비로운 전설 그 자체였으나 무신(武神)만은 각별했다.

당대의 강호인들에게 있어서 새외대전이란 가장 가까운 혈겁의 역사.

그런 엄청난 혈겁을 거의 홀로 종식한 무림의 대영웅이며 그렇게 신화로 남은 무신은 아직도 강호인들의 가슴에 뜨겁게 자리 잡고 있는 것이다.

비록 봉문하여 대외 활동을 하지 않고 있는 사마세가를, 아직도 강호인들이 주저 없이 천하제일가로 꼽는 것은 바로 그런 이유 때문이었다.

당대의 실력이 아닌 선대의 명성만으로도 충분히 천하제일가로 불릴 수 있는 자격을 갖춘 가문.

한데 수백 년간 봉문하여 그렇게 조용하기만 했던 사마세가가, 갑자기 천하의 동도들을 향해 무림첩을 띄웠다.

정도영웅대회합(正道英雄大會合)!

놀랍게도 사마세가는 정파 세력 전체를 향해 대회합을 공표한 것이다.

더욱이 그 무림첩에는 참관인으로 무려 무신(武神)의 별호가 선명한 사마세가의 인장과 함께 찍혀 있었던 것!

대회합의 장소도 새외대전의 종장이었던 바로 오장평(吳

裝平)이었다.

홀로 새외의 무인 오천과 맞닥뜨렸던 무신의 위대한 역사
가 살아 숨 쉬는 곳.

그런 상징적인 장소에 다시 무신께서 나타나신다?

그야말로 세 살배기 아이도 목검을 휘두르며 흥분할 판국!

새외로부터 중원을 구한 전설적인 대영웅을 실제로 볼 수
만 있다면 모든 정파인들이 불원천리를 마다 않고 뛰어올 것
이 분명했다.

결국 오장평 일대는 무림첩이 돈 지 채 달포도 지나지 않아
수많은 인파들로 장관을 이루었다.

한데 그렇게 오장평에 모인 사람들을 반긴 것은 사마세가
의 깃발이 아니었다.

사람들은 사마세가가 무림첩을 돌렸으니 당연히 백호가 그
려진 중천수호기(中天守護旗)가 걸려 있을 것이라 생각했다.

하지만 오장평을 감싼 능선을 따라 수도 없이 펄럭이고 있
는 깃발들에는 모두 조가대상회를 상징하는 문양이 새겨져
있었다.

또 조가대상회라니?

그렇지 않아도 강호를 일대 파란으로 몰아넣고 있는 그들
이 무신과도 어떤 접점이 있었단 말인가?

조가대상회의 준비는 그야말로 철저했다.

그들은 몰려드는 사람들을 수용하기 위해 오장평 전부를 덮

어 버릴 기세의 엄청난 수의 천막을 이미 설치해 둔 상태였다.

지상운차를 개조한 이동식 객잔 역시 천막들을 지나며 영업하고 있었고, 이에 사람들은 조가대상회의 음식을 마음껏 맛볼 수 있었다.

그런 풍경이란 마치 성대한 축제처럼 보일 지경.

그도 그럴 것이 조가대상회가 천막을 대여해 주는 것을 포함하여 사람들이 먹고 마시는 이동식 객잔까지 모두 무료로 운영했기 때문이다.

근래에 들어 조가대상회의 음식과 술들은 터무니없이 비싸져 주머니 사정이 넉넉한 강호인들에게조차 부담스러울 지경.

한데 그런 조가대상회의 흑청수와 한빙주, 육겹면포를 공짜로 맛볼 수 있는 절호의 기회이니 정파인들은 그야말로 마음껏 먹고 마시며 너 나 할 것 없이 조가대상회를 칭송하고 있었다.

그렇게 강호의 민심이 송두리째 조가대상회로 향하는 것을 바라보며 무황 일행과 조휘의 동료들은 하나같이 혀를 내두르고 있었다.

"허허…… 정말 그놈 참……."

무황은 평소 누구보다 조휘를 잘 안다고 생각했다.

과거 그의 얄팍한 계책에 수도 없이 당해 왔기 때문이다.

사부의 무덤도 관광 명소로 꾸며 입장료를 뜯어 온 놈이 이토록 엄청난 규모의 축제를 공짜로 베풀다니?

지금까지 철전 한 푼도 손해 보지 않을 것처럼 행동해 온 소검신이었기에 무황은 지금의 광경이 더욱 기가 찬 것이다.

"지금 저게 다 얼마유……?"

오랫동안 상단 생활을 하며 제법 셈에 눈을 뜬 장일룡으로서도 너무나 광대한 규모에 도무지 계산이 서지 않았다.

우리 조가대상회가 이리도 돈이 많았나?

제갈운이 반개한 눈으로 오장평 일대를 한참이나 살피더니 기가 질린다는 표정을 했다.

"하루에…… 적어도 금화 삼천 냥쯤 되겠네요."

"그, 금화 삼천 냥? 단 하루에 말이우?"

천천히 고개를 끄덕이는 제갈운.

"식재료 원가, 자재 운송비만 셈한 거예요. 일꾼들의 봉록과 기타 잡비는 셈하지도 않았죠."

"허? 그럼 저들의 월봉까지 합하면 더 늘어난단 말이우?"

"당연하죠. 뿐만 아니라 저 수많은 사람들이 몰고 온 말들의 수만 해도 삼천 마리가 넘어요. 그 말들을 살피는 데는 또 얼마나 많은 비용이 들어갈까요?"

말은 엄청나게 민감한 동물이다.

때문에 주기적으로 노련한 조련사의 보살핌을 받는 것은 필수.

그런 말들에게 물과 먹이를 나르고 분변으로 더럽혀진 짚을 갈아 주는 일만 해도 엄청난 인력이 소요되는 일이었다.

"아니 그런데도 달포 가까이?"

지금 이 순간에도 강북의 정파인들이 꾸역꾸역 몰려들고 있는 상황.

하지만 조휘는 대회합의 개회를 시작할 생각조차 없는 듯했다.

한눈에 봐도 조가대상회의 은자가 썰물 빠지듯이 빠지고 있는데도 그는 꿈쩍도 하지 않고 있는 것이다.

"아니 형님께서는 도대체 무슨 생각인 거요? 이건 뭐 올해번 은자를 다 쏟아붓는 격이 아니우?"

"낸들 어떻게 알겠냐고요."

의미심장하게 웃으며 상황을 즐기고 있던 만박자 제갈유운이 봉황금선을 촤악 펼쳤다.

"허허……!"

너른 평원을 응시하는 그의 두 눈이 경이(驚異)로 물들어 있었다.

무림맹이 주최하는 가장 큰 행사인 소룡대연회조차도 엄격한 선발을 거쳐 정원을 제한한다.

이렇게 어중이떠중이들까지 다 받아, 마치 천하를 품을 듯한 규모의 행사는 강호 역사 이래 가장 강성하다는 무림맹조차도 시도해 보지 못한 일.

평원 전체를 뒤덮고 있는 저 수많은 군중들을 모두 먹이고 재운다는 것은 국가의 규모, 즉 최소 지방 군벌 정도는 되어야 가능한 법이다.

무림맹이라고 해도 이 정도 규모의 행사를 달포 가깝게 지속하는 것은 엄청난 재정 출혈을 감내해야만 하는 일인 것이다.

상인의 금력(金力) 따위로 강호인들의 마음을 살 수 있다는 생각은 평소 생각지도 못했다.

한데 이건…….

너무나도 아득한 규모의 금력!

이제 저 엄청난 군중들이 중원의 각지로 흩어져 조가대상회에 대해 무엇을 어떻게 떠들 것인지는 불을 보듯 뻔한 일이었다.

소검신(小劍神).

강호 역사상 이런 자는 전무후무했다.

단순히 명성이라는 잣대로는 도저히 평가할 수가 없었다.

범인이라면 하루에 금화 수천 냥이 날아가는 상황이 초조해서 잠도 제대로 이루지 못할 것이다.

이 정도로 통 큰 결정을 내렸으면서도 내내 평정을 유지할 수 있다는 것만으로도 인간 본연의 그릇이 다르다.

강호인이라기보단 군주, 차라리 왕재(王才)에 가깝지 않은가?

'실로 대단한 놈을 적수로 만났다. 너는 끝내 이번에도 불운하구나.'

지금까지의 무림맹은 이런 거대한 규모의 금력을 상대한 경험이 단 한 번도 없었다.

이 소식을 접한 자신의 아들이 어떤 표정을 지을지 눈에 선하다.

'하늘이 뛰어난 영웅을 내릴 때는 그만한 이유가 있는 법. 하늘은 저 소검신을 통해 무엇을 징치하려는 것인가.'

만박자의 얼굴이 침울하게 어두워졌다.

소검신의 역사, 그 징치의 역사 속에서 제갈(諸葛)도 함께 명운을 다할 것만 같은 불길한 예감.

허나 어쩌겠는가.

선택은 그들이 하였고 그 죗값을 치러야 하는 것도 결국 그들인 것을.

그렇게, 만박자가 이런 저런 생각으로 심경이 복잡할 때.

쏴아아아아아—

시원한 바람 소리와 함께, 하늘이 그야말로 눈부시도록 찬란한 서기로 물든다.

엄청난 광휘와 함께 등장한 선풍도골(仙風道骨)의 노인.

뒷짐을 진 채 아무런 저항 없이 구름 사이를 노니는 그의 모습은 마치 천상의 원시천존을 방불케 했다.

유운(流雲) 속을 거니는 신령스러운 존재를 바라보며 누군가가 그대로 주저앉아 홀린 듯이 중얼거린다.

"무, 무극혼원공⋯⋯!"

무극혼원공(無極混元功).

무신의 독문 내가심법으로, 그가 내력을 일으킬 때면 언제나 시원한 바람이 일며 찬란한 서기가 천지간에 그윽해졌다.

그렇게 신령이 깃든 모습으로, 자유자재로 천지간을 오가는 무신의 신위는, 지금도 수많은 화공들에 의해 화폭에 담겨지고 있었다.

"무…… 무신이시여……!"

"아아! 무신님!"

털썩털썩-

엄청난 수의 인파들이 일제히 무릎을 꿇는 광경이란 가히 일대 장관이었다.

너무나도 감동하여 차마 말을 잇지 못하는 자들.

그대로 허물어져 오열하는 자들.

전설적인 무신의 신위, 그 오롯하고 신령스러운 자태를 두 눈에 직접 담게 되었으니 어찌 감동하지 않을 수 있으랴!

곧 강대하고도 잔잔한 음성이 하늘 위로부터 들려왔다.

-강호(江湖)는 듣거라.

장일룡은 그대로 서서 전율했다.

저 무신(武神)이 조휘가 분한 모습이라는 것을 뻔히 알고 있음에도, 신령스러움과 존재감, 압도적인 권위가 담긴 음성에 절로 온몸에 힘이 들어간 것이다.

다른 이가 했다면 세인들의 비웃음을 사게 되겠지만 저 존재는 다름 아닌 무신!

자신이 구한 강호이기에, 자신보다 드높은 이는 존재할 수 없기에 외칠 수 있는 오연한 문장이었다.

-내 절친한 벗들, 새외대전을 함께 견뎌 온 우내삼협이 살아 있음을, 이 무신(武神)의 이름으로 천명(天命)한다. 또한 그들이 현재 조가대상회의 빈객(賓客)으로 있음을 함께 공증하는 바.

정파인들에게 무신은 살아 있는 신(神)이나 마찬가지.

그런 신의 입에서 흘러나온 신령스러운 언령이란 절대군주의 명령보다도 더한 권위를 지니는 법이다.

"아아! 명심하겠습니다!"

"추호도 의심하지 않겠습니다!"

-강호가 이렇게 안녕하니 실로 보기에 흡족하도다. 후인들이여. 충분히 먹고 마셔라. 그리고 소검신(小劍神)에게 협력하라. 그는 그대들을 살찌울 자다.

그때 누군가가 떠나가듯 외친다.

"존명(尊命)!"

무신이 정파의 종주는 아니다.

허나 그에게는 그보다 더한 권위가 존재한다.

오장평에 모인 정파인들은 누군가의 선창을 복창하며 누가 먼저랄 것도 없이 일제히 엎드려 예를 표했다.

"존명! 무신의 명을 받듭니다!"

"명을 받듭니다!"

그렇게 무신은 신령스러운 자취를 감추었다.

멀어지는 노을과 함께 서산 너머로 사라진 무신을, 사람들은 아직도 감동이 가시지 않은 얼굴로 하염없이 바라만 보고 있었다.

"와 진짜……."

"진짜 소름이 다 돋네."

조휘의 엄청난 연기 실력에 감탄한 듯 염상록과 진가희가 부르르 떨며 연신 소름을 떨쳐 내고 있었다.

"조용히 안 해?"

누가 듣기라도 할까 봐, 낮게 목소리를 내리깔고 손가락을 우드득거리는 남궁장호를 응시하며 염상록은 기가 찼다.

"와…… 넌 이제 이런 엄청난 사기도 아무렇지 않나 봐?"

고매함의 화신, 결코 불의를 외면하지 않았던 사나이 남궁장호, 그 명예로운 소검주(小劍主)가 이 희대의 사기를 감싸고 있다니!

"그, 그건 다 강호를 위해서다."

진가희가 이죽거린다.

"두 번 강호를 위했다간 황제로 위장해도 편들어 주겠네?"

"닥쳐라! 희멀건 년!"

"뭐? 년?"

지금까지 살아오며 년년 소리를 수도 없이 들었지만 저 남궁장호에게 듣는 것만큼은 확실히 타격감이 다르다.

그 어떤 상욕보다 더 엿 같게 들리는 느낌?

촤아아아악-

진가희가 혈강편을 길게 늘어뜨리며 눈을 희번득거린다.

"씨발, 이제 정파 샌님한테도 년년 들어야 돼? 화경에 들었다 이거지? 이 화경 선배님한테 한번 혼나 볼래?"

"조용하라고 이 잡것들아!"

그렇게 조휘의 동료들이 실랑이를 벌이고 있을 때, 수염을 뜯은 자리가 아직도 벌겋게 익은 채로 조휘가 나타났다.

휘리리릭-

은밀하게 보법을 밟아 동료들이 서 있는 천막 아래 숨어든 조휘가 어색한 얼굴로 희멀겋게 웃는다.

"어때? 괜찮았나? 그럴싸했지?"

염상록이 인정할 수밖에 없다는 듯 엄지를 척 치켜세웠다.

"싯팔, 무신이 환생한 줄."

제자(?)의 늠름한 모습에 감탄한 듯 천변혈후 백화린이 야릇한 교성을 질렀다.

"으흥, 역시 내 제자야! 그냥 무신으로 계속 활동하면 안돼? 그 실력이면 손쉽게 무림맹까지 장악할 수 있을 텐데."

조휘가 묘한 인상으로 고개를 삐딱하게 기울인다.

"오호, 그럴듯한데?"

◆ ◆ ◆

쾅!

무림맹 군사부의 부군사(副軍師)들이 일제히 창백하게 얼굴을 굳혔다.

그들로서는 지금까지 총군사 제갈찬휘(諸葛燦輝)가 책상을 내리치는 모습 따위를 본 적이 없기 때문이다.

저 기다란 미염을 연신 파르르 떨고 있는 것으로 보아 그의 분노가 얼마나 지극한지를 여실히 느낄 수 있었다.

"이런 미친 새끼……!"

저 단정한 얼굴, 저 미려한 입술에서 삼류 왈패나 할 법한 욕이 흘러나올 수도 있다니!

한편 제갈찬휘는 그야말로 꼭지가 돌 지경이었다.

우내삼협의 생존 소식만 해도 청천벽력과 같은 소식이 아닐 수 없었다.

그런 위대한 정파의 대원로가 조가대상회와 협력하고 있다는 사실.

그 일이 강호 전역에 퍼진다면 새로운 무황의 권위가 땅에 떨어질 것은 불 보듯 뻔한 일.

때문에 그런 소문을 훼방 놓기 위해 그야말로 군사부의 총력을 다했다.

그렇게 퍼져만 가는 우내삼협의 소식을 막는 것만으로 급급했는데 갑자기 오장평의 일이 터진 것이다.

"일이 이 지경에 이를 때까지 삼군사(三軍師)는 도대체 뭘했나? 사마세가의 동태를 살피는 일은 그대의 임무가 아닌가!"

"죄, 죄송합니다. 죽을죄를 졌습니다."

물론 지금까지의 모든 일을 삼군사의 책임으로만 돌릴 수는 없을 것이다.

허나 사마세가가 각지의 문파들을 향해 파발과 전서구를 날리고 그렇게 무림첩이 온 강호에 퍼질 때까지 삼군사는 아무것도 파악하지 못했다.

'분명 이것은 사마세가의 행사가 아니다.'

천하제일가라 불리는 사마세가였으나 오랜 세월 봉문한 까닭에 아무래도 본연의 수완을 발휘하기란 요원한 일이었다.

분명 그들이 벌이는 행사는 느릿하고 허술할 수밖에 없었을 터.

한데 이토록 정교하고 치밀하며 발 빠르게 중원 전역으로 무림첩을 띄웠다는 것은 그들에게 협력자가 반드시 존재한다는 뜻이었다.

"소검신……!"

그런 사마세가의 협력자란 뻔하다.

굳이 군사부를 움직여 일의 경위를 살펴볼 필요도 없는 것이, 이번 일로 가장 이득을 본 세력이 바로 조가대상회였기 때문이다.

한데 그렇게 오장평에 모인 정파인들의 수가 무려 육만(六萬).

그런 엄청난 수의 정파인들에게 달포 이상 무상으로 숙식을 제공했단다.

그것은 엄청난 규모의 예산을 계획하고 지출해 온 무림맹의 총군사로서도 도무지 상상조차 되지 않는 규모였다.

사람의 수가 만(萬) 단위가 넘는다는 것은 그야말로 장난이 아니다.

그런 육만 인(六萬人)에게 무슨 질 낮은 군량 따위를 대접한 것도 아니다.

온 천하에 명성을 떨치기 시작한 조가대상회의 진귀한 술과 요리들!

친구에게 한 잔 얻어먹기만 해도 빚처럼 남아 마음이 움직이는 것이 사람이다.

한데, 그런 성찬을 무려 달포나 베푼다면 그 마음들이 얼마나 감동으로 물들겠는가?

적어도 정파인들만큼은 조가대상회가 보여 준 엄청난 배포를 칭송하지 않을 자가 없을 것이다.

제갈찬휘 역시 그런 엄청난 배포에 가히 기가 질릴 지경이었다.

금력(金力)에 압도당하는 느낌!

이건 마치 국가를 상대하는 것 같다.

이런 엄청난 규모의 배포는 국가 단위에서나 이뤄졌던 일이었으니까.

게다가 그 자리에 무려 무신(武神)께서 현신(現身)하여 조가대상회를 축원하셨단다.

이는 앞선 조가대상회의 모든 행사보다도 오히려 정파인들의 가슴에 더욱 불을 지르는 일이었다.

"하아……."

제갈찬휘가 한없이 아득해져 비틀거리자 군사부의 군사들이 일제히 다가가 그를 부축했다.

"총군사님!"

"총군사 어른!"

"아아…… 됐소. 괜찮소이다."

계책이란 것도 상대가 적당해야 대응이 가능하다.

한데 이건 뭐 국가급 금력(金力)과 새외대전의 신(神)을 데려와 버리니 머릿속이 그야말로 새하얗게 변해 버렸다.

군사부와 총군사인 자신의 능력을 벗어난 일.

하지만 한없이 두렵고 비밀스러운 '그들'에게 또다시 도움을 청한다는 것은 죽기보다도 싫었다.

일단은 가장 믿고 기댈 수 있는 사람에게 조언을 구할 수밖에 없었다.

"당분간 출도할 것이니 군사부는 일군사(一軍師)인 그대가 맡아 주시게."

일군사의 당혹스러운 얼굴.

군사부의 비밀스러운 특성상, 서로의 행선지를 묻지 않는 것이 관례였으나 일군사는 도저히 묻지 않고는 견딜 수 없는 심정이었다.

더욱이 그는 호위를 대동하지 않고 홀로 단독 작전을 수행하기로 유명했다.

"총군사 어른, 혹 행선지를 밝혀 주실 수 있으십니까?"

제갈찬휘가 한숨을 내쉬며 입을 열었다.

"소림(少林)이네."

뛰어난 두뇌를 소유한 무림맹의 군사들답게, 그들은 곧바로 총군사의 의도를 알아차릴 수 있었다.

공공대사(空空大師)!

그는 소림의 살아 있는 활불(活佛)을 만나 담판을 짓고서 구대문파 전체를 움직이려는 것이었다.

"아아아!"

"으아아아!"

제갈운과 이 총관이 동시에 머리를 쥐어뜯으며 비명을 지르고 있었다.

조휘가 무심한 얼굴로 이번 오장평의 지출 결산 서류를 내밀었기 때문이다.

두 눈으로 보고도 도무지 믿을 수 없는 숫자!

특히 조가대상회의 모든 재정을 담당하고 있는 이 총관은 그야말로 하늘이 무너지는 심정이었다.

앞으로 어떻게 조가대상회의 재정을 이끌어 가야 할지 눈앞이 깜깜할 지경!

"뭘 그리 호들갑들을 떠세요. 돈이야 다시 벌면 되죠."

이어지는 조휘의 음성.

"달포 이상 조가대상회의 술과 요리를 흠뻑 즐겼던 그들이 과연 그 맛을 잊을 수 있을까?"

단순하게도, 막대한 재정 지출에만 혼비백산하고 있던 제갈운에게는 정수리에 쇠침이 꽂히는 듯한 충격이 아닐 수 없었다.

"아니 그럼 그것조차도?"

"당연하지. 내가 뭔 호구도 아니고 고작 정파인들의 인심이나 얻겠다고 그 엄청난 돈을 지출했겠어?"

개파대전이 정파무림의 '수뇌'들을 향한 조가대상회의 PPL이었다면, 이번 오장평 축제는 평범한 정파인들을 위한 조가대상회의 PPL.

조휘는 초일류 글로벌 기업들이 북미의 슈퍼볼 광고에 천문학적인 금액을 투입하는 것을 나름 중원의 방식으로 풀어 낸 것이다.

아마도 그 광고 효과는 슈퍼볼 광고에 버금가는, 아니 어쩌면 그 이상일지도 몰랐다.

"하!"

어이가 없다는 듯한 제갈운의 탄성.

우내삼협의 실존성 문제를 확고하게 해결하여 무림맹의 훼방 공작을 일거에 날려 버린 것으로도 모자라.

무신을 등장시켜 그의 지지를 등에 업은 조가대상회를 완벽한 '정파무림의 세력'으로 탈바꿈시켰으며.

그렇게 달포가 넘도록 지속된 '오장평 축제'를 통해 강북 정파인들의 마음을 송두리째 휘어잡아 버렸다.

한데 그런 엄청난 위업으로도 모자라 그 모든 것이 사실은 조가대상회의 물건들을 소개하는 거대한 홍보의 장이었다니!

이 괴물 같은 놈은 도대체 몇 수 앞을 내다보고 있단 말인가?

"어차피 무림맹하고 적(敵)이 된 마당에 더 이상 눈치 볼 게 뭐가 있어? 오히려 잘된 거야. 우리가 강북 전체를 먹어 치운다. 강북의 주요 상단들에게 파발 띄워."

제갈운은 아직도 정신을 차리지 못한 듯 세차게 고개를 도리질했다.

"이, 이렇게나 빨리?"

"물 들어올 때 노 저어야지. 상대가 정신없을 때 끝도 없이 몰아쳐야 된다."

"파, 파발의 내용은?"

조휘가 버럭 짜증을 냈다.

"야이씨. 그만큼 같이 일해 놓고 아직도 내가 그런 것까지
일일이 초안 잡아 줘야 돼? 뻔하잖아? 그들이 각기 유통할 수
있는 물량이 어느 정도 되는지를 파악해야지. 그중에서 가장
열정을 보이는 상단에게는 아예 그 지역의 전매권을 줘 버려.
총타 입장에서는 무조건 관리가 편해야 돼. 이문을 좀 더 보
겠다고 여러 상단을 상대했다가는 당신들이 죽는다. 야근하
고 싶어?"

"아, 아니!"

"아닙니다!"

조휘의 두 눈이 더욱 매섭게 빛났다.

"그래. 그리고 상록아."

집무실 구석에서 꾸벅꾸벅 졸고 있던 염상록이 침을 츄르
릅거리며 화들짝 놀란다.

"음? 나?"

"그래 너. 분명 네가 잘생긴 화류공자들을 많이 안다고 했
지? 거 예전에 기생들 기둥서방들끼리 무슨 모임 같은 게 있
다고 했잖아."

"갑자기 그 새끼들은 왜?"

"그놈들 좀 섭외해 봐. 어차피 백수건달들인데 은자 좀 쥐

여 주면 열심히 일하려나?"

일생을 풍류에 미쳐 있던 그놈들이 할 줄 아는 거라곤 여자를 꼬드기는 일밖에 없었다.

"이제는 뭐 반반한 놈들을 동원해 아미파라도 무너뜨릴 작정이냐?"

조휘가 두 눈을 동그랗게 뜨다 나직이 고개를 가로저었다.

"와 이 새끼 천잰데? 그런데 이번 일은 그런 종류가 아니야."

이내 의미심장하게 웃는 조휘.

"곳곳에서 들려오는 소식 못 들었냐? 지금 우리 조가피혁의 가죽옷이 심상치 않아."

조휘가 개발한 라이더 재킷은 현재 명백한 대박 조짐을 보이고 있었다.

가죽점퍼 특유의 멋이 강호인들의 눈을 뒤집어 놓았고, 또한 중원의 의복 양식에서 '바깥 주머니'란 전무후무한 디자인.

항상 소매를 뒤져 요란하게 소지품을 가늠해 왔던 강호인들에게는 라이더 재킷의 편의성이란 혁명에 다름이 아니었다.

"그게 그 잘생긴 한량 놈들이랑 무슨 상관이지?"

"어휴……."

한차례 고개를 절레절레 젓던 조휘가 묘한 미소를 발했다.

"네 말대로라면 제법 옷 태가 나는 놈들이라는 건데, 그자들에게 가죽옷과 그럴싸한 검 한 자루씩 쥐여 준 후 강북 지방 전체를 활보하게끔 한다."

이 고대의 중원에서도 패완얼의 법칙은 여전하다.

라이더 재킷을 멋들어지게 입은 미검수(美劒手)가 강호 전역을 누비며 뭇 여인들의 가슴을 설레게 만든다면?

아마도 조가피혁공방은 수십 배로 확장하게 될 터.

일명 모델(model)!

TV와 잡지 같은 언론이 없으니 번거롭고 홍보비가 많이 들겠지만 효과만큼은 확실할 것이다.

"와 씨. 그 한량 놈들을 그렇게 활용한다고?"

"월봉을 받고 강북 지방을 유람하는 셈인데 서로 한다고 하지 않겠어?"

하북지방에서 성행했던 반월도(半月刀)가 청해인들에게 소개될 때까지 자그마치 육십 년이 걸렸다.

이처럼 중원은 워낙 크고 넓어서 그 유행이 엄청나게 느리다.

유행이란 자연스럽게, 그렇게 점진적으로 생겨나는 법인데, 지금 조휘는 인위적으로 유행을 조장하려는 것이었다.

이처럼 광고라는 것은 중원인들에게 무척이나 생소한 개념.

허나 조휘는 광고의 바닷속에서 허우적대던 현대인이었다

그런 조휘의 사고방식이란 지극히 자연스러운 것이었으나 그의 동료들에게는 전혀 아니었다.

마치 자신들과 다른 종류의 인간이 하늘에서 뚝 떨어진 것만 같은 느낌인 것이다.

"할 수 있겠어?"

"그 정도가 무슨 대단한 일거리나 된다고. 당장 섭외해 보겠다."

"좋아."

흡족한 미소를 머금고 있던 조휘가 갑자기 품을 뒤져 새하얀 면장갑을 꺼내더니 그대로 착용했다.

"이 총관님. 진가희와 백화린을 불러 주세요."

"아, 알겠습니다."

잠시 후 이 총관이 진가희와 백화린과 함께 집무실에 들어오자 조휘가 서랍장을 조심스럽게 열더니 요상한 물건(?)을 책상 위에 올려놓았다.

가죽으로 만든 사각형의 요상한 '그것'을, 때라도 묻으면 큰일이라도 나는 양 보물처럼 다루는 조휘의 행동에 진가희가 금방 호기심을 드러냈다.

"오빠 그게 뭐야?"

한눈에 봐도 여인의 가슴을 두방망이질 치게 하는 요상한 물건.

가죽의 질감, 빛깔, 그 은은한 광택까지!

그런 영롱한 자태에 도무지 눈을 뗄 수가 없었다.

"최고급 양가죽을, 포양호 최고의 가죽 장인들이 심혈을 기울여 연마해 완성한 작품이지. 피낭이라는 것이다."

피낭(皮囊).

가방을 표현할 마땅한 방법이 없어 그대로 직역한 단어였다.

말 그대로 가죽주머니.

이어 조휘가 가방에 매달린 화려하고 요상하게 꼬아진 끈을 펼쳐, 진가희의 어깨에 조심스럽게 걸쳤다.

진가희가 그대로 굳어진다.

단지 끈 하나 어깨에 걸쳤을 뿐인데 왜 이렇게 우월감에 도취되는가.

"어때? 거기에 여인의 소지품을 넣어 다니면 무척 편리하지 않겠어?"

"나, 나 이거 완전 좋은 것 같아!"

백화린이 두 눈에 쌍심지를 켰다.

"내 건?"

조휘가 희미하게 웃는다.

"넌 샤넬로 준다."

진가희가 걸치고 있는 피낭.

그 중심에 선연히 자리 잡고 있는 문양은 구찌였다.

각 공방에 속한 아낙네들이 점심시간까지 포기한 채 진가희와 백화린 주위로 구름처럼 몰려들어 있었다.

진가희는 다소 우쭐거리는 표정으로 구찌 피낭을 열어 소형 동경(銅鏡)을 꺼내 들고는 이리저리 자신의 얼굴을 비추었다.

중원인들이 물건을 휴대하는 방식은 아직 소매에 넣거나 허리에 이는 봇짐이었다.

2차 세계대전 직후, 전란의 혈기가 마르기도 전에 가브리엘 샤넬은 2.55 빈티지 백을 선보였다.

당시의 유럽에서 여성의 가방이란 모두 손으로 들거나 옆구리에 끼는 방식.

그렇게 끈을 매단 가방은, 억압받고 불평등했던 여성들에게 양손의 자유를 허락한 혁명적인 디자인이라 칭송받았다.

파리는 물론 유럽 전체의 부띠끄를 지배한, 그런 혁명적인 디자인이 중원의 여인들에게는 어찌 비춰질까?

현대인이라면 그런 간단한 디자인이 무슨 대단한 혁명거리나 되냐고 애써 무시하겠지만, 당시에는 가방을 어깨에 매단다는 생각을 그 누구도 하지 못했다.

본디 혁신이란 발상의 전환.

감동의 정도야 대동소이할 것이나 중원의 여인들 역시 보고 느끼는 눈이 중세 유럽의 여인들과 별반 다르지 않았다.

"시상에나……."

"하아……!"

진가희가 어깨에 걸치고 있는 영롱한 가방의 자태에 입을 벌린 채 연신 감탄하고 있는 공방의 여인들.

실용성 문제는 차치하고라도, 일단 그 고유의 '멋'이 너무나도 압도적이었다.

언제나 그렇듯 모든 물건은 일단 값이 문제.

"진 언니! 그 물건이 '피낭'이라고 했죠? 이런 건 대체 얼마나 하나요?"

진가희가 도도하게 턱을 든다.

"동생들, 이건 시제품이야. 아직 가격이 매겨지지 않았단 소리지."

"와! 그럼 그 피낭이 세상에 단 하나밖에 없다는 거네요?"

오호라, 과연 말이 그렇게 되나?

진가희가 더욱 우쭐거렸다.

"호호! 뭐 그런 셈이야. 한번 차 볼래?"

"와! 진짜요? 네 언니!"

진가희가 건네준 피낭을 조심스럽게 어깨에 걸친 공방의 여인이 그대로 몸을 부르르 떨었다.

단지 끈 하나 어깨에 걸쳤을 뿐인데 어찌 이리 묘한 감동과 우월감이 온몸을 지배하는 것인가?

"진 언니! 이거 저한테 파시면 안 되나요?"

진가희가 두 눈을 희번덕거리며 재빨리 피낭을 도로 낚아 챘다.

"이년이?"

멀리서 흡족한 얼굴로 그런 광경을 물끄러미 바라보고 있 던 조휘가 내심 확신으로 가득 찼다.

'됐어!'

라이더 재킷이 중원 사내들의 가슴을 세차게 뛰게 만들었 듯, 저 피낭 역시 중원의 여인들을 설레게 만드는 물건이 될 거라고 확신한 것.

저 시제품은 가장 기본적인 디자인이다.

중원 여인들의 취향을 전혀 고려하지 않는 저 수수한 디자인에도 저렇게 호들갑을 떨 정도다.

거기에 아름다운 문양을 새기고 비취와 옥, 금박 등의 세공이 곁들어져 제대로 라인업이 갖춰진다면? 그야말로 불티나게 팔릴 것이 분명했다.

문제는 지극히 단순한 디자인이라 이를 흉내 낸 가방들이 금방 시장에 돌 거라는 것.

다른 재봉장인들이 감히 흉내 낼 수 없는 압도적인 무언가가 갖춰지지 않는 이상 섣부른 출시는 금물이었다.

조휘는 현대의 명품들을 떠올려 보았다.

압도적인 마감의 질에서 생기는 퀄리티의 차이도 분명 있었지만 그 하나만으로 명품이라 불리진 못했다.

끈 가방을 어깨에 매달음으로써 유럽의 여성들에게 주머니에 손을 꽂은 채 여유를 부리는 유럽의 신사들과 동등한 애티튜드를 선사한 가브리엘 샤넬의 위대한 발명.

명품의 정체성을 확립하려면 그런 저명한 디자이너의 위대한 생애와 같은 '스토리'가 필요했다.

세기가 지나도 변하지 않는 가치를 지닌 명품(名品)을 확립하려면, 위대한 디자이너의 삶이 녹아난 새로운 브랜드의 론칭 외에는 답이 없는 것이다.

이는 단순히 '조가대상회'라는 브랜드로는 불가능한 일.

문제는 그런 명품의 가치를 확립할 만한 마땅한 재봉 장인을 찾을 수 없다는 것이었다.

재봉 장인이 조금 유명하다 해도 그 지역에서나 해당되는 일이었다.

천룡보도와 육맥신검을 만들어 황제로부터 친히 천수장인(天手匠人)의 칭호를 하사받은 목고월 정도라면 말이 달라지겠지만, 그런 철공 분야와는 다르게 재봉공 쪽에서는 중원 대륙 전체에 영향을 끼칠 만한 사람이 전무했다.

직물(織物) 일색인 중원의 의복 문화에서 가죽이란 그만큼 중원인들에게 친숙한 재료가 아니었기 때문.

결국 조휘는 뾰족한 수가 떠오를 때까지 좀 더 기다리기로 했다.

第73章.

"회장님, 준비가 끝났습니다."

이 총관의 조심스러운 음성.

과연 이 총관의 보고대로 흑천련 일꾼들이 기다랗게 줄지어 조휘의 명령을 기다리고 있었다.

조휘가 흡족한 눈으로 그들을 한 차례 훑어본 후 이내 우렁차게 외쳤다.

"좋아! 회복이 빠르군! 이 기세를 몰아 하루에 이 층(二層)씩 올린다!"

일제히 얼굴이 창백해지는 흑천련 일꾼들!

하루에 이 층씩 전각을 올린다면 그럼 닷새면 완성이네?

아니 저 인간이 드디어 미친 건가?

"거 싯팔 해도 해도 너무한 거 아니요! 우리가 무슨 일소요? 일소도 그렇게 무식하게는 못 하겠다!"

"옳다! 우리가 그토록 고생하며 무공에 매진한 것은 전장에서 죽기 위함이다! 이따위 허드렛일을 계속 시킬 거라면 차라리 우리 모두를 죽여라! 더 이상은 이 비참한 치욕을 견디지 않겠다!"

혹천련 잔당들이 지금까지 이를 악물고 버틴 것은 혹천대살이 살아 있는 이상 희망을 버릴 수 없었기 때문이다.

련주께서도 후일을 도모하기 위해 치욕을 감내하며 볼모로 잡혀 계시는데 자신들이 어찌 감히 련주를 떠날 수 있겠는가.

한데 얼마 전.

그렇게 하루하루 희망으로 버텨 온 그들에게로 혹천련주가 사천회주의 손에 의해 처형을 당했다는 청천벽력과도 같은 소식이 전해졌다.

그것은 그들의 인생, 꿈이 부서지는 소식이었다.

차아앙!

누군가가 검을 빼어 들자.

동시에 모든 혹천련 잔당들이 각자 품 안에 감추고 있던 흉흉한 무기들을 재빠르게 빼어 들고 죽일 듯이 소검신을 노려보고 있었다.

"호오, 감히 반란을 꿈꿔 보시겠다?"

저들 중에서는 웬만한 문파의 장로급 무위를 지녔다고 평가받는 천살(天殺)들도 섞여 있었다.

그렇게 흑천련 잔당들이 뿜어 대는 기도로 인해 연무장 전체가 엄청난 살기로 휩싸였지만 조휘는 눈 하나 꿈쩍하지 않았다.

"네놈들도 무인이라면 분명 느낄 수 있을 텐데? 네놈들과 이 소검신은."

조휘가 눈짓으로 하늘을 가리킨다.

"경지의 차이를 말하는 것조차 무의미할 정도로 아득하다."

스스로 자신을 하늘에 빗대는 광오한 언사였으나, 흑천련 잔당들은 굳이 그런 상대의 오만함을 부정하진 않았다.

히죽.

"우리의 목적이 널 주살(誅殺)하는 데 있을 것 같으냐?"

비릿하게 웃고 있는 사내는 마염랑(魔炎浪) 위지악.

일전에 직접 남궁장호와 겨루기도 했던 천살 출신으로서, 그가 바로 흑천련 잔당들을 이끌고 있는 실질적인 우두머리였다.

"흑천(黑天)의 강호를 다시 꿈꿀 수 없다면!"

"없다면?"

"이토록 비참하고 구질구질하게 목숨을 연명할 필요가 없는 노릇이지!"

"호오? 동귀어진?"

조휘의 질문에 또다시 피식 웃고 마는 마염랑 위지악.

검을 타고 하늘로 멀어지기만 해도 저 괴물 같은 놈을 죽이기란 요원한 일이었다.

함께 죽으려고 해도 방법이 없는 것이다.

"검은 하늘을 우습게 보지 마라! 모든 흑천은 나락(奈落)으로 혼을 불태운다!"

쐐애애애액!

몇 안 되는 천살들이 각자의 무기로 일제히 조휘를 향해 짓쳐 들었을 때.

조휘는 후방에 있던 귀살(鬼殺)들의 얼굴이 급격하게 생기를 잃어 가는 것을 놓치지 않았다.

무인이 스스로 심맥을 가를 때 일어나는 전형적인 전조 증상이었다.

채앵!

조휘가 전광석화처럼 철검을 출수해 천살들의 공격을 무위로 돌린 후 두 눈을 불처럼 이글거렸다.

"이 새끼들이! 무인이라는 놈들이 고작!"

기껏 선택한 것이 집단 자살 시도라고?

무기가 튕긴 채로 찢어진 손아귀를 부여잡고 있던 마염랑 위지악이 황망한 얼굴을 했다.

이 미친놈이 지금 뭐라는 거야?

당신은 검을 타고 날아다니는 검신의 제자라고!

대적(對敵) 불가.

동귀어진(同歸於盡) 불가.

이것이 당금의 강호에서 소검신의 위치다.

그런 엄청난 역량을 본인만 느끼지 못하고 있다는 건가?

차라리 자진이라도 해서 무인의 자존심을 지키는 것 외에는 달리 방법이 없는 것이다.

이윽고 조휘의 전신에서 추측할 수 없는 기도가 흘러나오며 실로 오랜만에 절대의 검령이 현신했다.

천하절대검령(天下絶大劒靈).

극한의 의념으로 사방 백 장을 가두는 이 지고한 검령은 범위 내에 존재하는 모든 물리학적 동력을 분쇄한다.

결국 모든 흑천련 잔당들이 의문 가득한 표정을 지으며 스르르 허물어졌다.

이 광경!

분명 흑천팔왕 어르신들이 묘사한 것과 한 치의 오차도 없는 '그 광경'이다.

모두가 무형지독의 하독(下毒)이라 믿고 있었으나 결국 아닌 걸로 판명이 난 그 일.

놀랍게도 흑천대살은 소검신의 수법이 검의 영험한 경지인 검령(劒靈)이라 확신하고 있었다.

절대지경의 후반부에 이르러서야 간신히 발휘할 수 있는 경지.

그런 전설적인 경지를 직접 당해 보니 위지악은 도무지 정신을 차릴 수 없었다.

체내를 돌고 있는 막강한 내공력도 자신의 강철 같은 근육도 모두 소용없었다.

조금이라도 움직이려면 귀신같이 방해해 오는 미증유의 검령.

과연 이런 걸 무공이라 부를 수 있단 말인가?

그때, 흑천련 무사들이 쓰러지며 떨어뜨린 무기들의 면면을 살피더니 이내 조휘가 눈살을 찌푸렸다.

"하? 이놈들 봐라?"

조휘는 몇 개월 전부터 이들에게 무기를 지니는 것을 금지했다.

워낙 살벌하고 혈기 왕성한 놈들이라 술에 취할 때면 행패를 부리거나 사람을 상하게 했기 때문이다.

떨어져 있는 무기들은 가히 기가 찼다.

떼어 낸 창살을 날렵하게 갈아 검처럼 만든 놈.

철전을 표창처럼 다듬은 후 쇠줄에 꿰어 채찍으로 만든 놈.

가장 가관은 어디 가서 훔쳐 왔는지 기다란 미륵불상(彌勒佛像)을 깎아 창으로 만든 놈이었다.

깎아 놓은 형태가 얼마나 기괴하고 잔혹한지, 저런 창의력을 글공부하는 데 썼다면 장원 급제는 따 놓은 당상이었을 것이다.

정성스럽게 깎아 내 완벽한 세모 모양의 창날이 된 미륵부

처의 머리를 바라보며 조휘가 혀를 끌끌 찼다.

"이런 천하의 찢어 죽일 놈. 미륵불을 무슨 세모불로 만들어 놨네. 넌 싯팔 불심(佛心)도 없냐? 너 그러다 지옥 가."

"다, 닥쳐라!"

조휘가 쓰러져 있는 마염락 위지악의 등에 털썩 주저앉았다.

"하, 흑천대살을 괜히 죽였나."

쓰러진 채로 발악하는 흑천련 잔당들.

"개새끼!"

"찢어 죽일 놈!"

"천하의 말종!"

조휘가 피식 웃었다.

"반사 이 새끼들아. 감히 사파의 말종 놈들이 날 욕해?"

흑천대살이 죽은 지 고작 며칠이 지났다고 그새를 못 견디고 집단 자살 시도라니!

역시 사람에게 희망을 앗아 가는 것이 가장 잔인한 행위란 말인가.

잔혹하고 독한 사파 놈들이라고 해서 사내의 낭만이 없진 않았다.

시커먼 흑의 장포를 걸친 채 질풍처럼 내달리던 그 시절.

'검은 하늘! 흑천!'을 외치며 수많은 전투에서 칼날을 부딪쳐 온 지난 세월은 저 사내들의 잊을 수 없는 강호일 것이다.

"으음."

혹천련의 잔당들도 '사내들'이었음을 조휘는 간과했다.

허나 아무리 궁리해도 이들을 계속 노가다 일꾼으로 부릴 뾰족한 해법이 떠오르지 않았다.

세상에는 단순히 돈만으로는 해결할 수 없는 일들이 이처럼 많다.

"문제네 문제."

조가복합천상루(曹家複合天上樓)는 이제 막 첫 삽을 떴다.

수없는 모의 훈련으로 단련된 혹천련 사내들이 없다면 결코 기일 내에 완공할 수 없었다.

"어떻게 하면 네놈들의 마음을 얻을 수 있을까."

턱을 괸 채 고심하는 조휘에게로 위지악의 비웃음 소리가 들려왔다.

"흥! 우리의 마음을 얻겠다니 꿈도 야무지시군! 지존이 생존해 계셨기에 인내하며 때를 기다렸을 뿐 우린 애초에 협조할 마음이 없었다!"

패염귀 적염도 한 수 거들었다.

"혹천대살께서 귀천하신 이상 이제 우리는 모두 죽은 살귀들이다! 그것이 본 련의 법도!"

"음?"

순간, 매처럼 빛나는 조휘의 두 눈이 쓰러져 있는 적염에게 향했다.

"혹천련에도 법도(法道)가 있었나?"

"본 련은 당당한 강남의 패자! 포양호의 지배자인 본 련이 법도 없이 운영될 수 있다고 보는가?"

순간, 조휘가 비릿하게 웃었다.

조휘의 그런 표정에 불길한 예감이 들었는지 적염의 등줄기가 축축하게 젖어 갔다.

"허면 그 법도 한번 제대로 읊어 봐. 흑천대살이 새롭게 옹립되려면 무슨 과정이 필요하지?"

지금 이 새끼가 뭐라고 하는 거지?

패염귀 적염은 실성이라도 해 버렸는지 누운 그대로 하늘을 향해 미친 듯이 앙천광소를 터뜨렸다.

"크하하하! 미친놈! 제 손으로 흑천련을 통째로 날려 버린 놈이 지금 새로운 흑천대살을 옹립하겠다는 건가?"

한편, 허탈한 얼굴로 조휘를 올려다보는 위지악.

"흑왕부 어르신들을 당신이 무슨 수로 찾겠다는 거냐."

"흑왕부(黑王部)는 또 뭐야?"

적염의 두 눈이 불처럼 이글거린다.

"련주님의 권위와 필적하는, 본 련 최고의 의사 결정 집단이다."

전대의 명성 높은 사파의 원로들로 구성된 흑왕부는 때때로 련주의 권위에 반기를 들기도 하는, 흑천련의 가장 강력한 권력 집단이었다.

그도 그럴 것이, 그들에게는 흑천련주를 상징하는 흑천대살(黑天大殺)을 선출할 권한이 있었기 때문.

혹천팔왕의 만장일치와 흑왕부의 의사 결정이 합쳐졌을 때, 비로소 새로운 흑천대살이 옹립될 수 있었다.

"호오, 그럼 그 흑왕부의 노괴들은 지금 어디에 있지?"

위지악은 그 얼굴에 허탈한 심경을 가득 담아낸 채 중얼거렸다.

"흑왕부의 위치는 본 련 최대의 기밀이다. 팔왕(八王)님들, 심지어 련주이신 흑천대살님조차도 모른다. 아마 련주님께서도……."

말꼬리를 흩트리고 마는 위지악.

자신들의 지존, 천하의 흑천대살이 흑왕부가 움직이기만을 기다렸을 것이라고 차마 말할 수 없었던 것이다.

흑천련의 마지막 희망, 흑왕부.

정파 측에도 심산유곡에 은거 중인 전대의 고수가 즐비하듯, 사파에도 강호를 피비린내로 진동시켜 온 전대의 대마두들이 집단을 이루어 영향력을 행사하고 있었다.

애초에 그들이 힘을 모아 주지 않았다면 흑천련 또한 탄생할 수 없었다.

"그렇다면 흑왕부는 그 이름에 흑(黑)만 같을 뿐, 사실상 별개의 조직이라고 봐야겠군. 련주조차도 흑왕부의 위치를 모른다면 서로 간의 정기적인 기별은 없었을 거고. 허면 흑왕부 쪽에서 결정된 사안을 비밀스러운 인선을 통해 일방적으로 통보해 왔다는 말인데…… 호오, 무척이나 오만한 자들인데? 벌써부터 꼬장꼬장한 노인네들의 편협함과 괴팍스러움이 느껴져."

위지악의 동공이 세차게 흔들거린다.

저게 바로 소검신(小劍神)이다.

단지 몇 개의 단서만으로도 정확하게 흑천련 내부의 권력 구도를 파악하고 그 알력 관계마저 꿰뚫어 본다.

소검신이 무서운 것은, 위대한 검신의 검로를 일신에 새긴 것이 아니라 저 무시무시한 심계 때문이었다.

저 사내의 머릿속에 들어 있는 측량할 수 없는 지략이야말로 강호가 결코 경험해 보지 못한 종류.

조가대상회에서 살아가는 자라면 그 누구도 이 사실을 부정할 수 없을 것이다.

"좋은 정보 감사. 아 그리고."

흑천련 잔당들이 자신들을 구속하고 있는 기이한 힘이 점차 해제되어가고 있음을 느꼈을 때.

츠츠츠츠츠-

그들이 바닥에 떨어뜨렸던 각양각색의 무기들이 천천히 허공 위로 떠오르고 있었다.

기긱-

기기긱-

곧 그 조잡한 무기들은 이내 서로 뭉쳐 구겨져 원구(圓球)처

193

럼 변하더니 곧 시뻘겋게 융해되어 바닥에 쿵 하고 떨어졌다.

모두의 입이 쩍 하고 벌어진다.

도무지 상상조차 할 수 없는 소검신의 의념공!

대관절 저런 것이 한낱 인간이 지닐 수 있는 신위란 말인가?

"그렇게들 죽고 싶어?"

"……."

"……."

무표정한 얼굴로 물어 오는 조휘를 향해 그 누구도 함부로 입을 열지 못했다.

"내가 이래서 강호의 무인(武人)이라는 족속들이 싫어요. 무인의 명예가 그리도 중요해? 자존심이 밥 먹여 주냐? 지금도 온 천하에는 당장 내일을 살기 위해 산천을 떠돌며 초근목피를 씹어 삼키는 백성들이 천지에 깔려 있다고. 미안하지도 않냐?"

조휘의 눈빛이 더욱 차가워졌다.

"좀 더 후벼 파 줘? 네놈들이 무인의 혼(魂)을 말하기는 너무 늦지 않았나? 네놈들의 혼은 그때 이미 죽고 사라져 버렸잖아? 그런 마당에 오늘 이 어처구니없는 결기는 도대체 뭐냐?"

"그게 무슨……!"

위지악이 뭐라고 항변하기도 전에 소검신이 선언하듯 외친다.

"너희들, 그때 이미 무기를 버리고 이 소검신에게 삶을 구걸했잖아?"

"뭐, 뭣!"

벌떡 일어나 조휘에게 짓쳐 들 기세로 사납게 두 눈을 부릅뜨던 위지악이 결국 힘없이 두 팔을 늘어뜨렸다.

울분이 머리끝까지 차올랐으나 슬프게도 그에게 반박할 수가 없었다.

"적(敵)의 발밑에 자신들의 지존이 깔려 있는데도, 네놈들은 검을 움켜쥐고 적에게 달려들지 못했다. 네놈들에게 무인의 혼이란 게 있다면 그날로 죽어 버린 것이 아닌가?"

멀리서 조휘의 그런 목소리를 듣고 있던 염상록이 혀를 내두르며 고개를 절레절레 젓고 있었다.

칼만 안 들었지 순 살인마보다 더한 놈이다.

한낱 세 치 혀로 흑도 사나이들의 가슴을 저토록 사정없이 후벼 파 버리다니!

오늘 조휘의 일갈은, 폐부가 칼에 찔리는 것보다 더한 상처로 저들의 가슴속에 남을 것이다.

"더 이상 무인도 아닌 놈들이 왜 이제 와서 다시 무인 행세를 하는 거냐고. 네놈들은 조가대상의 일꾼이야, 일꾼. 응? 다시는 그 조잡한 무기 따위를 만들지……."

"그만해 이 미친놈아! 차라리 칼로 찔러 죽여라! 입으로 사람을 죽일 셈이냐!"

염상록이 두 눈에 쌍심지를 켜고 득달같이 달려오고 있었다.

꼴에 같은 사파 사내라고 연신 침을 튀기며 편을 들고 있었으나 조휘는 결코 아랑곳하지 않았다.

"패잔병이란 것도 최선을 다해 싸웠지만 결국 패배한 적(敵)들을 칭하는 단어잖아? 네놈들은 패잔병도 뭣도 아니야. 난 네놈들을 한 번도 적으로 생각한 적이 없거든. 칼 한 번 섞은 적도 없이 무릎부터 꿇은 놈들인데 무슨 놈의 적? 풋!"

그런 조휘의 엄청난 정신 공격에 일제히 휘청거리는 흑도 사내들!

나라 잃은 듯한 얼굴로 멍하니 허공을 응시하는 그들의 동공에는 인간의 영혼조차 느껴지지 않는 공허함으로 그득했다.

"그렇다고 포로? 아니지. 난 포로를 받아들인 적이 없어. 네놈들 스스로가 조가대상회의 일원이 되겠다고 찾아온 거야. 그러므로 네놈들은 우리 조가대상회의 흔한 일꾼이다. 그런 놈들이 무슨 주제도 모르고 무인 흉내를 내고 앉아 있어. 병신들인가?"

-거참!

-허어……

사람인 이상, TV에서 흉측하거나 잔인한 장면이 나올 때면 절로 외면하거나 눈살을 찌푸리게 된다.

지금 영계의 존자들이 딱 그런 심정이었다.

그래도 강호의 도의란 게 존재하는 법이거늘!

적당히 에둘러 표현해도 될 터인데 저리도 직설적으로 상대의 영혼을 말살시키려 들다니!

"그 입담 한번 참으로 매섭구나 소검신."

죽일 듯이 조휘를 노려보는 위지악의 입가에는 진득한 핏물이 배어 나와 있었다. 그가 얼마나 치욕으로 몸서리치고 있는지 여실히 느껴졌다.

"무인이라면! 후일을 도모할 수 있다면! 그 어떤 치욕을 감내하고서라도 모진 목숨을 연명해야 할 때도 있는 법이다! 처절한 무인의 인내를 그런 식으로 매도한다면 과연 이 강호에 떳떳한 자가 얼마나 있을 수 있겠는가!"

"옳소! 그렇지!"

염상록이 더없이 진지한 얼굴로 고개를 끄덕였다.

위지악의 말대로 수치를 참아 낼 수 있는 것 역시 강호인의 덕목.

조휘의 말대로라면 피비린내 나는 결전 속에서 목숨을 연명하기 위해 도주하는 자들 또한 전부 무인이 아니라는 식이다.

항우(項羽)의 위세를 감히 견딜 수 없어 그토록 한없이 몸을 낮춘 유방(劉邦)을, 감히 누가 군주가 아니라고 함부로 격하할 수 있단 말인가.

그처럼 순간의 모욕을 격분하지 않고 끝끝내 참아 내는 것 또한 용력(勇力)의 한 부분이라 할 수 있는 것이었다.

적의 격장지계에 순간적인 분을 참아 내지 못하고 죽어 간 장수들이야말로 역사 속에 수두룩.

"하아……."

조휘의 가는 한숨이 이어졌다.

흑천련 잔당들을 잔인하게 몰아붙여 흑왕부의 일을 무마하려 했는데 마지막에 이르러 저 위지악 놈 때문에 모든 일이 망가졌다.

갈 길이 구만 리인 마당에 흑왕부의 노괴들을 찾을 시간마저 쪼개야 한단 말인가?

하지만 저 대나무 같은 놈들은 새로운 흑천련주가 출현하지 않는 이상 꿈쩍도 하지 않을 기세다.

"어이 지악이."

위지악이 순간적으로 멍청한 얼굴이 되어 자신의 두 귀를 의심했다.

그토록 엄청난 심계와 지략으로 사람들을 질리게 만든 놈이 뭐? 지악이?

염상록이 간신히 웃음을 참아 내며 입을 열었다.

"너…… 농담이겠지? 지금 그거 제갈운에게 '갈운아.'라고 말하는 것과 같은 거다."

조휘가 흠칫하더니 얼굴을 붉혔다.

"야이 씨! 모를 수도 있지! 그럼 위지(尉遲)가 성(姓)이었군. 미안. 아무튼! 법도? 좋아! 법법 좋아하는 놈들은 반드시 그 법으로 망하게 되는 이치를 뼈저리게 느끼게 해 주지. 그 잘난 흑천련의 법도로 네놈들을 평생토록 부려 줄 거다!"

이내 지옥의 야차처럼 변한 얼굴로 죽일 듯이 위지악을 노려보는 조휘.

"너희들은 오늘부로 일꾼의 지휘조차도 잃었다! 당연히 월
봉도 없다! 내가 흑왕부를 찾아낸다면 바로 위지악 네놈이 새
로운 흑천련주! 반드시 노예로 부려 주지! 이 총관님!"

"예 회장님."

두 손을 모아 공손하게 허리를 숙이는 이 총관에게로 조휘
의 명령이 떨어졌다.

"조가천상복합루의 공사는 일단 중지합니다. 오늘부터 보
름간 자리 좀 비우겠습니다."

난처한 얼굴로 굳어진 이 총관.

"오늘도 공사를 구경하겠다고 호연평 일대는 그야말로 인
산인해입니다. 달포 전부터 구경하겠다고 누각에 짐을 풀고
먼 길을 온 사람들도 있는데…… 그러시지 말고 저들을 계속
달래 보심이……."

"흑천련의 법도대로 흑천련주의 명령 없이는 아무것도 안
하겠다고 하지 않습니까! 그 빌어먹을 법도대로!"

그 말을 끝으로 조휘는 이미 철검을 타고 하늘 위로 저만치
멀어져 가고 있었다.

"흐옹흐옹……."

무엇이 그리 즐거운지 연신 콧노래를 부르며 전표를 세고 있는 홍예.

일야만략화접(一夜萬略花蝶)이라 불리는 야접의 절대자가 저리도 처신이 가벼운 자였다니.

그렇게 암흑귀랑은 한심하다는 눈으로 홍예를 무심하게 응시하고 있었다.

"하, 당신 이제 그만 나가 주시죠?"

홍예는 조소를 머금고 있는 듯한 저 사내의 눈빛이 너무 싫었다.

조가대상회와의 협약만 아니었다면 진즉에 내쫓고 싶었지만 그럴 수 없는 현실이 한스러울 뿐.

"알고 있을 텐데. 당신이 업무를 보고 있는 한 난 당신의 일거수일투족을 감시해야 한다."

조가대상회로부터 파견을 나온 암흑귀랑은 철저하게 홍예를 감시하고 있었다.

그 이유는 다름 아닌, 야접이 조가대상회와의 합의를 깨고 소검신의 정보를 외부에 팔았기 때문.

이는 당연히 조휘의 분노를 사게 되었고, 결국 암흑귀랑을 파견하여 철저하게 홍예를 감시하게 만드는 결과를 초래했다.

"장부 정리하는 거 안 보이세요? 끝났다고요 업무."

그때, 암흑귀랑의 민감한 감각권 내에 엄청난 기도가 감지되었다.

"흡! 후우……!"

순식간에 등줄기가 식은땀으로 축축하게 젖을 만큼 긴장했으나 이내 안도의 한숨을 내쉬는 암흑귀랑.

익숙한 내기의 파장, 소검신의 그것이었기 때문이다.

"업무가 끝나지 않을 듯한데."

"뭐예요?"

홍예가 '그걸 왜 당신이 결정해!'라고 뾰족하게 외치려는 순간, 갑자기 집무실의 천장이 와장창 깨어지며 빌어먹을 '그놈'이 나타났다.

천하의 야접의 총단, 일야만략화접의 집무실을 이런 식으로 방문하는 자는 오직 그놈밖에 없었다.

"안녕? 배신자?"

"하아……."

지끈거리는 머리를 매만지며 푹 하고 고개를 숙이고 마는 홍예.

자신의 인생에서 가장 큰 실수가 있다면 저 미친놈과 거래를 튼 것일 터.

"도대체 왜! 왜 당신은 항상 천장을 부수고 나타나죠?"

조휘가 예의 무심한 얼굴로 이죽거렸다.

"편하니까?"

"미친!"

"머리 좋은 여자가 왜 이래? 귀찮은 접선책들에게 신분을 증명하고, 기관술로 도배된 비밀 통로를 거쳐, 진법으로 그득한 화원을 지나, 온몸의 무장 해제를 확인하고 이곳에 오는 게 편해? 아니면 그냥 일 검에 천장을 부수고 당신 앞에 서는 게 편할까?"

"하……!"

저 인간 때문에 보름마다 집무실을 바꾸는데도 언제나 귀신같이 천장을 뚫고 나타난다.

할 수만 있다면 지금이라도 조가대상회와의 거래를 끊고 싶은 것이 솔직한 그녀의 심정이었다.

"고생이 많아. 귀랑."

"내 할 일을 할 뿐이오."

"불만은 없겠지?"

"……."

이곳에서의 근무를 말하는 건지, 아니면 춘선을 개방주에게 맡겨 죽음에 이르게 한 것을 말하는 건지 암흑귀랑은 판단이 서지 않았다.

조휘의 무뚝뚝한 대답이 다시 이어진다.

"그래도 그간 정이 많이 들었을 거야. 미안해."

그제야 암흑귀랑이 씁쓸하게 미소 짓자 조휘가 다시 홍예를 응시했다.

"의뢰할 게 있어. 일야만락화접."

홍예의 낯빛이 희게 변했다.

저 소검신이 정식으로 자신을 '일야만략화접'이라는 별호로 칭할 때면 어김없이 큰 손해를 감수할 수밖에 없는 의뢰를 해 왔기 때문이다.

"교, 교섭하지 않겠어요!"

그렇게 그녀는 벌떡 일어나 집무실의 뒷문으로 빠져나가려고 했지만 이미 그곳에는 조휘가 길을 막고 이죽거리고 있었다.

"어허, 자꾸 이런 식으로 나오면 곤란해."

홍예가 기겁하며 물러선다.

"다, 당신이 무슨 세력의 종주야! 뒷골목의 왈패도 이렇게 무자비하게 사람을 겁박하진 않아!"

"좋은 말로 할 때 앉아. 날 이런 파락호로 만든 사람은 그쪽이야. 신뢰를 짓밟았을 땐 이 정도쯤은 각오했어야지."

"아니 도대체 내가 뭘 잘못을 했다고 그래?"

조휘가 어처구니없다는 얼굴로 홍예를 노려본다.

"내 정보를 통천존신 측에 팔았잖아?"

"토, 통천존신? 그게 그 무시무시한 자의 별호인가요?"

"이거 봐! 와 씨!"

이 와중에도 본능적으로 직업 정신을 발휘하고 있는 홍예.

하지만 금방 자신의 실수를 깨닫고 굳게 입을 닫았지만 이미 때는 늦은 상황이었다.

그녀는 오히려 당당히 어깨를 펴고 한 발자국 앞으로 나섰다.

"야접은 정보 조직이에요. 나 역시 정보상이란 말이고요.

당신이 본 야접에게 그토록 많은 정보를 취해 가면서 제대로 값을 치른 적이 몇 번이나 있죠?"

"아니 언제는 돈 대신 내 정보를 가지겠다며?"

"말 한번 잘했어요! 우리 같은 정보 조직이 취한 정보를 활용 안 한다는 게 말이나 돼요?"

더없이 냉정한 눈빛이 된 조휘에게서 얼음장처럼 냉랭한 음성이 흘러나왔다.

"그래서? 그래서 내 정보를 통천존신에게 파셨다? 그 때문에 난 마른하늘에 날벼락을 맞고 삼천 년을 감옥에서 지냈는데?"

"그, 그게 무슨? 도대체 무슨 소리를 하는 거죠?"

느닷없이 통천존신이 사천회를 찾아오지 않았다면 그 무시무시한 법천뢰(法天雷)를 맞지 않아도 됐을 터.

삼천 년이라는 무량한 시간 동안 고생한 것이 모두 이 여자 때문이라 생각하니 조휘는 참을 수 없는 열불이 터져 나왔다.

"또 생각하니 열 받네. 그냥 모두 없애 버릴까?"

천하의 야접을 멸문시킨다는 말을 저리도 아무렇지 않게 할 수 있다니!

문제는 그에게 충분히 그 일을 해낼 수 있는 능력이 있다는 것을 홍예가 안다는 것이었다.

"자, 잠깐만요!"

홍예가 더없이 긴장으로 물든 표정으로 조휘를 응시했다.

"혹시 통천존신이라는 자가 통천교(通天敎)와 관계가 있나요?"

"그가 교주(敎主)다."

순간 세차게 도리질 치는 홍예.

"그럼 그가 아니에요!"

"무슨 소리야?"

"당신의 정보를 요구해 온 자가 통천교는 아니라는 뜻이
에요!"

그럼 제삼의 인물이?

자신과 조가대상회를 노리는 다른 세력이 또 있단 말인가?

조휘가 미간을 찌푸린 채 되물었다.

"어떻게 확신하지?"

"통천교를 살피는 일은 본 야접의 사활이 달린 문제예요.
그들이라면 우리가 모를 리가 없죠."

"명운을 걸고 통천교를 살펴 왔다? 왜지?"

그녀가 황당한 표정을 지어 보였다.

"통천교를 가장 예의 주시하고 있는 곳이 어디라고 생각
하죠?"

"음……."

그제야 조휘는 모든 것이 이해가 되었다.

백 년이 넘도록 민심을 어지럽히고 있는 사특한 종교.

그런 곳을 예의 주시해야만 하는 곳은 제국의 황실(皇室)
밖에 없었다.

황실은 야접 최대의 고객.

그것이 바로 야접이 통천교를 살피는 일을 우선순위 최상단에 둘 수밖에 없는 이유였다.

"그럼 도대체 누가 내 정보를? 짚이는 거 없어?"

홍예는 떠올리는 것만으로도 두려워지는 듯 창백하게 낯빛을 굳혔다.

"몰라요 아무것도. 하지만 한 가지 확실한 건……."

"확실한 건?"

침을 꿀꺽 삼키는 홍예.

"그가 딛고 있는 세상은 세상은 우리 같은 강호 따위가 아니에요."

조휘가 황망한 표정을 했다.

강호의 또 다른 말은 천하(天下)다.

이 너른 중원 대륙을 총칭하는 단어.

일견 허술해 보일지 몰라도 야접의 주인인 홍예의 안목과 혜안은 범인을 아득히 초월한다.

지닌 재지가 만략(萬略)이라 칭송받는 그녀가, 상대를 인간을 초월한 자 즉 신(神)적인 존재라 말하고 있는 것이다.

"근거는?"

금세 음울함으로 물든 그녀의 두 눈.

"그의 일수(一手)에 호월칠야혼이 모두 죽었어요."

조휘는 언젠가 그녀로부터 야접의 모든 것이 무너져도 호

월칠야혼만 있다면 다시 재건할 수 있다는 호언장담을 들은
적이 있었다.

호월칠야혼(湖月七夜魂).

비정한 강호로부터 끝끝내 야접을 지킬 수 있었던 근원적
인 힘.

그들은 야접이 자랑하는 최강의 무력 조직이자 강호의 신
비였다.

"뭐 그건 나도 할 수 있는데?"

그런 조휘의 반문에 홍예는 쓰게 웃으면서도 망설임 없이
대답했다.

"당신이 아무리 소검신이라고 해도 한 명의 사람일 뿐 호
월칠야혼을 당해 낼 수 없었을 거예요. 장담드리죠."

누구보다도 자신의 경지를 잘 아는 홍예가 저토록 확신할
수 있다고?

"그렇게 강한 자들인가?"

"애초부터 대(對)천하제일인을 목표로 길러진 자들이니
까요."

"뭐라고? 그럼 자연경도 상대할 수 있단 말이야?"

"장담은 못 하지만 해볼 만은 하겠죠. 소수이긴 하지만 호월
칠야혼 중에는 법술(法術)을 구사하는 자들도 있었으니까요."

이 여자, 농담이 아니다.

저토록 확신하는 근거가 반드시 있을 것이다.

존자들이나 신좌의 추종자들처럼 당대에 영력(靈力)을 수양한 이들은 존재할 수 없었다.

하지만 법력(法力)을 구사하는 이들은 가끔씩 이름 높은 도맥에서 출현했다.

허나 그들은 워낙 신비롭고 은밀해서 연이 닿기란 실로 요원한 일이었다.

그런 신비의 존재들을 수하로 부릴 수 있다는 것은 조휘조차도 놀랄 수밖에 없는 일이었다.

'선대의 규약(規約)인가.'

신비 도맥의 도사들은 함부로 인세에 개입하지 않는다.

야접의 선대가 그들과 특별한 연을 맺지 못했다면 결코 그들을 뜻대로 부릴 수 없을 것이다.

어쨌든 법력마저 발휘할 수 있는 도사들이 섞인 최강의 무력 조직을 단 일수로 소멸시켰다는 것.

자신이 아는 한 이 강호에는 그런 자가 존재하지 않았다.

있다면 강호 밖 천외(天外).

신좌의 추종자들이 아니고서야 설명될 수가 없었다.

"으음……."

그제야 조휘의 마음이 조금 누그러졌다.

야접 최대의 무력 조직이 사라진 이상 그녀로서는 선택의 여지가 없었을 테니까.

그 엄청난 통천존신마저 화신(化身)으로 조종할 수 있는 신좌가, 끄나풀을 동원해 강호의 정보 조직 하나 마음대로 하는 것은 일도 아닐 것이다.

"고생했겠네."

쓴웃음을 머금고서 이내 조휘의 시선을 외면하고 마는 홍예.

하지만 조휘는 신좌의 끄나풀들이 그녀를 통해 자신의 무엇을 보려 한 것인지 물을 수밖에 없었다.

"그놈들이 나의 어떤 정보를 가져갔지?"

"몰라요."

"몰라?"

이건 또 무슨 뚱딴지같은 소리?

홍예는 대답 대신 자신의 긴 머리칼을 모두 쓸어 올려 얼굴 전체를 드러냈다.

"뭐야 그건 또?"

아직도 시뻘겋게 익어 있는 흉터가 이마와 후두부 전체를 뒤덮고 있었다.

그것은 마치 그녀의 머리를 통째로 움켜쥔 듯한 손자국.

여인의 입장에서 저런 커다란 흉터는 평생의 상처가 아닐 수 없었다.

"이게 다예요."

"아니, 그러니까 그게 도대체 무슨 흉터냐고."

아직도 두려운 듯 홍예는 전신을 가늘게 떨다 대답을 이어갔다.

"그는 제 머리를 한 차례 움켜쥐기만 하고 떠났어요. 그 후 저는 보름이 넘도록 혼절해 있었죠."

"허?"

이내 조휘의 머릿속에서 흑암자의 확신에 찬 음성이 들려왔다.

-법술(法術)이다.

'법술이라고요?'

-사람의 기억을 살펴 헤아리는 법력의 흔적이 그녀의 머리에 아직 잔존해 있다. 필시 흡정요개술의 일종일 것이다.

흡정요개술(吸精妖開術).

웬만한 법력으로는 시도조차 불가능한 법술의 지고한 경지.

천선문이라는 도맥을 대표하는 존재였던 천우자로서도 그 마음이 전율로 물들 수밖에 없었다.

당시에도 흡정요개술은 상상이나 전설로 치부되던 미지의 경지였다.

"미친⋯⋯!"

머리를 움켜쥐는 것만으로도 대상의 기억을 흡수할 수 있다니?

가히 천하를 제멋대로 조종할 수 있을 정도의 미친 능력이었다.

조휘가 절레절레 고개를 저으며 가늘게 한숨을 내쉬었다.

"후⋯⋯ 갈수록 가관이구만."

홍예가, 저 일야만락화접이 다루는 정보의 양이란 이루 말할 수 없이 방대하다.

그녀의 기억을 모조리 가져갔다면 가히 야접을 통째로 훔쳐 간 것이나 다름없는 것이다.

놈은 그렇게 이 강호의 거대한 생태계를 일거에 파악했다.

그런 놈이 새로운 무림맹과 관련이 있다면?

조휘는 앞으로 자신에게 어떤 위난(危難)이 닥칠지 감히 짐작할 수 없었다.

소검신과 조가대상회는 분명 지금보다 더욱 단단해져야 했다.

"흑왕부(黑王部)를 찾고 싶다. 홍예."

저 소검신이, 자신을 부르는 칭호를 바꾸었다.

단지 바뀐 것은 그 하나뿐인데, 왜 이렇게 묘하게 가슴이 뛰며 안도되는 마음이 이는 거지?

홍예는 세찬 도리질로 그런 묘한 자신의 감정을 서둘러 떨쳐 냈다.

"거래하기 싫다면요? 또 협박할 건가요?"

"함께 지하상계를 도모하는 순간부터 한배를 탄 거 아니었어? 한데 자꾸 왜 이렇게 비협조적이야?"

"한쪽에서 일방적으로 손해만 보는데 한배를 탔다는 표현은 좀 그렇죠."

잠시 턱을 매만지며 생각에 잠기는 조휘.

"음······."

잠시 그렇게 고민하던 조휘가 곧바로 그녀에게 당근을 제시했다.

"지금 당신에게 가장 절실한 것은 아마 야접을 보호할 수 있는 새로운 역량이겠지?"

입술을 꼬옥 깨물며 조심스럽게 고개를 끄덕이는 홍예.

"부정하진 않겠어요."

이어진 조휘의 부드러운 미소.

"어차피 우리 사이에 돈 거래란 별 의미도 없고. 보답으로 당신의 그런 고민을 해결해 주지."

"어떻게?"

조휘는 자신의 장포 자락에 매달린 붉은 수실을 거칠게 뜯어내더니 이내 그 수실에 자신의 의념을 불어넣었다.

홍예는 수실을 퉁명스럽게 내미는 조휘를 물끄러미 쳐다보기만 했다.

"무슨 뜻이죠?"

씨익 웃는 조휘.

"그냥 수실이 아니야. 내 의념이 잔존해 있지. 무슨 일이 생긴다면 이걸 태워."

"태운다면요?"

호기로운 조휘의 대답이 이어졌다.

"그 수실에 잔존해 있는 의념이 사라지면 난 곧바로 감지해 낼 수 있지. 이 소검신이 중원(中原)에 존재하는 한 한 나절 안에는 반드시 당신을 구하러 온다."

"그게 무슨!"

"그 대상이 야접이든 당신이든 이 소검신이 한 번은 반드시 구명해 주지. 어때? 이만하면 흑왕부를 찾는 대가로는 충분할 것 같은데."

일회성이긴 하나 무려 야접의 생존을 소검신(小劍神)으로부터 담보받는 일. 흑왕부를 찾는 대가로는 차고도 넘쳤다.

은거한 흑왕부의 노괴들이 아무리 사도의 신비라 해도 야접의 이목에서 자유로울 수 없는 법.

"조건이 있어요."

또 조건을 단다고?

그런 홍예의 발칙한 반응에 조휘의 미간이 짜증으로 찌푸려졌다.

"팔무좌를 용병으로 사고도 또 다른 조건을 요구한다고? 몸에 좋은 것도 많이 먹으면 체하는 거 알아, 몰라?"

그런 조휘의 음성을 듣는 둥 마는 둥, 홍예는 곁에 시립해 있던 야접의 총관에게 수실을 내어 주며 예의 고운 음성을 이어 갔다.

"들었죠? 무슨 일이 생기면 이걸 태우세요."

휘둥그레 뜬 눈으로 굳어지는 야접의 총관.

"혹 주인께서는?"

다시 그녀가 휘릭 조휘를 향해 돌아본다.

"이 홍예. 당신과 함께 흑왕부로 가겠어요."

이건 또 무슨 뚱딴지같은 조건이야?

조휘는 혹이 붙는 것을 결코 원하지 않았다.

"싫어! 안 돼!"

그대로 바닥에 앉아 가부좌를 트는 홍예.

"잠시 운기조식을 한 후에 움직이겠어요. 가능하죠?"

"아니 싫다니까?"

갑자기 홍예가 표독한 얼굴로 벌떡 일어나더니 총관에게 회수한 수실을 조휘에게 내밀었다.

"그럼 거래는 없었던 일로 하죠. 흑왕부인지 백왕부인지 한 석 달은 찾아 헤매시든가."

조휘는 금방 울상이 되었다.

"이런…… 씨……!"

강호의 이목을 피해 깊숙이 숨어든 은거기인들은 대개 인적이 드문 심산유곡이나 사찰 등에서 기거한다.

허나 그들이라고 뜻을 영원히 저버린 것은 아니었다.

단지 속세와의 은원을 이어 나가는 것이 스스로를 수신(修身)하는 데 방해가 되었기 때문이다.

하지만 흑왕부의 노괴들은 조금 달랐다.

그들은 수신하여 무공을 닦는 것보다 암중으로 사파 강호를 조종하는 데 그 목적을 두었다.

속된 말로, 흑천련을 앞에 세우고 정작 가장 큰 이권은 본인들이 챙겨 먹었다는 뜻.

흑천련은 정파 측으로부터 오는 압박을 대신 맞아 줄 실로 훌륭한 화살받이였다.

그런 자들이 숨어 있는 곳은 놀랍게도 벌건 대로변의 한 객잔이었다.

"저기예요."

"뭐라고?"

홍예의 퉁명한 대답에 조휘뿐만 아니라 만반의 준비를 한 채 도착한 그의 동료들까지 황당한 표정을 짓고 있었다.

염상록이 껄렁거렸다.

"와 이건 너무 예상 밖인데? 그 음침한 노괴들이 버젓이 포양호의 중심에서 객잔을 운영하고 있었다고?"

심지어 이 육주객잔(肉酒客棧)의 점주는 조휘도 익히 아는 자였다.

더없이 사람 좋고 푸근한 얼굴이 특징인 서대상(徐大祥) 점주는 포양호 일대에서 제법 인망이 두터운 자였다.

그러나 그는 장사 수완이 너무나 형편이 없어서 오히려 주위로부터 객잔을 접을 것을 종용받아 온 상황.

그렇게 적자만 쌓이고 있는 객잔을 왜 그리도 팔아넘기지 않았는지 조휘도 궁금하던 참이었는데 과연 다른 이유가 있었던 것이다.

홍예가 나른한 표정으로 하품하며 다시 입을 열었다.

"하암…… 평범한 객잔이 아니에요. 잘 아시면서 왜 그런데."

염상록의 눈빛이 기이해진다.

"흑점이라는 거요?"

진가희도 아는 척을 했다.

"흑점이라기엔 너무 조용하지 않아? 경계를 서는 하수인들이 한 명도 없잖아?"

흑점(黑店).

사파의 세력권 내에서 흔히 볼 수 있는 위장 상점.

즉 객잔은 명목상의 사업일 뿐 다른 목적을 위해 은밀히 운영되는 곳이라는 뜻이었다.

홍예가 피식 웃었다.

"하수인이 필요가 없죠."

"아니, 왜?"

염상록의 의문은 당연한 것이었다.

사파의 영업장들은 황법(皇法)을 철저하게 무시한다.

관(官)의 기찰을 대비하기 위해서라도 경계를 서는 하수인을 곳곳에 배치하는 것은 당연한 상식.

"당연히 경계를 설 필요가 없으니까."

"음……."

그때, 육주객잔의 주렴이 걷히며 한 노인이 나타났다.

그는 포양호 일대에서 사람 좋기로 소문난 서 노인.

한데 늘 푸근한 미소로 사람들을 대했던 그가 흉신악살처럼 일그러진 표정으로 조휘 일행을 노려보고 있었다.

이에 조휘의 두 눈이 금방 이채를 머금었다.

그의 기질이 예전과 같지 않다는 것을 곧바로 감지해 낸 것이다.

서 노인이 죽일 듯이 노려보고 있는 사람은 다름 아닌 일야만략화접 홍예.

"쳐 죽일 년! 대체 이게 무슨 짓이냐? 벌건 대낮에 본 부(部)를 찾아온 것으로도 모자라 혹까지 달고 와?"

"홍살(紅殺) 노야께서는 그게 문제예요. 이 홍예가 아무렇지도 않게 노야를 뵈러 왔을 땐 뭔가 믿는 구석이 있다고 생각되지 않아요?"

서 노인, 아니 홍살의 얼굴이 더욱 붉은빛으로 물들었다.

홍예와 함께 온 놈은 당금의 포양호를 먹어 치운 소검신.

저 간교한 년과 함께 왔다면 이 자리에 불순한 목적으로 온 것이 분명하기에 굳이 자신의 사홍련공(死紅聯功)을 숨길 필요가 없는 것이다.

"으음."

그것은 조휘조차도 가볍게 놀랄 만한 기도였다.

그에게 뭐라 말로 표현할 수 없는 사이한 기운이 서려 있었다.

그것이 오직 살의(殺意)로 점철된 의념공이라는 것을 깨닫는 데에는 그리 긴 시간이 필요하지 않았다.

"과연 경계를 서지 않을 만하군."

의념을 다룰 수 있는 자라면 사방 수십 장 정도의 기척은 제집처럼 훤히 느낄 수 있을 터.

그간 무슨 수법을 써 왔는지는 몰라도 절대경의 무극(無極)을 이룬 자신의 이목조차도 속여 온 자다.

조휘가 꽤나 흥미로워진 표정으로 홍살을 바라봤다.

"이거 우리 점주님 알고 보니 대단한 분이셨네. 이상하네요. 아무리 의념의 장막을 친다고 해도 이 소검신의 눈을 속일 수는 없었을 텐데. 저도 그 수법 좀 배웁시다."

그 질문에 대답한 것은 홍예였다.

"그것이 홍살 노야가 익힌 사흥련공의 특징이죠. 말 그대로 사(死), 죽음까지 흉내 낼 수 있는 무공이에요."

사파의 살공(殺功)이 으레 그렇듯, 사흥련공도 기도를 감추는 데 특화된 무공이었다.

그렇다고 해도 소검신의 이목을 피해 온 것은 실로 놀라운 일.

그것은 그의 살공인 사흥련공이 결코 간단한 무공은 아니라는 뜻이었다.

사도(邪道) 세력을 암중으로 조종해 온 괴물들.

일단 조휘는 저 음침한 노괴들의 유희부터 확인하고 싶었다.

"그래, 무슨 은밀한 사업을 하고 계실까?"

홍살 노야가 육주객잔을 향해 태연자약한 걸음으로 다가가는 조휘를 전광석화처럼 막아섰다.

"제아무리 천하의 소검신이라고 해도 제 목숨은 아까울 터."

"뭐라고? 목숨?"

이 깜찍한 노인네가 지금 뭐라는 거지?

지금 설마 길을 막고 협박을 하고 있는 건가?

힘없는(?) 노인네들을 굳이 죽이고 싶지 않았던 조휘는 후하고 한숨을 내쉬더니 침잠한 눈을 빛냈다.

"그건 오히려 내 쪽에서 할 말 같은데. 이래 봬도 아이와 여자, 노인네들은 지켜 주자는 주의라고."

"클클! 미친놈!"

홍살 노야가 잔인한 웃음을 흘리며 의념을 일으키자 객잔 앞 대로변 전체가 죽음의 공간처럼 검붉은 기운으로 물들었다.

"강호(江湖)를 살아갈 가치가 없는 놈이로구나. 네놈의 사문은 강호를 주유함에 있어 여인과 아이, 노인을 가장 조심하라고 일러 주지 않더란 말이냐?"

조휘가 가늘게 미간을 좁혔다.

아무리 음모와 귀계가 난무하는 강호라지만 노인은 몰라도 여자와 아이까지 배척의 대상으로 삼으라는 말은 짜증이 치미는 소리였다.

흔히 버스 안에서도 노약자와 임산부 보호석을 존중해 온 현대인인 자신으로서는 굳이 인정하고 싶지 않은 것이다.

"당신 속이 시꺼머니까 세상이 다 칠흑처럼 보이는 거야."

그렇게 이죽거리던 조휘가 이내 소검신의 광대무변한 신위를 드러낸다.

검천대신공과 마신공, 거기에 무신의 무해(無解)가 합일된 조휘의 의념 세계는 이제 혼세일계(混世日界), 즉 중원 강호가 감당할 수 있는 수준이 아니었다.

홍살 노야는 그대로 선 채로 굳어졌다.

흑왕부에서 평가하는 소검신은 아무리 높게 봐주어도 절대경의 극(極), 혹은 자연경의 초입.

자신이 조금만 시간을 벌어 준다면 흑왕십멸자(黑王十滅者)들이 당도할 것이기에 충분히 승산이 있다고 여긴 것이다.

하지만 이건 도무지 말이 되지 않았다.

마치 거대한 산악, 아니 무슨 천공(天空)을 마주하고 있는 느낌.

그 광대무변한 우주의 아래에서 자신은 한낱 피조물에 지나지 않았다.

이것이 진정 한낱 무인의 의념으로 발휘할 수 있는 경지란 말인가?

한데 그런 끝도 없이 너르게 펼쳐진 천공과 같은 의념이 씻은 듯이 사라져 버렸다.

대신 소검신의 전면에 작은 점(點) 하나가 현신했다.

알고는 있었다.

저 작은 점이 소검신의 독문무공이라는 것을.

허나 그 작은 점에, 천공과 같았던 그의 광대무변한 의념력이 모두 담겨 있음을 깨달았을 때.

그야말로 전율을 넘어 이지가 마비되는 듯한 두려움이 밀려왔다.

우우우우웅─

나직한 공명음과 함께 소검신의 손끝에서 노니는 점.

그런 점의 주변 공간 자체가, 노니는 궤적에 따라 끊임없이 왜곡되며 짓이겨지고 있었다.

"도대체 그게 무슨 무공……."

"천하공공도(天下空空道)."

조휘가 퉁명한 얼굴로 입을 열었다.

"나도 아직 직접 실험해 보진 않았지. 궁금하긴 해. 내 새로운 천하공공도가 과연 얼마만큼의 파괴력을 지니고 있을까."

"……."

"적어도 말이야. 이 포양호 정도는 송두리째 지워 버릴 수 있을 것 같은 느낌이 들긴 해."

"미, 미친놈!"

미친 듯이 펄럭이던 조휘의 옷자락이 점점 잦아들더니, 그와 함께 천하공공도의 극점(極點)도 씻은 듯이 사라졌다.

"강호의 무력(武力)은 이 소검신에게 아무런 의미가 되지 못해."

너무나도 광오한 말이었으나 홍살 노야는 감히 반박할 수가 없었다.

끝도 없이 심연처럼 가라앉아, 마치 무저갱과 같은 조휘의 두 눈.

도무지 인간 같아 보이지도 않는 그의 기질은, 사람 본연의 이지를 말살시킬 정도로 강렬하게 다가왔다.

"가자."

다시 객잔으로 향하는 조휘를 따라 염상록과 진가희가 쪼르르 달려갔다.

"웅! 오빠!"

"으……."

순간 염상록은 웬 기이한 곳에서 삼천 년 동안이나 무공을 익히고 돌아왔다는 조휘의 말이 사실일지도 모른다는 생각이 들었다.

그렇지 않고서야 지금 자신이 본 것을 도저히 설명할 수가 없었으니까.

두려움과 질시의 마음이란 것도 같은 '사람의 범주' 안에서 노닐어야 일어나는 법.

저놈도 저렇게 인간 같지도 않은 경지를 이루었는데, 그런 저놈의 입에서조차 경외의 이름으로 불리는 그 신좌(神座)라는 놈은 도대체 얼마나 더 강한 거지?

그 아득해지는 심정에 염상록은 세차게 고개를 도리질치고 말았다.

어차피 자신의 수준으로는 감당되지도 않을 천외(天外)의 이야기.

그저 소검신의 주변에서 굿이나 보고 떡이나 먹으면 될 일이라며 애써 위안 삼아 보는 염상록이었다.

끼이이이익-

주렴을 걷고 객잔으로 들어서자 예상처럼 단 한 명의 손님도 없었다.

조휘는 묵묵히 객잔 전체에 자신의 의념을 드리웠다.

이내 피식하고 웃음을 터뜨리는 조휘.

"지하(地下)군. 너무 식상하고 뻔해."

쩌저저적!

조휘의 시선이 향하고 있던 바닥의 한 부분이 그대로 통째로 뜯겨져 나가고 있었다.

염상록은 그런 조휘가 무슨 수법을 어떻게 구사했는지 느낄 수도 없었다.

그가 더욱더 기가 질려 버린 표정으로 조휘를 응시했다.

"사람은 맞는 거지?"

뒤늦게 따라온 홍예가 더없이 창백한 얼굴로 고개를 도리질 쳤다.

"이건…… 너무……."

홍예는 홍살 노야 이상으로 충격을 받은 상태였다.

이성(理性)을 지닌 인간이 어떻게 조휘의 신위를 정상으로 받아들일 수 있겠는가.

소검신의 별호에 새겨져 있는 신(神)의 휘호가 대단한 건 맞지만, 그렇다고 삼신에 비할 수는 없다고 여겼다.

하지만 이건 강호풍운록에 묘사된 삼신과 대등, 아니 그 이상.

직접 보고 느끼지 못했다면 결코 인정하지 못했을 정도로, 차라리 진짜 신이라 해도 고개가 끄덕여질 정도였다.

단 일 회이긴 하나 소검신의 비호를 받는다는 것이 얼마나 큰 의미인지 그제야 홍예는 뼈저리게 실감할 수밖에 없었다.

야접 역사상 최고의 행운을 거머쥐게 된 것이다.

"지하라면 투견장 혹은 도박장인가."

홍예가 애써 정신을 가다듬으며 조심스럽게 고개를 가로 저었다.

"흑왕부의 총타가 그런 말단 조직이나 할 법한 사업을 하고 있진 않겠죠."

"뭐 확인해 보자고."

74章.

74章.

바닥이 통째로 뜯겨진 곳에는 기다란 계단이 늘어져 지하 밀실과 연결되어 있었다.

그렇게 조휘 일행이 지하 밀실로 향하는데도, 멀찍이 이를 지켜보고 있던 홍살 노야는 피가 나도록 입술만 깨물고 있을 뿐 그들에게 다가갈 엄두도 내지 못하고 있었다.

'흑왕부의 존폐가 달렸다!'

선 채로 두려움에 벌벌 떨고 있는 그의 주위로 이내 십 인(十人)의 흑의 노인들이 나타났다.

"홍살."

홍살 노야의 신호를 받은 흑왕십멸자(黑王十滅者)가 마침

227

내 장내에 도착한 것이다.

"홍수는? 음!"

조휘 일행의 기척을 감지한 암자(暗者)가 나머지 구자(九者)들과 눈짓을 주고받은 후 서둘러 신법을 일으키려 할 때.

"가, 가지 마시오!"

의문으로 가득 얼룩진 표정으로 뒤돌아보는 암자.

그가 사홍련공(死紅聯功)을 전력으로 끌어올렸으니 만만치 않은 상대가 나타났다고는 생각했다.

하지만 흑왕십멸자가 한자리에 모인 마당에 더 이상 홍수를 쫓지 말라니?

"흑왕부의 적(敵)이 아니란 말인가?"

홍살 노야가 미친 듯이 고개를 도리질 치다 도저히 믿을 수 없는 대답을 했다.

"쫓았다간 그대로 전멸이오."

흑왕십멸자.

흑왕부 내에서도 그들의 무공 수위는 철저한 비밀에 부쳐졌다.

하지만 홍살 노야만은 달랐다.

과거 그는 흑천련에 의해 패망한 극살문(極殺門)의 문주.

흑천련의 뒤를 봐주던 흑왕부와 피비린내 나도록 싸워 본 경험이 있는 그는 누구보다도 저들의 강함을 잘 알고 있었다.

"지금 전멸이라고 했나?"

홍살 노야가 흑왕부 총타주를 맞게 된 것은 다름 아닌 그의 냉정한 성정 때문이었다.

마지막 극살문도가 피보라를 일으키며 산화했을 때도, 목에 검이 겨눠져 무릎이 꿇려졌을 때도 그의 냉막한 두 눈에는 동요 한 점 없었다.

그런 홍살 노야가, 지금 사시나무 떨듯 벌벌 떨고 있었다.

냉정함의 화신과 같았던 그가 대체 무엇을 보았기에 저토록 두려워하고 있단 말인가?

홍살 노야가 아직도 벌벌 떨리는 입술을 애써 짓씹었다.

"서, 서둘러 이곳을 떠나야 하오! 놈은 흑왕부의 모든 전력을 모아 와도 상대할까 말까 한 놈이오!"

"……뭣?"

다른 사람이 말렸다면 벌써 적에게 달려갔어도 몇 번이나 더 달려갔을 것이다.

총타의 중요성을 누구보다도 잘 아는 저 냉정한 홍살 노야의 입에서 나온 소리니 그야말로 미치고 환장할 따름이었다.

이곳을 포기한다면 흑왕부의 존립을 장담할 수가 없다.

결국 십멸자들의 우두머리인 암자가 단호한 표정으로 홍살 노야를 외면했다.

"가지."

이윽고 흑왕십멸자들의 신형이 사이한 안개처럼 흩어진다.

"안 된다고!"

절규에 가까운 홍살 노야의 비명 소리와 동시에.

콰콰콰콰쾅!

육주객잔의 지붕이 통째로 터져 나간다.

그렇게 사방으로 비산하고 있는 것은 무수한 기왓장 파편만이 아니었다.

피분수를 내뿜으며, 달려간 속도보다 더 빠르게 튕겨져 나오고 있는 흑왕십멸자들!

스스스스스스-

먼지가 잦아들자, 오연한 얼굴로 뒷짐을 쥐고 있는 소검신의 신위가 드러났다.

처참하게 담벼락에 처박힌 채로 부르르 몸을 떨고 있는 암자(暗者).

그의 얼굴에 떠오른 표정은 고통보다는 오히려 의문이었다.

대체 무슨 수법에 당한 건지 아무것도 알 수 없었다.

그저 흐릿한 잔광을 잠시 느낀 순간, 가히 포탄에 맞은 듯한 엄청난 격통과 함께 몸이 튕겨져 나왔으니까.

"이…… 이…… 이게…… 무슨……!"

그는 곧 온몸이 부서지는 극통을 참아 내며 서둘러 몸을 일으켰다.

그렇게 상대를 살폈으나 상대의 철검에는 그 어떤 기운도 서려 있지 않았다.

방금 그것이 초식도 아니었다고?

그럼 자신들을 피떡으로 만든 상대의 한 수란 것이 설마 진
기발인(眞氣發引)?

좀 더 쉽게 표현하자면 호신강기(護身罡氣)다.

내부의 진기를 유형화하여 몸을 보호하는 가장 간단하고
도 효과적인 내가고수의 방어 태세.

한데, 자신이 아는 그 어떤 강호의 절륜한 호신강기로도 저
런 신위를 설명할 순 없었다.

흑왕십멸자 전부를 단숨에 튕겨 버리는 호신강기가 어떻
게 이 세상에 존재할 수 있단 말인가?

강호 역사상 최강의 호신강기라 칭송받는 태양신궁주의
염마태강탄(炎魔泰罡彈)이라 할지라도 흑왕십멸자를 모두
튕겨 버린다는 것은 상상도 할 수 없을 것이다.

조휘의 무심한 두 눈이 각자 다양한 모습으로 쓰러져 있는
흑왕십멸자들을 훑고 있었다.

"거 함부로 기습을 하면 쓰나."

하지만 조휘는 내심 가볍게 놀라고 있었다.

자신의 가슴을 감싸고 있는 장포의 한 부분이 시커멓게 탄
채로 맨살이 드러나 있었기 때문이다.

드넓은 천하에는 숨은 기인이사가 모래알처럼 많다더니
과연 강호란 겪으면 겪을수록 놀라웠다.

과거였다면 방금 전의 합공에 한 줌의 핏물이 되었을지도
몰랐다.

"거기, 잿더미 같은 당신."

눈짓으로 암자를 가리키고 있는 조휘.

그의 기도는 분명 어디서 많이 접해 본 느낌이 들었다.

이내 조휘가 고개를 갸웃거리며 의혹의 눈초리를 빛냈다.

"……흑천대살?"

틀림없었다.

저 사이한 기운이 가득 담긴 잿빛 눈동자.

저 사도의 회안(灰眼)은 흑천대살의 그것과 너무도 흡사했다.

"설마 사부인 건가? 아니지, 그 노괴들은 죽었지. 그럼 사형제겠군."

흑천대살의 사부는 사파의 전설인 흑백쌍괴(黑白雙怪)라고 알려져 있었다.

하지만 흑백쌍괴는 오래전에 죽은 인물.

허면 흑천대살과 함께 동문수학한 사형제지간이 틀림없을 것이다.

이내 암자(暗者)의 입가에 지독히 사이하고도 음산한 미소가 걸렸다.

"본 좌의 절반씩밖에 가져가지 못한 그 못난 놈들이 감히 내 사부라고?"

"음?"

회색에서 갈라져 나온 흑(黑)과 백(白)?

조휘의 두 눈이 휘둥그레 떠졌다.

"와 씨! 그럼 그 전대의 흑백쌍괴가 당신의 제자라고?"

흑백쌍괴가 함께 동문수학했다는 것은 잘 알려진 사실이었지만 그들의 뿌리를 아는 자는 아무도 없었다. 지금 이 자리에서 강호의 오랜 비밀 하나가 드러난 것이다.

"그럼 당신은 누구지?"

암자는 아무런 대답도 없이 잿빛 회안으로 동료들에게 눈짓을 주고 있었다.

진기를 다스려 어느 정도 회복한 십멸자들이 다시 암자 주위로 시립했다.

이내 품(品) 자 형태로 진용을 꾸린 그들이 다시 조휘를 향해 강렬한 적의를 내뿜고 있었다.

"녹포 노인, 당신이 가장 나빴어. 치사하게도 그 와중에 가장 먼저 가희를 치더라?"

조휘의 가슴의 상처가 바로 진가희 앞을 무리하게 막아선 결과였다.

"아직 오빠가 순진해서 그래. 이 사파 쪽에서는 늙은이들일수록 더 수치를 모른다고. 사내다움? 그런 건 백 년도 전에 개나 줘 버렸을걸?"

어느덧 나타난 진가희가 비릿한 표정으로 이죽거리고 있었으나, 녹자(綠者) 입장에서는 전혀 이상할 것 없는 행동이었다.

적의 가장 약한 고리부터 끊어 내는 것이 병법의 기본 중의 기본.

"와 이 노인네들 보소? 눈빛으로만 사람을 죽일 기세네? 그렇게 다 늙어서 무슨 부귀영화를 누리겠다고 다들 이 난리야? 힘이 남아돌아? 묏자리나 알아보러 다녀야 하는 거 아닌가?"

"……."

"……."

무수한 세월 동안 산전수전 풍파를 겪어 온 십멸자들이다.

저런 질 낮은 격장지계에 쉽게 당할 위인들이 아닌 것이다.

그렇게 십멸자들이 한 치의 동요도 보이지 않고 있었으나 조휘의 정신 공격은 도무지 그칠 기미가 보이지 않았다.

"그 나이에 아직도 은자가 욕심이 나? 무조건 건강이 최고 아니야? 어디 경치 죽이는 곳이라도 가서 좋은 것만 보고 느껴도 천수를 누릴까 말까인데."

조휘가 혀를 끌끌 차며 예의 카랑카랑한 음성을 이어 갔다.

"그 나이가 되면 흘러가는 구름에도 이상하게 막 눈물이 나온다 하더라고. 왜 그런 줄 알아? 싯팔! 살날이 얼마 안 남았거든! 얼마나 서럽겠냐. 안 그래 상록아?"

"그럼, 그럼. 눈물이 진물처럼 변해 아침에 일어나면 눈곱도 한가득이지. 으 싯팔 더러워. 하루라도 안 씻으면 몸에서도 막 고름 냄새 날 거 아니야?"

예로부터 부모님 공격 다음으로 무서운 것이 나이 공격이다.

아무리 격장지계에 휘말리고 싶지 않아도 사람인 이상 마음 한구석 묘한 분노로 꿈틀거리지 않을 수가 없었다.

염상록이 측은한 눈빛으로 노인(?)들을 훑어본다.

"아무리 어여쁜 아낙네가 지나가도 뭔 소용이 있겠냐? 싯
팔 뭘 서야 말이지! 파렴치한 강간마도 노친네들의 영역에서
는 가능한 게 아닌 거야. 야! 너 강간노괴 들어 본 적 있어?"

진가희가 고개를 갸우뚱거렸다.

"강간마는 몰라도 강간노괴는……."

입심으로는 둘째가라면 서러워할 진가희와 염상록이 조휘
와 합심하여 불을 질러 대니 결국 암자의 입에서 거친 노성이
터져 나오고야 말았다.

"갈(喝)-!"

"응 나도 갈."

"난 두 번, 갈갈."

"힛! 난 세 번, 갈갈갈!"

순간 암자는 멍청한 얼굴로 굳어지고 말았다.

뭐 이딴 새끼들이?

사파의 내로라하는 망종들을 수도 없이 봐 왔지만 이건 수
준 자체가 달랐다.

이놈들은 부모도 없단 말인가?

조휘가 널브러져 있던 의자 두 개를 허공섭물로 끌어오더
니, 하나를 흑왕십멸자 측에 놓으며 자신 역시 그 앞에 앉았다.

"노인장들 중 대가리가 누구지? 아니면 더 높은 분이 따로
있나? 싸우러 온 거 아니니 걱정 마시고 우리 좋게 말로 협상

하자고요. 협상!"

"정체부터 드러내라!"

"어허, 눈이 어두우시네. 사파의 숨은 지배자들이라고 해서 대단한 분들인 줄로만 알았는데."

속세와 끊임없이 교류하는 홍살 노야와는 달리, 흑왕십멸자는 오로지 무공밖에 모르는 무인들이었다.

그들은 당대의 오롯한 정파의 무좌(武座)가 일곱에서 여덟로 바뀐 것도 모르고 있었다.

"그는 소검신이오."

여전히 잔뜩 긴장한 채로 대답하는 홍살 노야.

"신(神)?"

신의 휘호가 아무에게나 주어지지 않는 강호의 풍토를 누구보다 잘 아는 노고수들이 그 별호의 무게를 모를 수가 없었다.

"으음……."

그저 풍문으로 전해 들었다면 콧방귀를 뀌었을 것이나 호신강기만으로 단숨에 자신들을 튕겨 내는 신위를 직접 몸으로 겪었으니 암자는 가슴이 끝도 없이 답답해졌다.

대관절 저토록 어린 나이에 어떻게 그런 무공의 경지가 가능한 건지?

반로환동을 했다면 귀밑머리에 새하얀 흔적이라도 남아 있겠으나 그렇지도 않았다.

그런 무시무시한 무력을 지니고도 싸우자는 것도 아니고 어쨌든 협상을 하자고 하니 일단 암자는 마음을 누그러뜨렸다.

"말해 보아라."

조휘가 싱긋 웃었다.

"저희 조가대상회는 아시죠?"

"조가대상회?"

금시초문인 듯한 표정으로 홍살 노야만 힐끗거리는 암자를 쳐다보며 조휘는 그야말로 기가 찼다.

"아니 말이 돼? 본인들 밥그릇이 날아간 것도 모르고 있었다고?"

흑왕부는 암중으로 흑천련의 일을 봐주고 막대한 상납금을 받아먹어 왔다.

조가대상회로 인해 그 밥줄이 완전히 끊겼을 터인데 어떻게 그걸 모르고 있을 수가 있는 거지?

이에 조휘가 한 점의 망설임도 없이 자리를 털고 일어났다.

그들이 간혹 무력만 흑왕부에 지원하는 빈객임을 조휘 역시 단숨에 파악한 것이다.

"협상이 불가능하겠구만. 그럼 대장이 나올 때까지 조금 더 휘저어 놓는 수밖에."

"앉으시게."

다시 지하 계단으로 발길을 옮기려던 조휘를 붙잡아 세운 사람은 흑왕십멸자들 중 가장 뒤편에 서 있던 노인이었다.

빈객 따위와 상대해 본들 귀찮기만 할 뿐이어서 조휘는 처

237

음에 애써 무시하려 했다.

허나 조휘는 걸음을 멈출 수밖에 없었다.

그가 완전히 다른 존재라도 된 듯 막대한 존재감을 뿜어내고 있었기 때문이다.

'음?'

그러고 보니 낭패를 본 다른 이들과는 달리 오직 그만이 의관이 깨끗하다.

자신의 호신강기에 별다른 타격을 입지 않았다는 뜻.

심지어 그의 기도가 일변하자 함께 지내 온 다른 십멸자들도 소스라치게 놀라는 눈치였다.

"자네?"

"허?"

그는 십멸자 중에서도 가장 조용하고 신중한 성정을 지녀 군자라는 칭호를 받은 존재. 지닌 무공 역시 십멸자 중에서도 최하위권이었다.

늘 묵묵히 난(蘭)만 닦아 대던 기이한 자.

그가 입을 여는 모습을 본 자는 손에 꼽을 정도였다.

한데 지금, 그의 존재감이 나머지 십멸자들을 모두 아우르고 있었다.

그때 홍살 노야가 무릎을 꿇었다.

자신의 주군(主君)이 오롯한 신위를 드러낸 이상 엎드려 모시며 예를 표하는 것이 마땅한 도리.

홍살 노야가 그토록 십멸자들에게 피하라고 한 것은, 다 군자(君者)로 위장하고 있는 흑왕부주 때문이었다.

"설마 부주(部主)?"

"그, 그럴 수가!"

흑왕부 내에서 가장 자유로웠다고 생각했던 자신들이, 정작 가장 삼엄한 경계를 받고 있었을 줄이야!

조휘가 흥미로운 얼굴로 다시 의자에 앉았다.

"호오, 수하들에게조차 정체를 드러내지 않으셨다고? 인내심이 대단한 분이네."

흑왕부주가 묵묵히 걸어가 조휘의 맞은편에 착석했다.

"그래. 소검신. 이 흑왕부주에게 할 말이 뭔가?"

조휘가 맞은편에 착석한 흑왕부주를 기이한 눈초리로 응시하고 있었다.

그는 독특한 기도를 지닌 자였다.

뿜어져 오는 의념의 파장만 아니었다면 어디서나 볼 수 있는 그런 평범한 행색의 초로였다.

지극이 평범한 것이 오히려 특이하게 여겨질 정도.

겉모습만으로는 흑천련을 암중으로 조종해 온 절대자라고는 결코 생각할 수 없었다.

조휘가 단도직입적으로 심중을 드러냈다.

"새로운 흑천련주를 지목하고 옹립해 줬으면 하는데. 당신들에게만 그런 권한이 있다고 하더라고요."

아직 절강성에 그 잔당들이 세를 이루고 있다고 하나 흑천
련은 사실상 몰락한 세력이었다.

한데 새로운 흑천련주를 옹립해 달라니?

당황한 심중을 드러낼 법도 하건만 흑왕부주의 눈빛은 한
점의 흔들림도 없었다.

잠시 무표정하게 침묵하던 그가 다시 천천히 입을 열었다.

"이제 보니 그대는 소검신이 아니라 소악마였군."

"소악마(小惡魔)?"

내내 무심할 것만 같은 흑왕부주의 얼굴에 처음으로 미소
비슷한 것이 서렸다.

"포양호를 지배한 그대가 군이 그 쭉정이 같은 놈들을 다
시 규합해 새롭게 세력을 일궈 줄 리가 만무하지. 결국 그 쭉
정이 놈들을 노예로 쓸 작정이지 않으신가."

흑천련은 천마교와도 곧잘 비교되는 절대존명(絕對尊命)
체제의 특성을 지닌 세력이었다.

조휘가 몰락한 흑천련의 새로운 종주를 옹립하는 이유야
사실 뻔한 것이었다.

자신이 철저히 통제할 수 있는 자를 새롭게 흑천련주로 옹
립하고 그를 조종해 잔당들을 통제하려는 것.

흑천련의 법도에 얽매여 있는 련도들을 가장 효과적으로
부릴 수 있는, 일종의 꼼수인 것이다.

조휘도 마주 희게 웃었다.

"뭐 말귀는 빨리 알아들으셔서 좋네. 그래서 협상할 의향은 있으시고?"

"본 좌가 왜 그대에게 협조해야 하는지 그 이유를 모르겠네. 게다가 도무지…… 이건 정말 눈으로 보고도 도저히 믿을 수 없군."

"뭐가요?"

흑왕부주의 기이한 눈초리에 담긴 감정은 두려움보다는 차라리 호기심에 가까웠다.

"그대의 무공 수위가 혹 자연경(自然境)이신가?"

"글쎄요."

자신의 경지가 삼신(三神) 어른들의 경지와 최소 비슷하거나 혹은 웃도는 것은 사실이다.

하나 그들의 경지인 자연경과는 상당한 괴리가 있었다.

그들이 의념지도를 초월해 대자연과 동화되는 천지교태(天地交泰)를 이루어 삼라만상과 어울리는 길을 택했다면.

자신은 오히려 의념지도의 세계를 더욱 확장하여 대자연을 자신의 의념체계하에 가두고 지배해 버렸다.

이는 말로 표현하자면 가벼워 보이나 사실 엄청난 대사건이었다.

중원 무공의 이론과 체계는, 고대 무림으로부터 천 년 이상 지속되어 무수한 종사(宗師)들의 시행착오와 정립으로부터 다듬어진 것이었다.

조휘는 지금까지 그 누구도 가 보지 못한 길을 홀로 걷고 있는 것.

때문에 그런 자신의 경지를 무엇으로 불러야 할지 스스로도 모를 수밖에 없었다.

"뭐 일단 그렇다고 해 두죠."

당혹을 넘어 경이로 물든 흑왕부주의 두 눈.

"허면 어떻게 이렇게 버젓이 강호의 양지(陽地)에서 활동할 수 있단 말인가?"

조휘가 의문으로 얼룩진 표정으로 되물었다.

"도대체 무슨 말이죠? 내가 강호를 주유하겠다는데 남이 왜?"

흑왕부주의 얼굴에 잠시 허탈한 기색이 스치더니 이내 어둡게 굳혀졌다.

"그런 힘을 지녔다면 그대도 충분히 느꼈을 텐데? 중원(中原), 아니 이 천하(天下)는 숨은 질서에 의해 움직인다는 것을."

"……숨은 질서?"

"시치미를 뗄 작정이신가?"

"하고 싶은 말을 하시죠."

흑왕부주의 진의(眞意)가 신좌를 말하는 것이라면 놀라운 일이 아닐 수 없었다.

이는 강호에 신좌의 힘이 다양하게 미치고 있다는 뜻이었고, 이를 인지하고 있는 자들이 생각보다 훨씬 많을 수도 있었기 때문이다.

"보리달마는 왜 죽음을 가장하고 홀연히 서쪽으로 사라졌는가?"

역사나 전설로 전해져 오는 것처럼, 달마가 양무제에게 독살당했다고 믿고 있는 선종의 후예들은 아무도 없었다.

그가 무슨 풍토병을 얻어 비명횡사를 했느니 하는 같잖은 구전(口傳)처럼, 그의 입적에 관해 전해져 오는 이야기들은 모두가 불분명하고 입체적이지 못했다.

그래서 후세의 사람들은 그가 자신의 죽음을 가장하고 서역으로 되돌아갔다고 믿고 있었다.

"독고무진(獨孤無盡)은 천마(天魔)를 넘어 마신(魔神)에 이르고도 어찌 스스로 홀연히 자취를 감추었는가?"

강호가 맞이한 두 번째 신, 마신의 행적도 모든 것이 의문 투성이였다.

혹자는 중원이 마교를 물리친 것이 아니라 마신 스스로가 마교를 무너뜨린 것이라 했다.

단독으로 중원 전체를 상대할 수 있는 유일무이한 세력치고는 그 마지막이 너무도 허무했기 때문이다.

"후계도 남기지 못할 정도로 급박하게 스스로 종적을 감춘 것은 그대가 사부라 말하고 있는 조천(曹天) 또한 마찬가지."

이 대목에서 조휘는 깜짝 놀라고 말았다.

검신(劒神)의 실명은 그 유명한 만박자의 강호풍운록에서 조차 언급되지 못하고 있었다.

오직 조휘밖에 모르는 검신 어른의 이름.

그런 강호의 신비를 흑왕부주가 알고 있다는 것은 예사스러운 일이 아니었다.

"허면 무당도조(武當道祖) 장삼봉의 최후를 아는 자가 있던가?"

장삼봉의 생애에 관해서는 무수한 설화와 전설이 구전되어 오고 있었으나 그의 최후만큼은 모든 것이 신비로움 그 자체였다.

"가장 최근에는 무신(武神)이 백 년 이상 자취를 감추었지. 그의 세가 역시 봉문(封門). 그 이유는 과연 무엇인가?"

"음."

"황실을 통째로 사 버릴 수 있을 만큼 막대한 부를 축적한 위대한 상인들은 왜 지하로 숨어들어 암흑상인을 자처하였나?"

순간, 흑왕부주의 눈빛이 더욱 강렬해진다.

"이 사을천(舍乙天)의 철사자맹(鐵獅子盟)은 그 옛날 정파 세력을 압도하고도 어찌 흑왕(黑王)이라는 이름으로 숨어들 수밖에 없었을까?"

"……철사자맹?"

그들은 역사 최초로 사도천하(邪道天下)를 이룰 뻔했던 최강의 사파였다.

새외대전 당시, 당시의 무림맹주는 중원 공공의 적을 역설하며 철사자맹을 향해 읍소하다시피 절규했다.

허나 철사자맹은 강호에서 일순간에 자취를 감추었다.

그것은 무림의 사가들 사이에서 아직도 해소되지 않는 의문이었다.

철사자 사을천.

무신이 출현하기 전만 해도 모두가 인정했던 천하제일인.

고지식하며 자존심이 고고하기로 유명한 정파의 원로들마저 천하제일을 말할 때면 주저 없이 철사자를 지목했을 정도다.

그만큼 당시의 철사자 사을천의 위상이란 어쩌면 당대의 자하검성 이상이었다.

"……당신이 철사자라고?"

순간 흑왕부주, 아니 사을천의 눈빛이 더욱 투명해진다.

그렇게 막강한 기운을 사방으로 투사하고 있던 그가 이내 자신의 의념을 모두 해제하더니.

"뭣?"

너무나도 깜짝 놀라 벌떡 일어난 조휘.

츠츠츠츠츠-

어느덧 일어난 찬란한 서기가 사을천의 전신을 감싸고 있었다.

그 상서로운 서기가 어떤 경지를 말하고 있는지 조휘로서는 모를 수가 없었다.

"천지교태(天地交泰)……!"

자연경에 이르면 모두 비슷해진다.

각자의 성향이 명확히 달랐던 삼신(三神)이, 영계에서 저리도 서로를 깊이 이해할 수 있게 된 것은 자연경의 경지에 이른 그들의 무공이 너무도 동질적이었기 때문이다.

사을천이 천천히 자신의 그런 존재감을 해제하더니 이내 식은땀을 흘리며 주위를 두리번거렸다.

하지만 그의 표정에서 숨길 수 없는 것은 틀림없는 열락(悅樂)의 감정이었다.

단지 자연경의 무위를 드러낸 것만으로도 저렇게 기꺼워하고 있는 것이다.

"사람에게는 애초에 도달하도록 허락된 선(線)이 있다는 것을 그대라면 모를 리 없을 터. 진정 그대는 '그들'의 부름과 경고를 단 한 번도 받지 못했다는 말인가."

흑왕부주 사을천으로서는 상대가 저만한 경지의 무위를 지니고도 저리도 당당하게 평범한(?) 세력의 종주, 그런 강호의 주류를 자처할 수 있다는 것이 도저히 상식적으로 이해되지 않았다.

"호오……."

조휘의 나지막한 감탄성.

이제는 확실해졌다.

이자는 신좌와 그 주총자들을 명확히 인지하고 있었다.

그리고 적어도 한 번은 그들과 만난 적이 있을 것이다.

하지만 그때의 공포가 얼마나 지극했으면 잠시나마 천지

교태의 무위를 드러낸 것만으로도 저렇게 희열을 느끼고 있단 말인가.

"그대는 설마 그들의 정체에 대해서 알고 있는 건가?"

기대와 흥분, 분노와 의문 등 온갖 감정으로 범벅되어 있는 그의 표정은 차라리 한편으로는 슬퍼 보였다.

신좌와 그 추종자들이 그에게 얼마나 큰 공포와 시련으로 다가갔는지 충분히 느낄 수 있는 지점이었다.

"알고 있죠."

"뭣이!"

그들은 천하를 아우르는 섭리다.

또한 인류를 지배하는 법칙이다.

그 뜻을 거스른다는 것은 소멸을 각오해야만 하는 일.

한데 그런 엄청난 자들을 인지하고 있음에도 저리도 자신의 힘을 마음껏 강호에 투사하며 버젓이 세력의 종주가 될 수 있었다?

"어째서지? 도대체 어떻게? 그대는 진정 두렵지도 않은가?"

"무서운 건 내 쪽이 아니라 저쪽이죠."

조휘가 눈짓으로 가리키고 있는 것은 하늘.

그런 하늘을 향한 명백한 조휘의 도발을, 사을천은 좀처럼 이해가 되지 않았다.

"허면 그대에게는 그자들을 막아 낼 방도가 있단 말인가?"

조휘의 담담한 시선이 사을천과 그의 주위로 조용히 시립해 있는 흑왕십멸자, 그리고 염상록과 진가희 등 주변 모두를 천천히 아우르고 있었다.

"우리 사람이, 타락하지 않고 그 본성만 영원히 유지할 수 있다면 그들은 그 무엇으로도 인간을 당해 낼 수는 없죠."

"본성(本性)?"

사람의 어떤 본성을 말하는 건지, 과연 그 사람의 본성이라는 것이 무슨 수로 그들에게 위협이 되는 건지, 묻고 싶은 것이 수도 없이 많은 사을천이었지만 이어진 조휘의 대답에 그대로 굳어지고 말았다.

"더 듣고 싶다면 부탁 먼저 들어주시죠. 새로운 흑천련주의 옹립!"

더욱 멍청한 표정이 되어 버린 사을천.

아니 무슨!

지금 그게 중요하단 말인가?

지금 자신들이 나누고 있는 대화는, 감히 알 수 없는 체계와 법칙으로 천하의 사람들을 비밀리에 다스리고 있는 존재들에 관한 이야기다.

강호의 역사 속 전설로 남은 위인이나 영웅들도 그들의 체계하에 다스려졌다.

고래로부터 강호사에 전해 내려오는 그런 암류(暗流)에 비하면, 사실 새로운 흑천련주의 옹립 따위는 너무나 하찮고 가벼운 이야기.

한데 소검신의 표정이 너무나 진지했다.

"아니 오는 게 있어야 가는 게 있지! 인류의 오랜 법칙 등가교환! 알아요 몰라요?"

"아니 지금 그 문제가 중요하나?"

"중요하지!"

조휘가 모두를 훑어보며 다시 거칠게 입을 열었다.

"사람이 신좌(神座)를 상대할 수 있는 힘은 내공이나 의념, 천지교태, 법력 따위가 아니야!"

진가희가 고개를 끄덕였다.

"맞아. 오빠가 그랬어. 난 그냥 하던 대로 남자나 밝히면 되는 거야? 그렇지?"

"그래! 넌 여전히 음탕하게 남자만 밝히면 되는 거고 상록이 넌! 여전히 가희를 끈덕지게 바라보면 되는 거다!"

"뭐래. 더러워."

"내가 왜? 어디가 부족하냐고!"

"전부 다."

"이익!"

조휘가 자꾸만 의뭉스럽게 굴자 사을천은 더욱 혼란해졌다.

"신좌? 그들을 부르는 명칭인가?"

"뭐. 다들 그렇게 부르니 나도 그렇게 부르고는 있는데 별로 마음에 들진 않죠."

사을천이 투덕거리고 있는 염상록과 진가희를 응시했다.

"남자와 여자를 밝히라니 도대체 그게 무슨 뜻인가?"

"그들은 사람의 열기(熱氣)를 두려워하죠."

"열기?"

슬며시 피어나는 조휘의 미소.

"좌(座)들은 영원(永遠)을 거니는 불멸자들. 그런 불멸자에게 '의지'란 오래전에 결여된 속성. 그래서 그들은 사람의 불꽃을 흠모하죠."

그런 조휘의 대답에 사을천이 더욱 혼란스러움을 느끼고 있을 때.

소검신(小劍神)이 더욱 화사하게 웃으며 말하고 있었다.

"얼마나 인간의 감정을 흠모했으면 어둠 속을 부유하는 변덕, 증오를 멸시하는 구원자, 이딴 게 그 새끼들의 이름이라니까?"

어둠 속을 부유하는 변덕?

증오를 멸시하는 구원자?

뭔가 있어 보이긴 하다만 이름으로 쓰기에는 너무 추상적이고 현학적이지 않나?

염상록이 그런 의문으로 조휘에게 물었다.

"신(神)이란 놈들의 이름이 뭔 그따위냐?"

"내 말이. 그냥 허세와 감성이 전두엽까지 치민 새끼들이라니까?"

그렇게 피식거리며 비웃던 조휘가 다시 사을천을 응시했다.

"그러니 당신도 본인의 삶을 진지하게 한번 돌아보시죠.

과연 내 삶의 궤적을 '사람의 불꽃'이라 말할 수 있는가? 내 영혼에 그런 열정이 담겨 있었나?"

사을천은 그 점에서 만큼은 확고한 듯했다.

"단언컨대 본 좌의 삶은 열정으로 가득했다."

조휘가 흡족한 듯 크게 고개를 끄덕였다.

"그럼 된 거지! 여인과 사무치는 사랑을 하든! 적을 향해 처절하게 복수를 하든! 이 세상의 모든 부를 움켜쥐기 위에 수전노가 되든! 우린 인간으로서, 사람의 영혼을 지닌 존재로서! 매 순간 불꽃을 불사르면 된다! 신? 개소리하지 마! 어두운 공허 속에 웅크린 채 그런 사람의 불꽃을 관찰하며, 부러워하고 질투하며 흠모하는 병신들이 무슨 신이야, 신은!"

오싹!

자신들도 모르게 조휘에게서 점점 뒷걸음치는 염상록과 진가희.

연신 거칠게 외침을 토해 내는 조휘에게서 어떤 광기와 분노의 감정을 느꼈기 때문이다.

그건 마치 자신들이 알던 조휘가 전혀 다른 존재로 변모한 듯한 느낌.

그렇게 장황하게 열변을 토해 내던 조휘가 문득 스스로에게 의문을 던졌다.

'어떻게?'

좌(座)들의 신명(神名)을 내가 어떻게 알고 있는 거지?

자신에게는 그들의 정보를 접한 기억이 없었다.

그런데 지금 자신의 머릿속에는 그야말로 무수한 좌들의 신명이 온통 선연하게 떠오르고 있었다.

마치 오랫동안 얽히고설켜 있던 실타래가 한 번에 풀린 듯, 무한에 가까운 좌들의 정보가 갑자기 머릿속에 차오른 것이다.

어떤 무언가를 각성(覺醒)한 듯한 기묘한 이 느낌.

물론 삼천 년이라는 시공을 겪은 후로 자신의 존재력과 영력이 엄청나게 상승했다는 것은 인지하고 있었다.

하지만 이건…….

마치 오래전에 잊고 있었던 것을 되찾아 가는 듯한 괴이한 느낌이었다.

"아 됐고, 아무튼 제게 협조해 주실 겁니까?"

조휘의 예측할 수 없는 행동에 당황할 법도 하건만 흑왕부주 사을천은 한동안 말이 없었다.

그렇게 잠시 생각을 정리하던 그가 결심한 듯 침중히 입을 열었다.

"흑왕부, 그대의 휘하로 들어가겠네."

전혀 예상하지 못한 대답.

조휘가 두 눈을 휘둥그레 뜨며 되물었다.

"우리 조가대상회의 휘하로 들어오겠다는 뜻인 거죠 지금?"

"그렇네. 지금부터 흑왕부의 생사 여탈권은 그대의 손에 달린 일일세."

"아니 이렇게 갑자기?"

그때 사을천이 의자에서 일어나며 시선으로 객잔 쪽을 가리켰다.

"함께 흑왕부를 한번 살펴보시겠소?"

조휘를 향해 공손히 예를 표하며 몸을 숙이고 있는 사을천.

오히려 사을천이 먼저 나서서 저 은밀한 객잔 지하를 함께 살펴보자고 하니 조휘가 의외라는 얼굴을 했다.

"괜찮겠습니까?"

사을천이 희미하게 미소를 머금었다.

"우리 흑왕부는 소검신께서 생각하는 그런 조직이 아닐 것이오."

"그래요?"

조휘는 저 지하에 피와 살점이 난무하는 투견장이나 은밀한 도박장 따위가 있을 것이라 생각했다.

그도 그럴 것이 흑왕부는 오랫동안 암중으로 사파를 지배해 온 음험한 조직이 아닌가?

결국 사을천이 묵묵히 객잔을 향해 걸어가기 시작하자 조휘 일행과 흑왕십멸자도 함께 따라나섰다.

사을천이 객잔의 한 벽면에 다가가 어떤 기관을 작동하자.

철컹철컹-

꽈지지직-

객잔의 바닥이 통째로 찢어지며 육중한 묵철판(墨鐵板)이

솟구쳐 점점 조립되더니 이내 객잔 전체를 뒤덮기 시작했다.

"뭐, 뭐야 이게!"

조휘는 실로 화들짝 놀라고 있었다.

마치 핵폭발에서도 살아남을 수 있는 요새처럼 변해 버린 육주객잔!

이런 엄청난 광경이 현재 중원의 기관지술로 가능하단 말인가?

운차 시리즈를 개발하며 천하제일이라는 제갈세가의 기관지술을 꽤나 접해 봤지만 그 엄청난 제갈가의 기관지술로도 이런 광경은 꿈도 꿀 수 없었다.

한데, 사을천의 입에서 흘러나온 자부심 가득한 음성에 조휘는 더욱 혼비백산하고 말았다.

"모두 만년한철(萬年寒鐵)이오."

"헐?"

한 줌의 만년한철이 출현하기만 해도 강호에 혈겁이 일어난다.

금(金) 따위와는 비교도 할 수 없는 엄청난 광물!

만년한철로 제련된 한 자루의 검만 해도 일개 성(城)의 가치와 비교되는 법인데, 이 큰 객잔을 송두리째 덮어 버린 저 칙칙한 철이 모두 만년한철이라고?

"정말이라면 그럼 대체 이게 모두 얼마란 소리죠?"

그 가치가 너무나 아득하여 금화로도 도저히 머릿속에 환산되지 않는다.

"모르겠소. 셈을 해 본 적은 없소이다."

"아니!"

조가대상회의 모든 계열상들을 수백 번 팔아도 지금 이 만년한철로 지은 안전가옥을 살 수는 없을 것이다.

"아니 이 무식한 안가는 왜 만든 거죠?"

조휘의 경악 담긴 질문에 사을천은 묵묵히 지하 계단만을 응시했다.

"내려가 보면 답을 알게 될 것이오."

도저히 솟구치는 호기심을 참지 못한 조휘가 서둘러 지하 계단을 내려가기 시작한다.

또다시 사을천이 지하 계단의 벽면에 있는 기관을 누르자 무수한 횃불이 저절로 점등되며 깊숙한 지하의 전경이 모두 드러난다.

"허?"

굽이쳐 내리는 지하 계단은 그야말로 끝도 없었다.

족히 수백 장은 넘어 보이는 깊이!

지금 중원의 기술로는 이런 지하 시설의 축조는 결코 불가능하다.

왜?

대형 중장비가 난무하는 현대와는 달리 인력(人力)이 축조의 기반이니까.

설사 축조가 가능하다고 해도 수백 년은 족히 넘게 걸릴 것이다.

"대체……."

아무리 중원 대륙에 인력이 넘쳐난다고 해도 이 정도로 엄청난 지하 시설을 축조했다면 아직도 풍문으로 떠돌지 않은 것이 이상한 일이었다.

연 수백만 명은 족히 동원되어야 완성할 수 있을 정도로 광대한 지하 구조물.

이 지하 구조물의 축조에 투입된 사람들이 수도 없이 많은데, 입에서 입으로 전해져 민간에 떠돌지 않을 수가 없는 것이다.

그런 조휘의 의문을 읽은 듯 사을천의 담담한 어조의 음성이 이어졌다.

"내려가 보면 해답을 알 수 있을 것이오."

"음……."

만약 그가 이 지하세계의 축조에 관여했다면 말이 달라졌다.

지기(地氣)를 비틀고 파괴하는 일은 자연경의 무인에게 충분히 가능한 부분이니까.

한데 이토록 엄청난 노동력과 금력을 동원해 이런 것을 도대체 왜 만들었지?

조휘는 그런 의문을 겨우 삼키며 두둥실 떠오른 철검에 몸을 실었다. 끝도 없이 굽이쳐 내리는 계단을 내려가는 것으로는 도저히 답이 나오지 않았기 때문이다.

"잡아."

"응 오빠!"

"또 그거냐? 제길!"

그렇게 조휘는 염상록과 진가희를 양손에 매단 채 그대로 끝없는 지하를 향해 어검비행을 일으켰다.

촤아아아아

바람을 가르는 소리가 청아한 공명음이 되어 사방으로 퍼져 나가기를 한 시진쯤 되었을까.

"야! 그만! 그만 날아! 바, 바닥이잖아!"

그렇게 염상록이 기겁하며 두 눈을 질끈 감았을 때 비로소 조휘는 의념을 거두었다.

"와 씨! 이건 또 뭐야?"

마침내 도착한 곳은 그야말로 상상할 수 없는 규모의 지하 공동(空洞)이었다.

현대의 웬만한 돔 경기장은 가볍게 씹어 먹을 정도의 거대한 규모.

한데 그저 텅 빈 공간은 아니었다.

"오빠, 설마 저게 다 서책은 아니겠지?"

그렇게 진가희의 시선을 좇았을 때, 조휘는 그 엄청난 규모에 가히 질려 버릴 지경이었다.

끝도 없이 이어져 있는 책장의 행렬!

"저건 또 뭐야? 설마 저게 다 벽곡단 항아리들인가? 다 구멍이 뚫려 있네?"

여타의 항아리들과는 다르게, 벽곡단을 보관하는 용도로 쓰이는 항아리들은 반드시 옆면에 구멍이 뚫려있었다. 공기가 통하지 않으면 썩기 때문이었다.

"설마 저게 다 건포(乾脯)는 아니겠지?"

마치 작은 야산처럼 쌓여 있는 건포 더미.

"미친! 저것도 다 소금 항아리야!"

염상록과 진가희가 연신 감탄을 거듭하고 있었다.

저런 엄청난 양의 물자들을 어떻게 구할 수 있었는지도 의문이었지만, 이 머나먼 지하 공동까지 도대체 어찌 운반했는지가 더욱 궁금해 미칠 지경.

한편 조휘의 표정이 묘하게 굳어져 있었다.

거대한 지하 공동.

끝도 없는 서책의 무덤.

엄청난 규모로 쌓아 둔 벽곡단과 건량, 그리고 소금.

여기까지 살핀 조휘가 자신의 생각에 확신을 더하기 위해 다시 이리저리 지하 공동을 살펴본다.

졸졸졸졸—

과연 저 멀리 지하수가 흐르는 샘터가 있었다.

조휘는 흑왕부가 지금까지 무엇을 해 왔는지 곧바로 깨달을 수 있었다.

'생존(生存)!'

무료한 시간을 달래 줄 서책.

탄수화물의 벽곡단.

단백질을 보충해 줄 건량.

염분의 소금, 그리고 물.

인간이 생존을 담보할 수 있는 최소한의 조건들이다.

인원에 따라 달라질 테지만 백 명 이내라면 족히 오백 년은 버틸 정도로 막대한 물자.

인간의 존엄성을 깔끔하게 무시한 이토록 단순무식한 안전 공동이라니!

"도대체 왜 이런 짓을?"

객잔의 입구를 만년한철로 봉(封)했으니 이 지하 공동은 그야말로 완벽하게 안전할 것이다.

도대체 무엇으로부터 자신들을 지키기 위함인가?

그때 사을천이 능공천상제(凌空天上梯)로 천천히 하강해 오더니 마침내 공동의 바닥에 착지했다.

조휘의 의문으로 가득한 시선이 금방 그에게로 향했다.

"도대체 왜 이런 지하 공동을?"

이곳을 짓는 데 얼마만큼의 자본이 들어갔을지 그야말로 상상도 되지 않았다.

그런 천문학적인 규모에 도저히 입이 다물어지지 않을 지경.

"이곳을 지은 사람은 따로 있소. 나는 이곳을 발견한 사람에 불과하오."

259

조휘가 다시 되묻는다.

"그럼 이 엄청난 걸 지은 사람이 누굽니까?"

"모르오."

"모른다고?"

"따라오시오."

그렇게 사을천이 어기충소(御氣衝溯)를 일으켜 멀어지자 조휘가 빠르게 그를 뒤따랐다.

잠시 후 사을천과 조휘가 도착한 곳은 거대한 공동의 중심 부였다.

"음?"

지하 공동의 중심에, 조휘의 시선을 단번에 사로잡는 해골 시신이 있었다.

더욱 놀라운 것은 바닥에 새겨져 있는 글귀였다.

-이곳을 발견한 자는 수단과 방법을 가리지 않고 반드시 식량을 채우라! 절멸(絶滅)의 때를 대비하느니! 그 양은……!

글귀를 읽어 내려가는 조휘의 얼굴에는 당혹스런 감정이 고스란히 드러나 있었다.

지금까지 자신이 본 그 엄청난 규모의 식량이, 해골로 화한 사자(死者)가 목표치로 제시한 양의 사분지 일도 되지 않았던 것.

더 황당한 것은 마지막 문장이었다.

***-이틀이다! 이곳에서 단 이틀만 버틸 수 있다면 사람(人)의
세상은 다시 이어질 수 있다!***

해골로 화한 고대의 신비인이 제시하고 있는 식량이 고작
이틀 치에 불과했던 것이다.

"그럼 흑왕부가 지금까지 해 온 일이란 게⋯⋯?"

조휘의 질문에 사용천이 신념에 찬 음성으로 대답했다.

"그렇소. 식량을 채우고 있었소."

그때.

-결국 이렇게 보게 되는구나⋯⋯.

조휘의 영계에서 들려오는 목소리는 회한에 찬 귀암자의
그것이었다.

조휘가 소스라치게 놀라며 묻고 있었다.

'이 해골의 주인을 알고 있습니까?'

무당도조(武當道祖) 장삼봉은 삼신(三神)이 나타나기 이
전 시대까지만 해도 보리달마와 쌍벽을 이루는 고금 무적의
전설이었다.

하지만 중원의 강호인들은 보리달마보다도 장삼봉을 더욱
사랑했는데, 천축 출신인 달마와는 다르게 그는 중원의 도교
를 대표하는 무인이었기 때문이다.

비록 중원의 무공 체계는 소림으로부터 발원하였지만 현재 강호의 주류라 할 수 있는 검종(劍宗)만큼은 무당파가 시초라 할 수 있었다.

무당이 최초의, 최강의 검종이라는 사실은 누구도 부인하지 않았으며 이는 화산이나 종남, 심지어 머나먼 해남에서도 부정할 수 없는 사실로 받아들여지고 있었다.

고고한 자부심을 자랑하는 구파(九派)가 주저 없이 타 문파를 첫손가락에 꼽는다는 것은 그만큼 장삼봉이 남긴 영향력이 지대하고 확고했기 때문이다.

그러므로 강호인들에게 무림의 시조 격 무인들이라 할 수 있는 달마와 장삼봉, 즉 중원쌍조(中原雙祖)와 삼신(三神) 중 누가 더 위대한가 묻는다면 백이면 백 중원쌍조라 대답했다.

무공의 경지는 삼신 쪽이 좀 더 높을 수는 있어도 그들이 중원에 남긴 영향력과 업적만큼은 감히 비교할 수 없는 것이다.

물론 구전으로 전해져 내려오는 장삼봉의 이야기가 너무도 추상적이고 현학적이라 그의 진실된 경지를 후세인들이 제대로 가늠할 수 없다는 한계가 있었다.

삼신보다도 더욱 머나먼 과거 시대의 인물이니 이는 어쩌면 당연한 일.

-우린 그를 원도(原道)라 불렀지.

뇌리로부터 들려오는 귀암자의 음성은 짙은 회한으로 가득 차올라 있었다.

10

-육존신의 나머지 다섯은 실험체에 불과했으나 오직 그만 큼은 신좌(神座) 스스로도 인정한 유일무이한 제자셨다.

조휘가 멍청한 표정이 되어 눈앞의 해골 시신을 바라보고 있었다.

지금 자신이 보고 있는 이 초라한 해골 한 구가 보리달마와 함께 중원의 무림을 연 장삼봉이라고?

게다가 그의 도호가 원도(原道)라는 것도 처음 듣는 소리.

하물며 그가 신좌의 품에 귀의한 최초의 존신(尊神)이라는 것은 너무나 황당하고 충격적인 정보였다.

저 도교의 화신이, 저 중원쌍조라 불리는 위대한 존재가, 도대체 왜 빌어먹을 신좌의 제자를 자처했단 말인가!

주체할 수 없는 그런 강렬한 의구심에, 살아 있다면 그의 멱살을 뒤흔들고 싶을 정도였으나 그저 망자(亡者)의 유해이기에 한스러울 뿐이었다.

조휘에게도 장삼봉은 존경하는 무인이었다.

그가 남긴 무공도 무공이지만 그는 강호에 '사상'을 남긴 위대한 무인이었다.

하늘(天)과 땅(地).

빛(光)과 어둠(暗).

이처럼 세상의 만물은 최초의 근원으로부터 발원해 오롯한 음양(陰陽)으로 구분되며, 이 이치가 구별 없이 섞여 다시 홀로 오롯이 존재할 수 있을 때 진정한 진리와 궁극을 완성할 수 있다는 위대한 무론.

그것이 바로 장삼봉이 말하는 일원(一元)이요, 태허(太虛)이며, 태극(太極)이었다.

이 위대한 진리로부터 출발한 무당의 무공들은 천 년 이상 지속되어 무수한 신공절학으로 분화해 왔으며, 아직도 그 신비한 묘리가 풀리지 않는 무공들도 부지기수였다.

그 모든 위대한 유산들의 아버지인, 그 전설적인의 무당 조사가, 왜 이따위 비루한 해골이 되어 내 눈앞에 나타났단 말인가!

게다가 그 미친 신좌의 제자라니!

무림의 세계에 떨어진 이후 자신도 어엿한 무인이 되었기에, 조휘는 그야말로 절로 눈물이 뚝뚝 흐를 만큼 비참한 심정이 되었다.

-이놈아. 한 사람의 기구한 운명을 어찌 타인이 모두 이해할 수 있겠느냐. 감히 그를 원망하지 말거라.

조휘는 검신 어른의 자애로운 목소리로도 도저히 위로가 되지 않았다.

물론 그렇다고 평소에 장삼봉을 사무치도록 존경해 왔거나 친히 사당에 모시고 축원해 온 것도 아니었다.

그것은 단지 자신이 아는 역사가 모독을 당하는 심정이었다.

만약 삼국지의 인의(仁義)를 상징하는 군주 유비가 천하에 더럽고 음탕한 강간마였다는 사실을 알게 된다면?

한때나마 그 눈부신 아름다움을 바라보며 설레었던 연예

인이 사실은 술집 작부 출신이라면?

지금 조휘의 심정은 딱 그런 종류였다.

-그가 어찌하여 신좌의 제자가 되었는지는 우리도 모른다. 다만 그는 우리 여섯 중 가장 각별했으며 신좌의 총애를 단연코 한 몸에 받는 존재였다. 그는 제자의 위치에 있으면서도 신좌의 공대(恭待)를 받는 유일무이한 인간이었다.

공대?

허면 스스로 신이라 자처하는 그놈이 일개 제자인 장삼봉을 자신과 동격(同格)으로 받아들였다는 뜻이지 않은가?

-틀림없이 그와 함께 좌(座)들이 기거하는 천상으로 승천(昇天)했다고 믿었거늘…… 여기에 이런 모습으로…… 하물며 완전한 소멸을 당하셨다니…….

'와, 완전한 소멸요?'

귀암자가 말하고 있는 '완전한 소멸'이라는 것의 의미를 너무나도 잘 알고 있었기에 조휘는 소스라치게 놀랄 수밖에 없었다.

완전한 소멸이란 영혼의 말살, 즉 윤회와 환생의 도정이 끝난다는 의미였다.

무존재(無存在).

영혼의 존재력 자체가 사라지는 것.

인간의 영(靈)이 소멸된다는 것은 그만큼 무서운 말이었다. 이제 이 세상 어디에서도 장삼봉은 존재하지 않게 된 것이다.

'그걸 어떻게 알 수 있죠?'

-강호에 알려진 그의 경지는 조족지혈(鳥足之血)에 불과하다. 그는 이미 오래전에 인간의 경지를 아득히 넘어 새로운 도를 궁구하고 계셨다. 특히 과거와 미래를 살피는 그의 신안통(神眼通)은 신좌조차도 늘 조언을 구할 정도였다.

조휘는 깜짝 놀랄 수밖에 없었다.

자신이 아는 신안통의 경지란 사물과 현상의 본질을 헤아리는 능력이었다.

물론 그런 신안통을 갈고닦으면 하늘의 뜻을 살피고 서로 교통(交通)하여 미래를 볼 수 있게 된다는 전설이 있긴 했다.

하지만 시간을 넘나드는 것은 신의 영역이라 할 수 있었기에 감히 인간이 다다를 수 없는 영역이라 믿고 있었다.

-그런 경지에 이른 존재란 육신이 허물어질 수는 있어도 그 영혼은 오롯할 수밖에 없다. 때문에 아무리 귀천하셨어도 지금 그의 육신에 잔존하는 사념이나 영력, 그런 영험함이 느껴져야 한다. 허나…… 그야말로 완벽한 무(無). 아무것도 느껴지지 않는구나.

그것은 조휘 역시 느끼고 있는 바였다.

그의 유해에는 그야말로 허공에 부유하는 먼지만큼의 존재감도 없었다.

하지만 곧바로 생기는 의문.

'허면 아무런 신령스러운 기운도 느껴지지 않는 해골에 불

과한 그를 어찌 장삼봉이라 확신하죠?'

귀암자의 음성이 더욱 침중하게 가라앉았다.

-절멸(絶滅)의 때. 그 이틀을 대비할 수만 있다면 사람의 세상을 이어 갈 수 있다고 입버릇처럼 중얼거리던 그를 기억하기 때문이다. 또한 이런 곳을 만들 수 있는 존재는 오직 그와 신좌뿐이다.

"과연 대단한 안목이오. 그가 무당도조 장삼봉이라는 것을 이미 알아챈 눈치구려."

갑자기 들려온 사을천의 음성에 조휘가 소스라치게 놀라며 뒤를 돌아봤다.

"당신이 어떻게?"

장삼봉과 직접적인 인연이 있는 귀암자는 그렇다손 치더라도 당대의 인물이 어찌 장삼봉을 알아볼 수 있단 말인가?

사을천이 의미심장한 미소를 머금더니 이내 몸을 허공에 띄웠다.

"따라오시오."

그가 부유하며 나아간 곳은 거대한 공동의 하늘을 이루고 있는 천장이었다.

공동의 천장 중심에는 지상의 신선한 공기가 내뿜어지는 거대한 구멍이 있었고 놀랍게도 그 주위로 무수한 글귀가 선명하게 남아 있었다.

"허?"

조휘의 입이 쩍 하고 벌어졌다.

알고 보니 천장은 물론 지하 공동 벽면 전체가 온갖 글귀로 가득했는데, 그저 가볍게 살핀 것만으로도 그 방대한 양에 기가 질릴 지경이었다.

물론 기본적으로 허공을 부유하는 능력이 전제되어야 하겠지만 평범한 인간이 이 거대한 공동의 모든 벽면에 저토록 깨알같이 글귀를 새기려면 수천 년은 족히 걸릴 터.

"그의 기나긴 생애 동안 연구했던 모든 것들의 기록이오. 어찌 한 사람이 이토록 드높고 광활한 도리와 이론, 사상을 연구하고 기록할 수 있는지 처음에는 도무지 믿을 수 없었소."

"허……."

이 모든 글귀가 그가 평생을 걸쳐 이룩한 사상과 이론이라고?

서책으로 도대체 몇 권이나 엮일지 감도 잡히지 않았다.

그야말로 기절초풍할 지경.

"덕분에 본 좌는 무당 도사들보다 더한 무당(武當)이 되었소이다. 단언컨대 무당의 그 어떤 진인(眞人)도 본 좌를 넘어서지 못할 것이오."

그 강철 같았던 철사자맹을 이끌었던 사도의 패왕 철사자 사을천이 스스로를 무당의 본산(本山)보다 더한 무당도(武當徒)라 말하다니.

순간 조휘는 그런 얄궂은 운명의 장난에 헛웃음이 치밀었다.

"과연 그의 제자라 해도 손색이 없겠군요."

"하하! 바로 보았소."

사을천이 능공천상제로 자신의 신형을 미끄러뜨리며 나아가
더니 경이로 가득 물든 시선으로 거대한 공동을 훑고 있었다.

"그는 천하제일인이라는 명성에 도취되어 있던 내 자존감
을 한없이 추락시킨 고약한 사부셨소. 당연히 그런 내 사부보
다 더한 신인(神人)은 이 세상에 존재하지 않을 것이라 여겼
었소. 한데……."

어느 한 벽면에 멈춘 사을천이 경건한 몸짓으로 조휘를 향
해 돌아보았다.

"그런 생각은 사부님의 예언을 보기 전까지였지."

75 章.

조휘는 그 자리에서 그대로 얼어붙어 버렸다.

찬찬히 살피기 시작한 글귀들.

장삼봉의 예언은 세상의 파괴, 그 멸망의 때에 관한 이야기
였다.

'좌, 좌(座)들의 전쟁이라고?'

스스로 좌가 된 존재들.

그들이 최초로 힘을 합쳐 필멸자들의 세상에 관여할 수 없
다는 우주의 법칙을 부수었다.

존재력을 더하기 위한 가장 직접적이고 효율적인 수단!

그것은 불꽃과 열기로 가득한, 인간의 찬란한 영육(靈肉)

을 직접 섭식하는 것.

그것이 그들이 이 땅에 강림(降臨)하여 광기의 쟁탈대전을 벌인 이유였다.

마지막 절멸의 시간.

사람의 시간으로 단 이틀.

좌들에게는 그야말로 찰나에 불과한 시간이겠으나, 그 단이틀 만에 벌어지는 일들은 가히 상상할 수도 없는 절대 파괴의 현장이었다.

하늘이 쉼 없이 울고 땅거죽도 해일처럼 일어나 인간이 이룬 모든 것이 파괴되었다.

통째로 지각이 드러나 모든 세상이 시뻘건 용암으로 뒤집힐 것이며, 좌들의 일수(一手)에 절규하며 살려 달라는 수만 명의 영육이 통째로 씹어 삼켜진다.

단 이틀에 불과한 좌들의 전쟁이었으나 그것은 도무지 상상도 할 수 없는 재앙의 연속이었다.

"아니 도대체 이건 너무……."

덜덜덜.

조휘의 온몸이 떨리고 있었다.

좌들이 스스로 우주의 법칙을 파괴할 줄은 상상도 못 했다.

그저 인간은 비록 찰나와 같은 삶을 살지라도 불꽃을 태우기만 하면 된다고 여겼다.

그것이 영원의 무료함을 겪고 있는 좌들에 대항할 수 있는 필멸자들의 유일한 힘이며, 그런 찬란한 불꽃을 유지하는 한 질서는 영원히 유지된다고 믿어 온 것이다.

이를 어떻게 인지할 수 있었던 것인지에 대한 이유는 자세히 알 수 없었다.

다만 그것은 자신의 영격이 올라감으로써 자연스레 흘러 들어 온 우주의 정보였다.

한데 그런 모든 예언의 종장 이후, 조휘를 더욱 경악하게 할 만한 글귀가 이어지고 있었다.

-그대여, 그대를 도대체 뭐라고 불러야 될지 모르겠소.

조휘는 본능적으로 이 글귀가 자신을 지칭하고 있다는 것을 깨닫고 있었다.

-아직은, 아직은 아닐 것이오. 언젠가 이 모든 것들이 그대를 위한 예비임을 깨닫게 되겠지. 부디 우리 사람의 시간이 이어질 수 있도록 끝내 그 뜻을 이루소서. 사람을 지키는 어버이시여.

마지막 글귀에.

조휘는 그대로 석상처럼 굳어져 버렸다.

사람을 지키는 어버이?

그 문장을 접한 순간 조휘는 왠지 모를 아련한 감정이 북받쳐 올랐다.

한없이 슬프고 또 그리운.

왜 이런 감정이 일어나는지, 그 대상이 누구인지도 알 수 없었다.

많은 뜻이 함축된 문장도 아닌데 왜 이렇게 가슴이 먹먹해진단 말인가.

갑자기 조휘가 그런 사무치는 표정을 지어 보이자 사을천이 조심스럽게 입을 열었다.

"왜 그러시오?"

"아, 아무것도 아닙니다. 신경 쓰지 마시죠."

감정을 가다듬은 조휘가 다시 생각에 잠겼다.

장삼봉의 신안(神眼)이 깃든 예언이라고는 하나 단지 묘사만 자세할 뿐, 가장 중요한 그 절멸의 때가 언제인지, 또 어디로부터 비롯되는지는 아무런 단서가 없었다.

허나 반드시 일어날 재앙이라는 것은, 저 사을천도 자신도 이미 믿고 있었다.

'그렇다면……'

이제야 내내 마음 한구석에 엉켜 있던 실타래가 조금씩 풀어져 가는 느낌이다.

사실 지금까지 조휘는 도무지 신좌의 의도를 알 길이 없었다.

신좌라는 위대한 존재가 도대체 무엇이 아쉬워서 사람들

276 10

을 현혹하고 화신(化身)까지 보내 강호를 암약하고 있단 말인가?

중원은 그들의 천상(天上)에 비하면 한없이 초라한 필멸자들의 세계.

그런 엄청난 존재가 굳이 제갈세가를 이용해 무림맹을 장악하고 암흑상계를 도모할 이유가 없는 것이다.

도대체 무엇을 위해?

하지만 조휘는 본능적으로 그런 신좌의 행동이 '절멸의 때'와 무관하지 않을 것이라는 생각이 들었다.

분명 신좌의 추종자들을 통해 강호를 도모하려는 강력한 동기가 있을 것이다.

만약 그 동기가 '인간의 불꽃'을 섭식(攝食)하기 위한 멸망의 축제, 즉 '절멸의 때'를 준비하기 위함이라면?

그럼 굳이 그 의미 없는 일을 사서 하는 신좌의 행동이 명확하게 설명된다.

그럼 그 대상이 왜 무림맹일까?

분명 신좌의 목적은 맹을 통해야만 가능한 '무엇'일 것이다.

그렇게 조휘는 오로지 무림맹만이 할 수 있는 일들을 떠올려 보았다.

하지만 아무리 생각해도 무림맹이 가능하다면 다른 세력의 종주(宗主)들도 모두 가능한 일들뿐이었다.

자연히 의구심이 든다.

오히려 종교가 구심점인 천마신교가 무림맹보다는 더욱 통제하기 안성맞춤일 테니까.

군이 강력한 명분과 도의로 통제되는 무림맹을 왜?

그렇게 조휘는 고심에 고심을 거듭했지만 생각이 도저히 정리되지 않았다.

'어쩔 수 없지.'

파악할 수 없다면 적의 의도를 수면 위로 드러나게 만들면 된다.

무림맹을 더욱 흔들다 보면 반드시 그 해답을 얻을 수 있을 터.

비단길을 통해 얻게 될 막대한 금력(金力)을 모조리 조가천상복합루에 투입하여 일개 단지 정도가 아니라 수변도시 수준으로 포양호를 덮어 버린다면?

강호풍운록과 우내삼협, 그리고 무신으로 정신없이 흔들어 놓았으니 조가천상복합루의 성공은 그들을 더욱 혼란스럽게 몰아칠 것이다.

결국은 강북이 거머쥐고 있는 중원 상계의 패권은 반드시 강남으로 이동할 수밖에 없다.

강서성에 새로 유입될 어마어마한 규모의 인구.

그것은 강북의 상계, 이를 통제하고 있는 무림맹, 나아가 황실까지 동요할 수밖에 없는 대사건이 되어 마침내 조가대상회의 명성은 중원 전역을 진동하게 될 것이다.

그런 자신의 행동들이 신좌에게 변수나 걸림돌이 되는 순간, 결국 신좌는 참지 못하고 스스로 의도를 드러낼 수밖에 없을 터.

아무런 정보를 쥐고 있지 못한 이상 모든 일의 대처는 그 이후에나 가능했다.

문득 다시금 궁금증이 일어나 사을천을 쳐다보는 조휘.

"장삼봉이 예비하라고 명한 식량의 양이 정확히 몇 명분이죠?"

"대략 육백사십팔만 육천 명분이오."

"육백사십팔만 육천?"

엄청난 인원이 소모할 양이라고 생각했으나 막상 듣고 보니 도무지 현실감이 없어지는 숫자였다.

웬만한 국가의 인구 규모.

이곳 지하 공동이 아무리 광활하다고 하나 그런 엄청난 군중을 과연 수용할 수 있단 말인가?

콩나물시루처럼 한 치의 빈틈도 없이 빽빽하게 채운다면 모르겠지만 이틀은 생각보다 긴 시간이었다.

그렇게 이런저런 생각으로 골몰하던 조휘가 다시 사을천을 응시했다.

"일단 뜻은 잘 알겠습니다. 그럼 당신은 이 일을 계속 진행하고 계실 겁니까?"

아직 한참이나 남았다.

지금까지 쌓은 식량의 양은 총 목표치의 사분의 일.

이것도 그가 평생을 피땀으로 노력하여 이룩한 결과일 것이다.

"그 일은 이미 오래전에 멈출 수밖에 없었소."

"음?"

가만, 혹시 이자가?

"조가대상회가 흑천련을 몰락시킨 이후 우리는 그들의 뒷배로 활동할 수 없게 되었소."

"설마, 에이 장난이시겠죠?"

"도와주시오. 소검신."

"아 놔!"

젠장맞을!

가만 보니 이용당하고 있는 것은 저 사을천이 아니라 자신이지 않은가?

조휘는 아무리 셈을 해도 판단이 쉽게 서지 않았다.

지금까지 이들이 쌓아 놓은 식량만 해도 얼마만큼의 은자로 환산될 수 있는지 감조차 잡을 수 없었다.

한데 앞으로 그런 양의 세 배를 더 쌓아야 한다.

물론 흑천련의 잔당을 제대로 통제하여 조가복합천상루를 완성하는 것도 중요하지만, 그런 새로운 흑천련주의 옹립이 과연 저 어마어마한 양의 식량만큼의 가치가 있을까?

사을천이 생면부지의 자신을 향해 갑자기 주군 드립을 칠 때부터 알아봤어야 했다.

"이 중원을, 사람의 세상을 구하기 위한 위대한 일이외다."

"아, 조용히 해 봐요 좀."

세상의 구원?

뭐 그런 목표야 좋다.

다만 너무 거시적이잖아!

도무지 현실적이지 않다고!

할 게 너무 많아서 지금도 돌아 버릴 지경인데 갑자기 이런 엄청난 재정 출혈이라니!

조가복합천상루를 수변도시 수준으로 조성하는 것만 해도 조가대상회가 벌어들이는 이문을 모두 쏟아부어야만 하는 일이었다.

"일단 그 문제는 나중에 이야기하죠."

"소검신!"

"아니 처음부터 이러려고 저한테 접근했어요?"

아니 접근이라면 그쪽이 먼저?

그렇게 사을천이 묘한 표정으로 억울함을 항변하고 있을 때, 조휘가 냉랭한 얼굴로 철검을 허공에 띄우며 날아갈 채비를 했다.

"일단 흑왕부를 모두 정리하고 조가대상회로 오시죠. 아 잠깐만!"

조휘의 표정이 갑자기 희게 일변한다.

가만 생각해 보니 흑왕부의 십멸자(十滅者)들만 해도 엄청난 고수들이지 않은가?

이들은 정파로 치면 심산유곡에 처박혀 있던 이름 모를 은 거기인들이다.

"흑왕부에 화경(化境) 이상의 고수들이 얼마나 있죠?"

"본 부의 진정한 전력이 궁금한 것이오?"

"네. 바로 보았습니다."

금방 사을천의 얼굴에 자부심이 서렸다.

"사천회 정도는 사흘 안에 패망시킬 수 있소."

"뭐, 뭐라고?"

장강 이남의 또 다른 패자 사천회를 단 사흘 안에?

그런 것이 그리도 쉽게 가능하다면 저 무림맹은 무슨 바보란 말인가?

사을천이 씁쓸하게 웃는다.

"고수의 수가 엄청나다는 말이 아니오. 다만 주군께서는 눈앞에 서 있는 이 내가 누군지는 잊지 말아 주시오."

장삼봉이 남긴 필생의 비학(秘學)을 모두 익힌 전대의 천하제일인 철사자(鐵獅子)라!

그의 말에 담긴 속뜻은, 천지교태를 이룬 자연경의 무인인 자신 하나만으로도 저 사천회 정도는 아무것도 아니라는 말이었다.

조금은 섬뜩해지는 말이었다.

자신 역시, 무공 하나만으로 가능했던 것은 아니었으나 그

강성했던 흑천련을 몰락시킨 몸.

이 무림이라는 세계에서는 그런 절대경조차 현대의 전술핵 취급당하는 마당이다.

하물며 자연경이란 전술핵 정도가 재해(災害) 수준의 레벨인 것이다.

사을천을 묘하게 바라보고 있는 조휘.

그의 뇌리에서 그야말로 무수한 계산이 쏜살같이 이뤄지고 있었다.

결론은 역시 잘만 쓴다면 정말로 쓸모가 많은 노인네라는 것!

자연경의 무인을 조가대상회의 품으로?

갑자기 조휘가 사을천의 두 손을 덥석 잡았다.

"내 아무리 형편이 안 되기로서니 설마 세상을 구하는 일을 협조하지 않겠습니까? 잠시 당신을 시험해 봤을 뿐입니다."

"……."

아무리 봐도 아닌 것 같았으나 혹시라도 조휘가 말을 무를까 싶어 사을천은 감히 이를 내색할 수 없었다.

"여, 역시 내 눈은 틀리지 않았던 것 같소."

"그렇죠?"

씨익.

예의 악마 같은 미소를 짓고 있는 소검신.

벌써부터 자신을 어떻게 활용할지 궁리하는 소리가 여기까지 들린다.

허나 원도(原道) 사부의 비원을 이뤄 줄 수 있다면 자신 하나의 희생쯤은 아무것도 아니리라.

조휘가 그렇게 흡족한 미소를 흘리고 있을 때.

"와! 이딴 걸 어떻게 먹냐?"

건포를 씹다 악귀처럼 얼굴을 일그러뜨리고 있는 염상록을 향해 조휘가 거칠게 일갈했다.

"나가자! 할 일이 너무 많아졌다!"

◆ ◇ ◆

"······."

"······."

흑천련의 잔당들을 대표해 조휘의 집무실에 도착한 마염랑 위지악과 패염귀 적염.

그들은 하나같이 석상처럼 굳어진 채 온몸을 벌벌 떨고 있었다.

조휘와 함께 서 있는 일단의 노인들.

짙은 흑의로 전신을 감싼 채 핏물이 뚝뚝 떨어질 것만 같은 귀두도(鬼頭刀)를 허리에 차고 있는 그들의 모습, 무엇보다 노인들의 가슴에 은빛 수실로 선연히 수놓아진 저 부(部)라는 글귀.

저들 중 단 한 명만 흑천련에 출현해도, 자신들의 주군 흑천대살이 몸소 마중 나와 허리를 숙일 정도였다.

한 명 한 명이 그 무시무시한 흑천대살보다도 강하다는 흑왕부(黑王部)의 전대 기인들.

그런 엄청난 자들이 지금 열 명이나 이 자리에 현신해 있는 것이다.

가히 긴장감으로 가슴이 쪼그라들 것만 같았다.

그렇게 질식할 것만 같은 와중에, 귀찮음 가득한 조휘의 무료한 음성이 들려왔다.

"거 시간 없으니까 빨리 진행하시죠."

도무지 현실감이 느껴지지 않았던 마염랑이 어처구니가 없다는 듯이 조휘를 쳐다보고 있었다.

흑왕부가 무슨 뒷골목 왈패 조직인가?

그들은 거대한 사파 세력을 암중으로 지배하던 명실상부한 은막의 절대자 집단이었다.

대부분의 강호인들은 그들의 존재조차 의식하지 못했다.

이렇게나 빨리 그들을 찾았다는 것도 기경할 일이거늘 무려 포섭까지?

진짜 무슨 미친놈인가?

"이 암자(暗者)가 흑야제전을 주관하지."

흑야제전(黑夜祭典).

흑천련도라면 누구나 참여할 수 있으나 반드시 죽음을 각오해야만 하는 피의 제전이었다.

생사결을 통해 마지막으로 남은 한사람만이 천살을 넘어 대살(大殺)의 칭호를 획득할 수 있다.

그렇게 탄생하는 것이 흑천대살.

"오늘 저녁, 흑왕부가 주관하는 흑야제전을 열겠네. 참가 의사가 있는 련도를 모두 모아 오도록."

결국 흑야제전은 천살(天殺)들의 전쟁이었다.

위살과 인살, 귀살과 흑살들은 그 성대한 피의 축제를 바라보는 관람객에 불과했다.

도주하지 않고 조가대상회에 남아 있는 천살들이라면 불과 아홉.

만약 마염랑과 패염귀가 참여 의사를 밝힌다면 나머지들 천살들은 제전의 참가를 포기할 수밖에 없었다.

목숨은 하나뿐이니까.

"……."

피가 나도록 입술을 깨물며 조휘를 바라보고 있는 마염랑.

저 약아 빠진 소검신이 그 사실을 모를 리가 없었다.

사실상 이 자리에서 흑야제전을 열고 둘 중 하나가 대살의 위(位)에 오르라는 강권이나 마찬가지.

아니나 다를까.

이를 예상이라도 했다는 듯한 암자(暗者)의 음성이 들려왔다.

"모두가 흑야제전의 참가를 포기하겠다면 법도대로 부주 (部主)께서 새로운 대살을 지목하지."

"부, 부주?"

마염랑은 알고 있었다.

흑천련의 그 누구도 흑왕부주의 진면목을 본 이가 없다는 것을.

사파의 어디에도 존재하지 않지만 어디에도 존재할 수 있는 자.

얼마나 신비로운 인물이었는지, 흑천대살조차 평생토록 그를 보기를 소원했다고 들었다.

"아 내가 벌써 말했잖아요. 자꾸 뜸 들일 겁니까?"

소검신의 구박을 받으며 인상을 찌푸리는 한 노인.

시전의 흔한 좌판에서나 볼 법한, 지극히 평범하기 짝이 없는 행색의 노인네였으나, 그에게서 흘러나온 목소리는 결코 평범하지 않았다.

"네놈이 마염랑 위지악인가?"

"예? 예, 그, 그렇습니다!"

사을천이 희미하게 웃더니 소매를 걷었다.

자신의 손가락에 차고 있는 철 가락지를 드러낸 것이다.

가락지의 중심에는 흑왕부주를 상징하는 흑왕의 인(印)이 선연하게 양각되어 있었다.

"오늘부로 그대가 새로운 대살이다. 이는 본 좌의 주관이니 이를 부정하려거든 그대들은 오로지 흑야제전으로 답해야 할 것이다."

마염랑이 멍한 얼굴로 조휘의 얼굴을 훔쳐본다.

자신을 바라보는 소검신의 얼굴은 여느 때보다 사람 좋은 푸근함을 그려 내고 있었다.

◆ ◇ ◆

조가천상복합루의 공사 현장에 새로운 기인(奇人)이 나타났다.

그는 소검신이 아니었으나 그와 맞먹는 신위로 공사 현장을 진두지휘하고 있었다.

금강역사도 들기 힘든 엄청난 강철 기둥들을 허공섭물로 운반하는 그의 위용이 가히 소검신에 못지않았던 것.

이를 지켜본 사람들은 하나같이 그를 궁금해했지만 누구도 그의 진정한 정체를 알아낼 수 없었다.

사람들이 알 수 있었던 건 그저 짙은 흑의로 몸을 감싼 평범한 체구의 노인이라는 것뿐.

"후후……."

흡족한 미소로 후원을 거닐고 있는 조휘.

멀리서 차지게 들려오는 강철 기둥 박히는 소리가 그의 귀를 즐겁게 하고 있었다.

콰앙-!

콰아앙-!

이 소검신에게 그 어마어마한 돈을 뜯어 가려면 일을 해야
지 일을!

그때, 후원을 거닐고 있는 조휘에게로 총관 이여송이 조심
스러운 몸짓으로 다가오고 있었다.

"회장님, 준비가 끝났습니다."

"그래요?"

전설의 흑왕부주를 한낱 공사 감독관으로 부려 먹는 조휘
의 배포에 이 총관은 그야말로 기가 질려 버린 상태.

"그럼 가시죠."

조휘가 내린 명은 다름 아닌 조가대상회의 대회의(大會議).

조휘의 명에 의해 소집된 조가대상회의 간부 및 빈객들의
면면은 화려하기 짝이 없었다.

정파 측에서는 소검주, 소제갈, 장일룡, 사마중을 위시한
조휘의 동료들은 물론, 우내삼협, 남궁세가주 창천검협, 전대
무황 청운진인, 만박자 제갈유운, 개방 방주 취선개 등이 참
가했다.

사파 측은 염상록, 진가희, 백화린, 강비우 등 조휘의 동료
들과 흑천대살에 등극(?)한 위지악, 살막 출신의 암흑귀랑,
그리고 새롭게 합류한 흑왕심멸자가 있었다.

거기에 상계 쪽으로 천화상단의 소천화 담희와 조가대상
회의 간부들을 대표해서 온 남천일이 소집되어 있었다.

그렇게 이 총관과 함께 대회장에 들어선 조휘는, 좌중에 착

석한 이들의 화려한 면면을 바라보며 뿌듯한 마음이 절로 일어났다.

이제 이 정도면 가히 세력(勢力)이라 부르기에 모자람이 없었다.

아니 오히려 사천회 정도는 씹어 먹고도 남을 수준이 아닌가?

조가대상회의 전력은 이제 무림맹(武林盟)이 아니고서야 감히 무시할 수 없는 수준이 된 것이다.

무엇보다 정사양도는 물론 상계의 인물까지 모두 한자리에 모여 있다는 것이 색달랐다.

이런 다양하고 화려한 인적 구성은 다른 세력에서는 꿈도 꾸지 못할 일이었다.

하지만 당연하게도 양측에서 상대측을 바라보고 있는 눈빛들이 심상치 않았다.

특히 무황과 남궁수의 심기가 가장 불편해 보였는데, 그도 그럴 것이 그들은 사파라면 치를 떠는 정파의 명숙들이었기 때문이다.

만약 소검신(小劍神)이 이번 회의의 주재자가 아니었다면 그들이 이렇게 한자리에 모이는 일은 결코 없었을 것이었다.

조휘가 착석하자 창천검협 남궁수가 가장 먼저 불편한 심기를 드러냈다.

"조 봉공, 이건 도대체 무슨 의도이시오?"

평소처럼 농이라도 건넬 법하건만 조휘는 그저 무덤덤하

게 입을 열 뿐이었다.

"당연히 서로 눈싸움이나 하자고 모인 건 아니지요."

"으음! 험!"

남궁수가 여전히 불편한 심기를 드러내며 헛기침을 해 대자 조휘는 두 눈을 지그시 감았다가 담담한 시선으로 좌중을 훑고 있었다.

"처음에는 오직 저만이 짊어져야만 할 숙명이라 여겼습니다."

무황이 깜짝 놀라며 조휘를 바라본다.

"설마 자네?"

"네. 이제 제 손을 떠난 일 같습니다. 여기 계신 모든 분들이 이제 당사자가 된 건데 끝까지 숨길 수는 없는 노릇이지요."

조휘의 두 눈이 강렬한 빛을 발한 그 순간.

"신좌(神座)라는 존재가 있습니다."

"신좌?"

조휘의 동료들과 무황 일행을 제외한다면 저 신명(神名)을 알고 있는 자는 없었다.

모두가 멀뚱히 자신만 쳐다보고 있자 조휘가 다시 담담히 설명을 이어 갔다.

"신좌는……."

그렇게 강호의, 아니 인간사의 신비가 마침내 만천하에 드러났다.

인간이 도달할 수 있는 가장 위대한 길, 신좌(神座).

그것은 우주의 법칙으로 관장되는 필멸자의 굴레를 벗어날 수 있는 영원불멸의 도정이요, 인간이 꿈꿀 수 있는 가장 위대한 삶이었다.

달마 이전에도 그런 좌(座)를 쟁취한 인간은 존재했다.

각종 종교가 모시고 있는 신들.

그러나 그들은 오직 인간의 우러름을 받아 존재력만 강화할 뿐, 이 세상에 직접적으로 해(害)를 끼칠 생각은 하지 않았다.

달마는 달랐다.

그는 신좌가 되기 이전에도 영옥(靈玉)이라는 엄청난 법보를 만들어 사람의 불꽃을 흡수해 자신의 신력으로 치환했다.

그는 그렇게 쌓은 신력으로 스스로 환생의 겁(劫)을 이룩한 최초의 인간이었다.

달마의 자취는 거기까지.

신좌라는 이명으로 스스로를 부른 그가, 어떤 의도를 가지고 있고 또 어떤 일을 해 왔는지는 아무도 알지 못했다.

"허…… 무공으로 신이 되는 것이 정말 가능하단 말인가……?"

남궁수의 질문에 조휘가 가늘게 고개를 가로저었다.

"우주적 관점에서 볼 때 가장 중요한 척도는 존재력입니다. 좌에 이르려면 일정 이상의 존재력이 필수불가결하죠. 무공은 바로 그런 존재력의 기반이 되는 주요한 수단일 수 있습니다만 전부가 될 순 없습니다. 다른 방법으로도 얼마든지 가능하죠."

"존재력(存在力)?"

조휘가 문득 창밖의 화초들을 시선으로 가리켰다.

"예. 말 그대로 존재하는 힘입니다. 저 힘없이 나풀거리는 화초들도 그 나름의 존재력을 지니고 있죠. 무공은 사람의 존재력을 강화할 수 있는 가장 손쉽고 빠른 수단에 불과합니다. 지름길이라고 할까요?"

잠시 목을 가다듬는 조휘.

"홈. 달리 표현하자면 인간이 명성을 떨치는 것도 존재력에 포함됩니다. 단순히 무공을 길러 힘을 강화하여 존재력을 강화하는 것보다야 그편이 더욱 효과적이죠. 무엇보다 여러 존재들의 숭배를 한 몸에 받을 때 가장 극대화됩니다."

간단하게 설명하고 있었지만 조휘가 말하고 있는 존재력이란 너무 형이상적이고 추상적인 개념이었다.

그런 좌중의 혼란스러움을 느꼈는지 조휘는 더욱 설명을 친절하게 풀기 시작했다.

"삼황오제를 예로 들어 보자고요. 그들이 무공(武功)으로 명성이 드높았습니까?"

아니 그게 무슨 말도 안 되는?

삼황오제는 중화(中華)의 신이다.

지금 조휘는 그런 신을 인간이라 말하고 있는 것이다.

"그들 역시 사람이었습니다. 단지 아주 유명한 사람들이었죠. 엄청난 수의 존재들에게 숭배를 받았던."

남궁수가 참을 수 없는 의문을 드러냈다.

"허면 그들이 처음부터 신이었던 것이 아니라 사람들의 숭배를 받아 그 존재력이란 것이 강화되어 신(神)이 되었단 말인가?"

친히 천상에서 내려와 인간들에게 농사법과 불의 사용법을 알려 준 신농 염제가 사람이었다고?

이는 현대로 치면 기독교인을 앞에 두고 예수의 신성을 부정하는 것과 마찬가지였다.

"염제 신농이 곡물의 씨앗과 불을 다루는 기술을 최초로 발견한 '인간'은 맞습니다만, 그 일로 엄청난 명성과 숭배를 받았을 뿐이지 처음부터 신…… 즉 좌(座)는 아니었죠."

중원인치고 염제 신농의 신성을 우러르지 않는 사람은 없었다.

이 자리에 모인 이들 역시 마찬가지.

마치 가치관이 부정당하는 그 심정에 모두가 헛기침만 해 대며 조휘를 노려보고 있었다.

하지만 조휘는 씨익 웃으며 좌중을 둘러볼 뿐이었다.

"지금 이 순간에도 그는 이렇게 강고히 여러분의 숭배를 받고 있지 않습니까?"

"아니……이 사람이……!"

"허어……!"

삼황오제 중에서도 염제 신농의 위치는 중원인들에게 각별하다.

그는 이 땅 위의 모든 토대.

그가 없었다면 중화 문명의 탄생 자체가 성립될 수 없었다.

그런 중화인의 거대한 신성을 조휘가 자꾸만 격하하니 이들의 심기가 불편한 것은 당연한 것이었다.

"이런 강고한 숭배는 존재력을 엄청나게 상승시킵니다. 그런 존재력이 일정 수준에 이르면 그 격이 달라지죠. 영격(靈格)이 신격(神格)으로 변하는 겁니다. 비로소 마침내 좌가 탄생하는 거죠."

"그게 도대체 보리달마와 무슨 상관……!"

남궁수가 강력하게 항변하려다 입을 꾹 하고 다물고 말았다.

소림선종(少林禪宗)을 따르는 어마어마한 수의 승려들과 신도들이 떠오른 것이다.

"제 생각에 그가 우주적 법칙마저 초월하여 환생을 거듭하며 한 일은 아마도 암중으로 중원에 선종의 뿌리를 내리는 것이었을 겁니다. 거 여러분들도 집집마다 달마도 하나씩은 다 걸어 두고 있지 않습니까?"

조휘의 그 말을 끝으로 좌중은 오래도록 침묵했다.

진실이라면 엄청난 역사의 비밀이 풀린 것이겠으나 도무지 현실감이 느껴지지 않는 것 또한 사실.

항상 그래 왔든 창천검협 남궁수가 또다시 가장 먼저 의문을 드러냈다.

"조 봉공의 말이 모두 진실이라 치세. 허면 굳이 우리에게 그런 것을 말해 주는 이유가 따로 있는가?"

조휘가 창밖 너머 머나먼 북쪽을 응시했다.

"달마, 아니 그 신좌가 무림맹을 장악한 것 같습니다."

"뭣?"

"응?"

황당하기 짝이 없다는 사람들의 표정.

도대체가 그런 엄청난 신적인 존재가 왜 무림맹 같은 하찮은 인간의 세력을?

"공복을 달래는 데 음식의 냄새를 맡는 것이 효과적이겠습니까 아니면 먹는 것이 효과적이겠습니까?"

"거야 당연히 먹는 것이……."

"그걸 말이라고……."

급격히 어두워지는 조휘의 얼굴.

"존재력도 마찬가지입니다. 숭배를 받는 것보다 더욱 효과적인 강화 방식이 또 있죠. 바로 직접적으로 사람의 불꽃…… 아니 사람의 사념을 먹는 것입니다."

잠시 생각이 멈춰 버린 남궁수.

"지, 지금 뭐, 뭐라고 했나?"

사람의 사념을 먹는다고?

"원래 우주의 법칙상 좌의 세상과 우리 인간의 세상은 아득한 차원으로 분리되어 있습니다. 그러나 신좌만큼은 다릅니다. 그놈은 무슨 방법을 찾았는지 이 중원 세상에 자신의 추종자들과 심지어 화신(化身)까지 심어 뜻을 행사해 왔죠. 그런데 그가 이번에 무림맹을 정말로 장악한 것 같습니다. 그러므로……."

침을 꿀꺽 삼키며 조휘의 입만 바라보고 있는 사람들.

"무림맹만이 행사할 수 있는 어떤 수단이 있을 겁니다. 그 수단을 통해 그는 이 땅에 직접적으로 강림하여 사람의 불꽃을 '섭식(攝食)'하려는 겁니다."

쾅-

그때 사을천이 이마에 땀을 훔치며 대회의장으로 들어서고 있었다.

"원도 장삼봉께서는 그때를 '절멸의 때'라 예언하셨소."

우내삼협 중 화산대협제가 경악하며 그를 알아본다.

"그, 그대는 설마 철사자?"

우내삼협과 동시대를 살아온 인물 철사자.

무신이 등장하기 전까지만 해도 철사자의 이름은 신화(神話)에 다름이 아니었다.

"철사자?"

"그 철사자맹?"

중인들의 두 눈이 찢어져라 부릅떠졌다.

사도의 전설인 철사자는 우내삼협과는 비교도 할 수 없는 위치의 명성을 지니고 있었다.

흑왕십멸자의 나머지 구인(九人)이 지존의 현신에 예를 다해 시립했다.

"지존을 뵙습니다!"

"지존을 배알하나이다!

남궁수는 그렇지 않아도 맞은편 자리에 앉아 있는 막강한 기도의 흑왕십멸자들을 경계하고 있었다.

한데 그들이 그 유명한 철사자의 수하들이라곤 상상도 하지 못했다.

조휘가 다시 좌중을 훑어보았다.

"감히 이 소검신이 여러분들께 원하는 것은 지혜입니다. 저 정파가, 저 무림맹만이 할 수 있는 일이 과연 무엇일까요?"

조휘가 던진 화두에 대회의장에 모인 중인들은 하나같이 침중한 얼굴로 생각에 빠졌다.

황실도 관부도 불가능한, 오직 무림맹만이 할 수 있는 일.

천하에 명석하기로 둘째가라면 서러운 만박자 제갈유운이 가장 먼저 입을 열었다.

"대영웅(大英雄)."

"예?"

의구심 어린 조휘의 표정에 만박자는 더욱 의미심장한 표정으로 차를 한 모금 홀짝이더니 다시 대답을 이어 갔다.

"오직 그들만이 천하에 다시없을 영웅을 인위적으로 만들 수 있네. 그것은 저 엄청난 마교도, 삼패천의 패자 사천회도 불가능하지."

조휘가 고개를 끄덕이며 인정하는 듯하더니 이내 반문했다.

"음, 그런 거라면 오히려 강호풍운록 쪽이?"

가늘게 고개를 가로젓는 만박자.

"내 입으로 말하기가 조금 뭣하네만, 천하풍운록이 권위를 지닌 것은 사실이네. 하나 지금까지 노부의 강호풍운록은 무림맹의 의지를 대변하는 보조적인 수단에 불과했지. 만약 강호풍운록이 역설하는 영웅을 무림맹이 공언(公言)하지 않는다면? 난 그런 일을 단 한 번도 겪어 보지 못했네."

조휘는 쉽게 이해가 가지 않았다.

"아니 만박자 어르신의 명성이 그리 높으시고 강호풍운록에 대한 독자들의 충성도 역시 장난이 아닌데 무림맹의 보증 따위가 무슨 영향력을 발휘할 수 있습니까?"

"허허……!"

이를 듣고 있던 무황이 허허로운 웃음소리를 흘린다.

"이보게 소검신. 소림선종(禪宗)의 교도들이 천만을 넘는다 하네. 뿐인가? 무당은 어떠한가? 화산은? 아미는? 중원인치고 중양절에 도교의 원신들께 제례를 올리지 않는 자들이 있던가? 그들의 영향력은 관부와 황실의 수십, 아니 수백 배이상일세. 그들 모두가 각 지역의 신앙을 대표하는 문파들이지. 그들과 직간접적으로 엮여 있는 상계의 규모는 또 어떠한가? 거기에 관부는?"

막상 무황이 현실적으로 조목조목 집어 주니 조휘는 더없이 가슴이 답답해지기 시작했다.

"호북을 예로 들어 볼까? 만박자께서 강호풍운록으로 하여금 자네를 고금에 둘도 없는 영웅으로 칭송했지. 하지만 무당(武當)이 장문령부의 권위로 이를 부정한다면?"

"음······."

"무당파와 뜻을 함께하는 무수한 도문들이 이에 동조하겠지. 게다가 산문(山門) 밖에 수백 개가 넘는 중소 속가(俗家)들은 어떤 태도를 취하겠는가? 아마도 무당의 명성 아래 운영되는 모든 무관들이 앞을 다투어 뜻을 연판(蓮板)하고 이를 무당 장문께 바칠 테지. 그런 소문은 금세 그들의 방계, 향화객, 빈객들에 의해 퍼져 나가 호북 전역을 뒤덮을 것이네."

"······적어도 호북에서만큼은 만박자 어르신의 강호풍운록이 통하지 않겠군요."

무황이 침중하게 고개를 끄덕인다.

"그렇네. 그것이 구대문파일세."

"음······."

구대문파(九大門派).

그들의 영향력은 가히 소중원(小中原)이라 할 수 있는 것이었다.

하남의 소림, 호북의 무당, 섬서의 화산과 종남, 사천의 아미와 청성, 감숙의 공동, 심지어 머나먼 청해의 곤륜이나 남해의 해남까지.

그들 모두가 각 지역 패자들이요, 백성들의 삶에 깊숙이 자리 잡고 있는 신앙의 뿌리이자 정신의 근원이었다.

고금에 강성했던 마교가 단 한 번도 중원을 제대로 정복하지 못한 것도 바로 이런 구대문파가 천하 백성들의 힘을 등에 업고 있었기 때문이다.

그런 그들의 총본산이 바로 무림맹.

무림맹의 권력이란 바로 이런 천하를 아우르고 있는 힘에 근거하고 있는 것이었다.

"강호풍운록의 권위가 아무리 지대한들 이렇듯 무림맹의 의지를 보조하는 수단에 불과하다네. 그러므로 천하 만민이 숭앙하는 대영웅은 오로지 무림맹의 의지로만 탄생할 수 있는 법이지."

그런 만박자의 결론에 무황의 안색이 딱딱하게 굳어 갔다.

"혹시 만박자께서는?"

"그렇소. 존재력(存在力)이 필요하다면 무림맹만큼 적합한 세력은 없소이다."

하지만 대영웅, 즉 명성으로 모을 수 있는 존재력에는 한계가 있었다.

고작 그 정도 숭앙으로 가능했다면 제국의 황제들은 모두 좌(座)가 되었을 것이다.

게다가 종교라는 더욱 효과적인 수단이 있는데 굳이?

그런 조휘의 의문은 읽은 듯 만박자가 다시 담담한 음성을 이어 나갔다.

"문제는 시간이겠지. 선종과 도교가 확고히 뿌리내려져 있는 이 중원 땅에서 하나의 신생 교단이 지배력을 갖는 건 낙타가 바늘구멍에 들어가는 것보다 더 어려운 일이네. 자네 말대로 그 위대한 달마조차 선종을 뿌리내리기 위해 무수한 환생으로 암약해 왔다고 하지 않았는가? 그 신좌라는 자에게 시간이 얼마 없다면 무림맹보다 더욱 효율적인 선택지는 없었을 걸세."

그 말을 끝으로 또다시 장내는 침묵으로 휩싸였다.

무림맹이 존재력을 모으기 위한 수단으로써의 최적의 세력임을 모두가 인정하고 있는 것이다.

다만 조휘의 생각은 좀 달랐다.

"말씀은 확실히 그럴듯합니다만 그건 너무 쉬워요. 그럼 무림맹이 어떤 영웅을 만든다면 그놈이 신좌라는 뜻인데, 신에 이른 놈이 무슨 바보도 아니고 그렇게 쉽게 자신을 드러내겠습니까? 게다가 이미 좌에 이르러 신격을 이룬 놈이 존재력을 더 모을 필요가?"

"강림(降臨)을 위해 존재력이 더 필요하다면? 충분히 인과가 성립하지 않는가?"

만박자의 반박에 천천히 고개를 가로젓는 조휘.

"아니요. 그의 화신(化身) 정도라면 제가 충분히 제압할 수

있는 상황입니다. 놈도 그것을 모르지 않아요. 한데 명성을
모으기 위해 그렇게 쉽게 정체를 드러낸다? 저라면 절대 그
런 짓을 하지 않을 겁니다."

그때, 지금까지 묵묵히 듣고만 있던 제갈운이 처음으로 입
을 열었다.

"하나만, 하나만 물어볼게."

"말해."

이어진 제갈운의 음성.

"삼신(三神) 어른들은 역시 좌에 이르지 못한 거겠지?"

"그렇지. 그런데 그건 왜?"

제갈운이 더욱 현현한 눈을 빛냈다.

"명성은 아니야. 명성으로 모을 수 있는 존재력만으로 가
능했다면 삼신은 이미 좌가 되었어야 해."

"음……."

무신(武神).

새외대전으로부터 수 대(代)가 지났지만 그는 아직도 천하
의 영웅으로 존재한다.

수백 년간 그를 흠모했던 자의 수는 능히 수천만, 아니 억
(億)은 될 것이다.

그런 무신에게 모인 흠모와 명성은 과연 얼마나 될까?

물론 검신과 마신도 무신 못지않은 명성을 구가해 온 위대
한 무인들.

"그 말인즉, 명성으로 얼마만큼의 존재력을 모아야 좌(座)에 이를 수 있는 건지는 아무도 모른다는 거잖아? 만약 명성으로는 그 임계점이 채워지지 않는다면 애초에 불가능하다는 얘기지."

"호오."

조휘에게 제갈운의 그 말은 충분히 설득력이 있었다.

"과연 무림맹이 삼신을 능가하는 영웅을 인위적으로 만들 수 있을까? 불가능하다고 보는데."

지금껏 인간의 역사에서 좌에 이른 존재들이 하나같이 종교를 선택한 것은 다 이유가 있을 터.

오직 종교만이 단순히 명성을 모으는 것에 그칠 것이 아니라 대상에 대한 경원(敬遠)을 가능케 했다.

"영웅은 아니야."

선언하듯 말하더니 다시 굳게 입을 닫아 버린 제갈운.

그때, 이런 엄숙하고 진지한 상황에서 진가희가 입을 열었다.

"호호, 당최 다들 무슨 소리를 하고 있는지 모르겠네요. '좌들'이 와서 인간의 영혼을 먹어 치운다며? 그럼 여기 중원에 강림하는 놈들이 복수(複數)라는 건데 왜 초점을 그 신좌라는 놈에게만 한정하고 있는 거죠?"

"어?"

그러고 보니 그러네.

"씻팔 내 말이. 애초에 인간의 영혼을 먹어 치우는 것이 그

304 무한 10
올림픽

들 모두의 축제가 아닌 경쟁의 일환이라는 건데 굳이 신좌가 다른 좌들의 강림을 돕는다는 것부터가 말이 안 되잖냐? 나 같으면 혼자서 다 먹어 치우고 천상에서 대장질 하겠다. 가장 강해지고 싶은 것은 사람이나 신이나 다 똑같아."

지극히 사파인스러운 생각!

비록 거칠었지만 진가희와 염상록의 말은 그야말로 핵심을 짚는 말이었다.

때문에 모두가 망치로 뒤통수를 얻어맞은 듯한 충격으로 굳어져 있었다.

허면 저 무림맹을 장악한 것이 신좌의 의지가 아닐 수도 있다는 뜻.

무림맹을 장악한 것이 다른 좌들의 연합 의지라고?

아니다.

분명 자신은 분명 신좌의 화신과 그 추종자들의 암약을 목도했다.

그럼 애초에 자신이 목격한 그 좌가 신좌, 즉 달마가 아니라는 뜻인가?

그렇게 조휘가 온갖 혼란으로 어지러워할 때 다시금 만박자의 목소리가 들려왔다.

"혹시 좌들이 '인간을 먹는' 행위를 화신(化身)을 통해서도 행사할 수 있는가?"

조휘가 단호하게 고개를 가로저었다.

"그게 가능했다면 애초에 이 땅에 인간의 영혼이 남아나지 않았을 겁니다. 결코 불가능합니다."

더욱 곤혹스러운 표정이 된 만박자.

허면 좌라는 존재들이 굳이 무림맹을 점령한 이유를 찾을 수 없었다.

그때 조휘의 눈빛이 일변했다.

가만 섭식(攝食)이라고?

그의 머릿속에 전광석화처럼 떠오른 생각 하나!

"자, 잠깐만!"

부릅뜬 조휘의 두 눈이 철사자 사을천을 향해 있었다.

"지하 공동!"

미래를 볼 수 있는 장삼봉.

그가 필생의 노력을 다해 만든 지하 공동.

사을천이 조휘가 짐작하고 있는 바를 정확히 인지해 냈다.

"······허면?"

"맞습니다! 그 지하 공동이 단순히 신좌들을 향한 인간들의 경원하는 마음이나 대비하자고 만든 곳은 아니지 않습니까?"

"으음!"

"분명 신좌의 섭식(攝食)으로부터 사람을 지키기 위한 공간입니다!"

지하 공동을 처음 듣는 중인들이 하나같이 자신을 향해 궁금한 눈빛을 보내자 조휘가 장삼봉의 비밀과 지하 공동의 이야기를 찬찬히 읊기 시작했다.

"허어! 그럴 수가!"

"과연 고금의 도조(道祖)이시다!"

그가 신좌의 제자라는 사실은 다소 충격적이었으나, 세상의 절멸을 막기 위해 고군분투해 온 것만으로도 중인들은 감동할 수밖에 없었다.

더욱이 그런 장삼봉의 위대한 숨결이 살아 숨 쉬는 지하 공동이 이 포양호에 자리 잡고 있다니!

"제가 궁금한 것은 왜 그 지하 공동의 수용 인원을 굳이 육백사십팔만 육천이라는 수로 제한했냐는 겁니다. 고금의 인의(仁義)로 이름 높은 도조(道祖) 장삼봉이라면 천하인 전부를 구하고 싶지 않았을까요?"

"그거야 현실적으로 여건이……."

그 거대한 지하 공동에 육백사십팔만 육천 명분의 고작 '식량'을 채우는 일조차도 사을천의 평생을 걸어 온 일이었다.

하물며 그런 엄청난 지하 공동을 '축조'하는 일은 얼마나 거대한 작업이었겠는가?

그로서는 천하인 전부를 구하고 싶었겠으나 현실적으로는 불가능했을 것이었다.

그때, 조휘의 두 눈이 더욱 현현한 빛을 발했다.

"지하 공동의 목적은 분명 좌들의 섭식을 막기 위한 공간! 그 섭식의 행위는 반드시 좌들의 강림에 필요한 인과임이 분

명합니다! 한데 장삼봉께서 단 이틀만 견디면 된다고 한 이유
는 무엇이겠습니까?"

순간 만박자의 얼굴이 핼쑥하게 변했다. 상상도 하기 싫은
생각이 떠올랐기 때문이다.

곧 그가 설마설마하는 심정으로 조휘에게 물었다.

"혹 자네는⋯⋯."

그 불길한 대답은 제갈운의 입에서 흘러나오고 있었다.

"그 이틀은⋯⋯ 강림에 필요한 임계량을 채우지 못하게 하
기 위해 필요한 시간이겠군요."

"그래. 천하인 모두가 절멸(絶滅)하더라도 이틀 동안 그 지
하 공동의 사람들만이라도 지켜 내면⋯⋯."

조휘가 어금니를 꽈득 깨물며 고개를 끄덕인다.

"좌들의 강림, 혹은 좌들이 벌이는 대전쟁을 막을 수 있다!"

그 무시무시한 조휘의 발언에 모든 중인들의 안색이 흙빛
으로 변했다.

그의 말을 반대로 말하자면 육백사십팔만 육천 명이라는
사람을 제외하고는 모조리 죽을 수밖에 없다는 뜻이었기 때
문이다.

게다가 조휘의 말을 빌리자면, 좌들에게 섭식당한 영혼들은
윤회와 환생의 도정으로부터 완전히 끊겨 소멸된다고 한다.

아무리 절멸의 때를 막아 본들, 수천만 명에 달하는 사람들
이 영혼을 강탈당할 수밖에 없다면 그게 다 무슨 소용이란 말

인가!

조휘가 벌떡 일어나 좌중을 향해 거칠게 고함쳤다.

"반드시 무림맹에는 좌들의 섭식에 유리한 조건이 있을 겁니다! 찾으세요! 지금 당장!"

◆ ◆ ◆

-허허…….

평생토록 좌(座)를 향해 집착해 온 것은 귀암자도 마찬가지였다. 그 역시 육존신의 일원이었기 때문.

막연히 어떤 궁극의 진리를 얻으면 그 뜻이 천상에 닿아 하늘이 열리고 그렇게 좌에 이를 수 있을 줄로만 상상해 왔다.

그런 필생의 염원.

한데 조휘를 통해 밝혀진 좌에 이르는 비밀은 허무하리만치 간단했다.

바로 존재력(存在力)의 강화.

영혼을 지닌 무수한 존재들의 숭배를 받아 고결해지는 방법.

혹은 일신에 무력이나 법력, 영력을 쌓아 존재력 그 자체를 상승시키는 방법.

-일전에 그대가 통천존신에게 했던 말이 바로 그런 의미였던가.

후원을 거닐며 달을 바라보던 조휘가 씁쓸한 표정을 지어 보였다.

"네. 뭐 그런 거죠."

조휘는 통천존신을 비웃으며 애초에 선택받지 못한 자는 좌에 이를 수 없다고 확언했었다.

스스로 신앙의 주체가 되어 종교를 뿌리내리는 방법은 인간의 일생으로 결코 가능한 일이 아니었다.

그 위대한 보리달마조차 무수한 환생을 거듭, 그렇게 쌓은 인과로 겨우 가능했던 일.

물론 통천존신 또한 통천교(通天敎)를 창시하여 보리달마를 흉내 냈지만 이미 중원 대륙에 깊게 뿌리내린 기존의 사상과 체계, 더욱이 황실의 핍박을 감내하며 종교를 뿌리내리는 것은 결코 쉬운 일이 아니었다.

때문에 통천교는 비밀 종교 집단으로 음지에서 활동해야만 했고, 이는 종교의 세(勢)를 확장하기에 치명적인 한계를 드러낼 수밖에 없었다.

결국 인간들의 숭배를 통해 존재력을 강화할 수 없다면, 남는 것은 무공이나 법력 등의 수련을 통한 물리적인 존재력의 강화뿐이었다.

허나 고금 제일의 무인이라 할 수 있는 삼신(三神)들조차 좌들의 축원 어린 목소리만 간신히 들을 수 있었을 뿐, 결국 좌의 근처에도 이르지 못하고 생을 마감할 수밖에 없었다.

이 말은 결국 그 삶이 유한한 필멸자인 이상 평범한 방법으로는 결코 좌에 이를 수 없다는 뜻.

-한데 그대는······.

조휘는 달랐다.

그 저주받은 공허의 골방에서 무려 삼천 년이라는 무량한 시간 동안 의념만 닦을 수 있었던 조휘.

결국 그 존재력이 좌에 이르는 임계점에 다다랐다.

허나 자신의 존재력이 신격(神格)으로 변화되려는 그 시점이 찾아오면 어김없이 조휘는 좌의 도정을 부정하며 인간의 길을 택해 온 것이다.

"애초에 그놈은 좌에 이를 운명이 아니었습니다. 저한테 왜 그만 삼천 년의 기연이 생긴지가 궁금하신 거죠? 그렇게 물어보셔 봤자 저도 모릅니다. 그냥 될 놈 될, 안 될 안의 법칙이 이 무림 세상에서도 동일하게 적용된다. 뭐 그러려니 생각해야죠."

-될 놈 될? 안 될 안?

"아 그런 게 있어요. 다른 말로 운빨좆망겜이라고도 하죠."

그렇게 말하고도 스스로도 어이가 없는지 조휘는 허탈한 웃음만 내내 짓고 있었다.

현대인 시절에는 도무지 운이라고는 모르고 살았는데, 도대체가 어떻게 된 영문인지 이 강호에서는 움직였다 하면 기연이 덩어리째로 굴러 들어온다.

"저도 의념으로 이런 경지가 가능하리라고는 꿈에도 생각

311

지 못했죠."

서서히 대지에 의념을 드리우기 시작하는 조휘.

후원으로부터 퍼져 나가는 그의 감각을 고스란히 공유하고 있는 검신(劍神)은 그야말로 전율할 수밖에 없었다.

나선처럼 소용돌이치며 뻗어 나간 의념, 그 무한한 감각이 거대한 포양호를 넘어 강서의 바깥 경계까지 미치고 있었다.

자연경에 이르러 강호의 신이라 불리던 자신조차 아무리 감각권을 확장해 봐야 일천 장(一千丈) 정도가 한계.

이런 것이 대체 어떻게 순수한 한 인간의 힘일 수 있단 말인가.

아직 좌에 이르지 못한 조휘가 이러할진대 결국 좌들의 경지란 이보다 더욱 드높다는 뜻.

그런 아득한 심정에 할 말을 잃어버린 검신은 끝끝내 침묵할 수밖에 없었다.

조휘는 어째서 그의 당혹해하는 감정을 읽을 수 있게 되었는지는 알 수 없었으나 그런 검신의 막막한 심정을 충분히 이해하고 있었다.

"나도 안 믿기는데 어르신들이야 오죽하겠습니까."

공허의 공간 속에 있을 때는 자신의 의념이 이 정도까지 강화되었다는 것을 실감하지 못했었다.

그 공허의 공간은 너무도 좁디좁아서 의념을 아무리 확장해 봐야 느낄 수 있는 감각에 한계가 있었기 때문이다.

"가장 황당한 건요. 지하 공동을 봤을 때였습니다. 인간의 힘으로 결코 축조가 불가능하다고 여기는 게 분명 상식인 건데…… 아니더군요. 허탈하게도 거기에 나를 대입해 보면 너무 손쉬운 작업이 되더라고요."

지금의 자신.

그런 엄청난 지하 공동을 파내는 일도 한 달 안에 끝낼 수 있었다.

무량한 의념으로 발현된 의형강기(意形罡氣)에 전사력(轉斜力)을 두른다면 거대한 드릴처럼 땅을 직선으로 꿰뚫을 수 있었다.

엄청난 양의 흙을 지상으로 퍼 나를 필요도 없었다.

열양지기를 일으켜 흙더미 자체를 기화(氣化)시켜 버리는 것이 가능하니까.

그런 상상 속의 자신을 바라보고 있자니 마치 무슨 괴물을 보는 듯한 심정이었다.

지금까지 구축해 온 자신의 모든 관념이 붕괴되는 느낌.

한편으로는 마치 신이 된 것만 같은 전능한 느낌이었으나 이상하게도 조휘는 하나도 기껍지가 않았다.

오히려 이유 모를 두려움이 가슴속에 치솟고 있었다.

인간이 아닌 전혀 다른 존재가 되어 가는 듯한 막연한 두려움.

그런 공포가 끝끝내 조휘를 괴롭히고 있는 것이다.

-고작 그것이 좌(座)가 되고 싶지 않은 이유인가?

다소 힐난 섞인 귀암자의 목소리.

자신이 평생토록 흠모해 온 좌의 경지를 목전에 두고도, 저리도 쉽게 포기를 거듭하는 조휘를 그는 도저히 이해하기 힘들었다.

-그대가 오롯이 좌가 되어 신좌와 동등해진다면 그를 막는 일이 훨씬 쉬워질 것이다. 굳이 거부할 필요가 없지 않는가?

그 말에 동의하는 듯한 검신의 영언(靈言)도 함께 들려왔다.

-좌에 이르는 것이 네 녀석의 운명이라면 이를 받아들이는 것 역시 천도(天道)일 터. 본디 하늘의 뜻이란 거스를 수 있는 종류가 아니지 않느냐?

순간, 조휘의 두 눈이 헤아릴 수 없는 깊이로 침잠했다.

"좌가 된 제가 본성을 유지할 확률은요?"

-······.

-······.

그런 조휘의 한마디에 영계의 존자들은 일제히 침묵할 수밖에 없었다.

"존재력이 극한에 다다른 인간이 스스로 격(格)을 갖추고 신이 된다. 말은 참 좋고 또 위대한 일이죠. 하지만 그런 신이 된 놈이 과연 인간 본연의 심성을 유지할 수 있겠습니까? 전 아니라고 봅니다."

이 문제만큼은 존자들 중 누구도 좌에 올라 보지 못했기 때문에 그 어떤 조언이나 반박도 무용했다.

"영생불멸을 이룬 존재가 생과 사를 인식하는 것이 인간과 같을 수 있을까요? 좌가 된 제가 '인간을 죽인다.'라는 것에 대한 정의를 어떻게 내릴까요? 자연 섭리? 이치? 과연 그때도 제게 살생(殺生)의 죄의식이 남아 있겠습니까?"

조휘가 두려워하고 있는 것은 자신이 인간성을 잃을지도 모른다는 이유 때문이었다.

필멸자와 불멸자는 생과 사, 선과 악을 인식하는 것이 결코 같을 수 없는 것이다.

"저는 끝까지 사람으로 남겠습니다! 맛있는 것을 먹고 좋은 옷도 입으며, 열심히 장사를 하고 자식도 낳는! 그런 사람으로서 죽을 때까지 아등바등 살아가겠습니다!"

이 말은 사실은 스스로를 향한 다짐에 가까웠다.

영원불멸.

그 마성(魔性)을 결코 탐하지 않겠다는 필사적인 각오.

인간의 마음속 깊이 내재된 영원을 흠모하는 본능을 반드시 이겨 내겠다는 강철 같은 의지의 표현.

그리고 그 길이야말로 저 강대한 신좌를 이길 수 있는 유일한 길이라는 것을 스스로 끝까지 믿고 싶었다.

사람의 불꽃.

한정된 필멸자의 삶이기에 불꽃처럼 살다 갈 수밖에 없는 사람의 열심(熱心).

그런 사람의 불꽃이, 이 허무한 우주 속에서 얼마나 보석처럼 빛나고 있는지 너무도 잘 알고 있었기 때문이다.

-허허허……!

검신은 흡족한 듯 너털웃음을 터뜨렸다.

지금 조휘가 바라 마지않는 이상은 사특하지 아니한 정(正)이다.

무릇 정이란 빠르고 쉬운 사(邪)에 비해 비록 오래 돌아가고된 것처럼 보이나 언제나 고결한 진리에 먼저 도착하는 법.

그런 조휘의 정심한 마음을 검신은 마음속 깊이 응원할 수밖에 없었다.

-역시 내 제자다.

다소 무심한 검신의 한마디였으나 그 순간 조휘는 형언하기 힘든 감동이 가득 차올랐다.

이름 모를 누군가가 자신을 알아줄 때도 격정을 느끼는 것이 사람이거늘, 하물며 세상에 하나뿐인 사부임에야 더 이상 말해 무엇 하겠는가.

"감사합니다. 사부님."

깊숙이 허리를 숙이는 조휘.

사부는 그 존재만으로도 이렇게 큰 힘이 되는 법.

강호에 떨어져 검신 어른을 만난 것은 그야말로 자신의 최대 행운이었다.

-허허, 녀석…….

시간이 흘러 새벽녘 포양호 수변의 포말들이 아스라이 물안개가 되어 갈 무렵.

그렇게 창공의 달을 바라보고 있는 조휘에게로 모든 동료들이 나타났다.

갑작스레 닥친 일에 복잡한 심경이 되어 잠을 이루지 못하는 것은 그들 역시 마찬가지였던 것.

그런 동료들의 인기척을 느낀 조휘가 뒷짐을 풀고 뒤를 돌아보았다.

"뭐야? 다들 안 자고?"

하지만 조휘의 동료들은 하나같이 깊은 눈빛만 빛내고 있을 뿐 가타부타 대답하지 않았다.

그런 동료들의 무시무시한 눈빛에 조휘는 왠지 모를 송연함이 느껴져 뒷걸음질 쳤다.

"뭐, 뭐야? 왜들 이래?"

남궁장호가 대표로 한 발자국 나서며 침중한 얼굴로 입을 열었다.

"우리의 경지가 너무 낮다."

"낮다 정도가 아니지. 하찮지."

"제길. 이래서야 어디 가서 형님의 아우라고 떠벌일 수도 없지 않수?"

염상록과 장일룡의 반응에 조휘는 금방 황당한 표정으로 굳어질 수밖에 없었다.

지금 뭐라는 거야 이놈들이?

남궁장호는 이미 화경을 돌파하여 경쟁 상대였던 화산소

룡을 넘어섰으며 진가희 역시 기연을 통해 화경을 이룩했다.

원래부터 무공에 미친놈이었던 강비우 역시 화경.

워낙 신화적인 소검신(小劍神)의 명성에 가려졌을 뿐이지, 당장 이들 셋만 해도 천하제일을 다투는 후기지수들이란 것은 누구도 부정할 수 없을 것이다.

비록 후기지수라 할 수는 없겠으나 천변혈후 백화린 역시 화경.

장일룡과 염상록이 그 뒤를 따르고 있으나 그들 역시 결코 쟁쟁한 명문의 후기지수 못지않은 경지를 이룩하고 있었다.

"네가 무슨 말을 하려는지 안다. 지금도 충분하다고 말할 테지. 정도(正道)란 본디 그런 것이니까. 허나 그것도 오늘까지다."

염상록이 뚱한 표정으로 바닥에 퍼질러 앉았다.

"뭐 천하가 절멸한다고? 그럼 우리가 싸워야 할 대상이 이제 강호는 아니잖아? 그 신좌란 놈에 의해 내일 뒈질지도 모르는 일인데 한가롭게 노닥거릴 시간이 어딨냐고."

남궁장호의 두 눈이 더욱 현현하게 빛났다.

"네가 미증유의 경지에 오른 것은 사실이지만, 종사(宗師)의 자질이 없는 것 또한 사실이다."

아니 이건 또 무슨 소리?

조휘가 황망한 시선으로 남궁장호를 쳐다봤다.

"그래서 뭐야 남궁 형? 그건 욕이야 칭찬이야?"

그때, 강비우가 나서더니 조휘를 향해 정중히 포권한다.

"뭐, 뭐야?"

강비우가 여전히 고개를 숙인 채로 강대하게 외친다.

"말학 후배 강 모! 감히 중원 검종의 신(神)께 가르침을 청합니다!"

한 발자국 주춤 물러나는 조휘.

잠깐만?

이거 나한테 하는 소리가 아닌 것 같은데?

조휘의 그런 예감은 적중했다.

기다란 팔로 조휘의 어깨를 감싸며 결국 음흉한 속내를 드러내는 남궁장호.

"네 무공을 우리에게 전하기 힘들다면…… 삼신(三神) 어른들을 조금만 빌리자고."

"뭐라고?"

염상록이 건들건들 다가와 침을 퉤 하고 뱉었다.

"싯팔, 좋은 건 같이 배워야지?"

순간, 조휘의 얼굴에 짙은 그늘이 드리워진다.

자신의 비밀을 말한 것이 사무치도록 후회가 되는 밤이었다.

〈11권에 계속〉

회귀로 영웅독점

수없이 이어져 온 인간과 나찰 간의 전쟁.
그 안에서 홀로 살아남은 건
가장 재능 없다 여겨졌던 둔재, 이서하뿐.

'처음부터 다시 해 보자.'

이제껏 도망만 쳐 왔으나, 이제는 다르다.
복수의 돌로 다시 시작하는 인생.

안타깝게 스러져 간 영웅들.
대적을 도륙시킬 희대의 보구들.
그 모든 것을 선점해 역사를 바꾸리라.